서서 잠드는 아이들

서서 잠드는 아이들

초판 1쇄 발행/2000년 8월 1일
초판 4쇄 발행/2012년 6월 11일

지은이/김향숙
펴낸이/강일우
편집/김성은 염종선 김명재
펴낸곳 • (주)창비
등록 • 1986년 8월 5일 제85호
주소 • 413-120 경기도 파주시 회동길 184
전화 • 031-955-3333
팩시밀리 • 영업 031-955-3399 편집 031-955-3400
홈페이지 • www.changbi.com
전자우편 • literat@changbi.com

서서 잠드는 아이들

김향숙 장편소설

창비

흔들리는 아이들

정말 분하게도 나나 지선이, 영선이 그리고 내 주위의 많은 아이들은 좋은 운을 타고나지 않았다.
영선이가 들먹이기 좋아하는 미래라는 것, 그것 또한 우리가 살아온 날들과
크게 다르지 않을지도 모른다. 그걸 생각하면 미칠 듯이 화가 끓어오르지만
미리 낙담하여 우울한 감정에 짓눌려 지내느니 춤을 추든가 술을 마시든가
접시를 닦든가 고함을 지르든가 하는 쪽이 나은 것이다.

흔들리는 아이들

대학에 가려는 아이들을 위한 수업시간

내 안엔 너무나 많은 내가 있어…… 조성모의 '가시나무새'를 다섯 번 들은 다음 난 이어폰을 귀에서 뽑는다. 그러고는 노랫말들이 적혀 있는 다이어리를 펼쳤다. 노랫말을 만들어 팔면 제법 많은 돈을 벌 수 있다는 걸 알게 된 후로, 내 다이어리엔 벌써 스무 개도 넘는 노랫말들이 적혀 있다. 멋진 노랫말들을 오래 들여다보면 나도 근사한 노랫말을 쓸 수 있을지 모른다. 만약 그렇게만 된다면 아주 간단하게 돈을 벌 수 있을 것이다. 하루에 한편씩 쓴다는 게 나의 계획이지만 계획대로 될 수 있을까. 어쨌든 지금은 할 수 있는 일이 별로 없는 만큼 노랫말을 만들어야 한다.

대학에 가려는 아이들을 위한 수업시간에 대학에 가지 않으려는 나 같은 아이들이 할 수 있는 일이란 이어폰을 끼고 음악을 듣거나 잠을 자는 것, 혹은 손톱을 깎거나 뜨개질을 하거나 거울을 보며 얼굴에 난 뾰루지를 찾아내는 일 등이었다. 정말이지 매일매일의 수업시간을 그렇게 보낸다는 건 고문을 받는 것처럼 힘든 일이었는데 그것보다 더욱 참기 어려운 건 대학에 가려는 아이들이나 그 아이들을 가르치는 선생들이 대학에 가지 않으려는 아이들을 그림자로 여긴다는 거였다. 가끔씩은 아예 감정이라곤 없는 물건 취급을 할 때도 있었다.

그럴 때면 별수 없이 폭발하고 말았다. 수업을 방해하는 형편없는 질문을 한다든가 대학에 가려는 아이들 중의 하나를 제물로 삼아 시비를 걸곤 했다. 일주일 전에도 그런 일로 작은 소동을 불러일으키긴 했어도 지난 며칠은 그런대로 괜찮은 날들이었다. 이어폰을 끼고 음악을 듣는 틈틈이 우리 반 아이들에 대한 나의 관찰기를 쪽지에 담아 보냈는데 그 일이 뜻밖에도 아이들로부터 좋은 반응을 얻었다. 그 일은 거울 속의 내 얼굴을 보다가 왼 눈과 오른 눈이 다르게 생겼다는 걸 알게 된 후, 다른 아이들은 어떤가 확인해보고 싶어 눈길을 바깥으로 돌리게 되면서 시작이 된 거였다.

무심코 봐넘겼던 얼굴들이 새로운 관찰대상으로 떠오르면서 오른 눈과 왼 눈이 다른 아이들이 나말고도 여럿 있다는 걸 확인한 것도 재미있었고 입술이 약간 비뚤어진 아이가 있는가 하면 광대뼈가 서로 다른 높이로 튀어나온 아이도 있다는 걸 알게 되기도 했다. 별 특징이 없어 보이는 아이들조차 한동안 지켜보노라면 해줄 말이 떠오르곤 했다.

나의 계획은 우리 반 아이들 모두에게 쪽지를 보내는 거였다. 입술이 밉게 튀어나온 애한테는 앵두공주라는 별명을 붙여주었고 키가 제일 작은 아이한테는 귀염둥이 토순에게라고 썼다. 그 결과 많은 아이들이 날 보며 눈을 반짝이게 되면서 난 싸인을 받기 위해 몰려든 팬들에 둘러싸인 스타의 기분에 빠져들기도 했다. 하지만 나의 스타로서의 생명은 너무 짧았다. 내 건 왜 안 써주느냐는 말을 아이들로부터 듣게 되자 그만 시들해진 거였다. 자신이 치사한 아첨꾼이라는 생각이 들면서 난 쪽지 쓰기를 멈추었다. 그러자 난 곧 대학에 가지 않으려는 애들 중의 하나로 여겨졌다.

마음이란 얼마나 변덕스러운가. 계획대로 되는 일이란 게 과연 있을까. 노랫말 쓰기도 다른 일들처럼 흐지부지될지 모르긴 하지만 난 다이어리에다 '사랑'이라고 써본다. 그때 핸드폰에 '나 진호랑 약혼해. 축하해줘. 여란이가'라는 문자가 나타났다.

이렇게 엉뚱한 일이. 나는 다이어리를 덮었다. 육년 전 일년 동안 같은 집에 세들어 살았던 진호와 나, 여란이. 중학생이 되면서 다들 다른 방을 찾아 이사를 갔지만 아주 다른 동네로 간 것은 아니어서 가끔씩 만나고는 했다. 누나와 단둘이 살다 누나가 자살한 후에도 흔들리지 않고 공부 잘하는 모범생으로 지내온 진호. 어머니가 집을 나간 뒤 할머니와 살며 남자아이들이 주는 돈으로 살아온 여란이. 그애들이 두달 전부터인가 친해지기 시작했다는 거야 알았지만 약혼을 한다는 건 너무 뜻밖의 일이었다. 지금이 수업시간만 아니라면 여란이한테 전화를 해보겠지만 참아야 했다. 한명이라도 더 대학엘 보내겠다고 입술에서 침을 튀겨가며 열

강중인 생물선생에게 잘못 걸리면 뺨을 얻어맞을 수도 있는 것이다.

수업이 끝나려면 아직 이십분이 더 지나야 한다. '사랑'이라고 다시 한번 써보지만 아무런 말도 떠오르지 않는다. 무엇 때문에 사랑에 대해 써야 하나라고 스스로에게 묻는다. 그건 아무래도 사랑에 대한 노랫말이 잘 팔릴 거라고 믿어서일 거다. 사랑이라고 다시 한번 중얼거려본다. 그만두는 게 낫겠다. 이럴 때는 자기 소개의 글이라도 쓰는 게 나을 것만 같다. 취직을 하려면 그걸 써두어야 한다. 햄버거 가게에서 아르바이트하는 일을 그만두면 취직을 해야 할 것이다. 취직…… 내가 원하는 건 벤처회사에 취직을 해서 빠른 시간 안에 큰돈을 버는 것이다. 하지만 벤처회사에 취직이란 걸 할 수 있을까. 스포츠신문에 실린 광고를 본다.

미래의 유망직종 전자상거래사 자격증을 따자.

전자상거래 규모가 폭발적으로 늘고 있는 가운데 전자상거래를 기획 관리하는 전자상거래사 열풍이 불고 있다. 전자상거래사는 인터넷 관련 전문인력을 양성하기 위해 신설키로 한 국가기술자격증. 일종의 공인 인터넷 비즈니스 전문가인 셈이다.

나는 광고를 낸 학원의 전화번호를 다이어리에 적어둔다. 돈, 돈, 돈, 학원에 다니기 위해서는 돈이 필요하다. 햄버거 가게에서 하루에 다섯 시간을 일해야 칠천오백원. 하루도 빠뜨리지 않고 한달을 일해야 겨우 이십만원 남짓이었다. 한달 동안 꼬박 일할 수는 없으니까 내가 벌 수 있는 돈은 십오만원 남짓일 때가 많았다.

나, 이제 일어났어. 백화점에 가지 않을래? 지선이가.

핸드폰에 나타난 새로운 문자를 지운 나는 여란에게 그랬듯 지선에게도 아무런 연락을 하지 않는다. 두달 전부터 중년남자가 얻어준 원룸으로 옮겨간 지선이. 그애와 같이 있으면 취직을 한다는게, 전자상거래사 자격증을 딴다는 게 우스운 일로 여겨질 뿐.

혜진아, 우리 코트 사러 가자. 내가 학교 앞으로 한시까지 갈게.

계속 문자를 보내는 지선이. 나는 핸드폰을 가방에다 넣었다.

1981년 5월생인 나 이혜진은……

노랫말 쓰기만 어려운 게 아니었다. 자기 소개의 글도 마찬가지로 어려운 것이다. 날 벤처회사에 어울리는 사람으로 만들고 싶은데 아무 생각도 떠오르지 않는다.

상담실에서

점심시간 동안 상담실에 갇히게 될 줄이야.

2학년 때 담임이었던 이정애 선생이 점심시간이 시작되는 순간 교실로 날 찾아왔다. 나와 커피를 마시고 싶어졌다는 이정애 선생의 말을 믿은 건 아니지만 따라나서지 않을 수는 없었다. 이정애 선생은 나에게 호감을 보여준 유일한 선생이었으니까. 자신의 말에 책임을 지려는 듯 이정애 선생은 상담실에서 정말 커피 한잔을 타주었고 그런 다음, 선물이 될 수 있을까? 하며 '이혜진의 글묶음'이라고 씌어진 아주 맑은 초록빛 투명 플라스틱 파일 케이스를 주었다.

담임이자 국어를 가르치는 이정애 선생님의 벌은 글짓기이다.

수업시간에 떠들거나 시험점수가 나쁘면 매를 때리는 대신 글짓기 숙제를 내주는 이정애 선생님은 알까, 꾸중이나 매는 한순간에 끝나는 벌이지만 글짓기는 고문이라는 걸.

때려치워? 그러면 어떤 벌을 받게 될까.

정말은 이런 숙제를 하지 않는다고 해서 내가 겁낼 건 없다.

내가 원하는 건 이정애 선생님의 칭찬인지도 모른다.

그건 내가 일년 전에 쓴 글이었다, 그런 걸 썼는지조차 잊고 있었던. 나는 재빨리 첫 페이지를 넘겼다.

나는 매주 복권을 산다. 꽝일 때는 투자한 돈이 아깝지만 그래도 그 가능성을 외면할 수 없는 것이다. 복권에 당첨되면…… 나는 원룸을 얻을 거고 빨간 티뷰론을 살 거고…… 그리고 여행을 떠날 거다. 디즈니랜드나 뉴욕? 빠리? 아니면 아프리카 킬리만자로의 눈 덮인 산등성이로? 목적지는 늘 바뀌곤 했다. 그곳 모두 다 가보는 거라고 생각해버리기도 한다.

여름방학이 시작된 다음날, 김포공항의 국제선 청사로 간 적도 있었다. 커다란 배낭을 메고서 그곳을 어슬렁거리며 돌아다니다 커피숍에서 커피를 마시기도 했다. 비행기를 한번도 타보지 않았지만 난 느꼈다, 김포공항 국제선 청사에 배어 있던 자유로운 공기가 나에게로 스며드는 것을. 다른 사람의 눈엔 나 또한 비행기를 타고 어딘가로 떠나갈 것처럼 보였으리라는 생각을 하자 몹시 기분이 좋아지기도 했다.

언제쯤 떠날 수 있을까. 워킹 홀리데이란 비자를 얻으면 호주나 이스라엘에서 일하며 일년을 지낼 수 있다고 했다. 하지만 그곳에서 일자리를 구한다는 게 쉽진 않을 듯했다. 텔레비전에서 본 적도 있었다, 회사를 다니다 어느날 호주로 간 젊은 여자가 일자리를 구하러 거리를 돌아다니는 장면을.

옆방 지숙언니는 일본은 어떠냐고 했다. 식당에서 일하며 메이크업이나 컴퓨터를 배울 수 있을 거라고. 호주든 일본이든 여기서 웅크리고 있는 것보다는 낫겠지만 아무래도 난 호주 쪽이 마음에 든다. 일본이라면 전철역에서 쏟아져나오는 개미 같은 사람들이 떠오르지만 호주엔 바라보는 것만으로 마음이 투명해지는 푸른 바다가 있는 것이다.

어느 쪽으로 가든 준비를 해야 할 것이다. 얼마간의 돈이 있어야 할 거고 영어든 일어든 배워야 할 거다. 열심히 아르바이트를 하고 있지만 돈이 모이진 않는다. 삼년 전부터 어머니는 내게 한푼의 용돈도 주지 않아 버는 대로 다 써버리게 되는 거였다.

일년 육개월 전에 당첨이 된 아파트 중도금을 구하느라 날마다 전화를 붙들고 사는 어머니.

은행에서도 약간의 돈을 빌렸지만 워낙 부족한 돈이 많은 탓에 어머니 얼굴은 자주 구름으로 뒤덮였다. 아파트 당첨이 되었을 때 우리집 전재산은 전셋돈 삼천만원이라고 했다. 이십평 아파트 분양금액에서 오천만원이 넘는 돈이 부족했지만 아버지와 할머니를 뺀 우리 식구들은 정말 모든 게 잘될 거라는 기쁨에 휩싸였다. 단칸방에서 십년, 그 다음엔 방 두칸에서 일곱 식구가 살다 방 세칸짜리로 옮긴 지 삼년 만에 드디어 아파트 당첨에 성공한 거였으니까. 어머니는 울기까지 했다.

돈을 빌리는 일이 연탄 몇장이나 한 바가지의 소금을 빌리는 일과는 완전히 다르다는 걸 배운 어머니. 어머니는 요즘 자신이 너무 많은 짐을 등에 짊어진 소처럼 여겨진다며 한숨을 내쉬곤 한다. 은행에서 약간의 돈을 빌리는 것 외에 더는 할 일이 없다고 믿는 아버지는 어머니 숨결에서 돈걱정 냄새가 난다는 표정이었다.

내가 학교를 졸업하면 어딘가에 취직을 해서 당연히 돈을 벌 것으로 생각하는 어머니.

내가 원하는 건 독립된 삶이고 어머니가 원하는 건 가족을 위해 어머니처럼 온몸을 다 바쳐 일하는 착한 큰딸이다. 삼년 동안 우리와 같은 집에 세들어 살았던 영주 엄마는 부모가 찍어준, 동네 어른들한테 인사 잘하고 예의바른 청년과 결혼했는데 살아보니 남편은 노름꾼에 쇼핑중독증 환자더라고. 중학교 2학년 때 집을 나가 남자아이들과 떠돌아다니는 동안 유산수술을 열 번이나 받다 죽을 고비를 넘기기도 했다는, 지난번 주인집 할머니의 막내딸은 결혼을 잘해 할머니에게 밍크코트를 사다주기도 했다.

나는 어떤 딸이 될 수 있을까. 셋방살이에서 얻는 이점도 없진 않다. 부모의 생각이 언제나 옳지는 않다는 것, 착한 딸이 언제나 부모를 기쁘게 하는 것은 아니며 나쁜 딸이 언제까지나 부모를 화나게 하는 것도 아니라는 걸 알게 되었으니까.

파일 케이스 안엔 몇편의 글이 더 있었지만 나는 읽기를 그만두었다.

일년이란 시간…… 그동안 지선이와 나에게 일어난 변화란.

강가에서 물이 얼마나 깊은가를 바라보기만 하다가 강 속으로 뛰어들어 소용돌이치는 물살의 사나움에 휩쓸려본 뒤에 강가로 다시 나와 앉아 있는 느낌? 문득 이런 느낌을 노랫말로 쓸 수 있을까라는 생각에 나는 붙들린다. 날 가만히 바라보기만 하는 이정애 선생에게 고맙다는 말을 해야 하나라는 생각이 떠오르지 않았더라면 난 노랫말을 만드는 일에 몰두할 수 있었을 것이다. 그럴 수 없다는 게 이정애 선생 탓인 것만 같아선지 난 입을 열지 않는다. 어쩌면 공연히 지저분한 집안꼴을 보이고 말았다는 후회스러움이 찾아든 때문인지도 모른다.

하실 말씀이 있으신 거죠?

상담실에서 빨리 나가고 싶어진 나는 이정애 선생을 바라보며 말했다. 이정애 선생은 고개를 끄덕였다. 반성문 쓰는 걸로 마무리가 지어지게 될 거였으면 빨리 써주면 좋았잖아라고 말하며.

맙소사, 이정애 선생한테서 반성문 재촉을 받게 되다니. 갑자기 가슴속으로 뜨거운 무엇이 흘러드는 것만 같다. 2학년 때의 담임이 아직도 나에게 관심을 가지고 있다는 사실이 믿기지 않았던 거다. 생각해보면 2학년 때도 이정애 선생이 나한테 특별한 관심을 보여주거나 하지는 않았다. 수업시간에 떠들었거나 시험점수가 나빴다는 이유로 내게 글짓기 벌을 빠뜨리지 않았을 뿐.

검정 터틀넥 스웨터에 초록과 밤색의 체크무늬 스커트 차림인 이정애 선생은 일년 전이나 지금이나 지루해 보이는 표정에는 변함이 없다. 답답해 보이는 그 표정, 그 옷차림. 문득 이정애 선생의 브래지어와 팬티도 선생 패션일까, 그게 궁금해졌다.

왜 웃니.

상담실 안은 춥다. 북쪽 끝방인데다 서쪽으로 난 창 앞엔 커다란 히말라야 시더가 서 있어 한낮에도 햇살이 잘 들지 못하는 곳. 전기난로를 켜두었지만 보기에 따뜻한 빨간 열선들이 굳은 손가락들을 데워주진 못했다.

말하면 열받을 텐데요.

열은 늘 받고 있는 편이잖아.

선생님이 어떤 팬티를 입고 있나, 그게 궁금해서요.

선생 패션이냐구. 지금 현재는 그래. 서랍엔 멋진 것도 있지만.

혼자 거울 보며 입어보기도 하세요?

노 코멘트.

이정애 선생의 노 코멘트는 여러 뜻으로 쓰이곤 했다. 사실이지만 말하고 싶지 않다는 뜻, 난 선생이니까 선생 대접을 해줘야 한다는 뜻 등등. 우습다, 팬티 이야기를 하는 건 선생의 품위에 어긋나는 일이라고 여기는 이정애 선생이.

졸업장이 있어야 취직이 쉬워. 반성문 쓰는 것, 처음 해보는 것도 아니니까 어려운 일이 아니잖아.

반드시 졸업장이 있어야 취직이 되는 것은 아니라는 걸 알지만 난 굳이 뭐라고 말하지는 않는다. 담임도 아니면서 졸업장을 걱정해주는 이정애 선생이 아닌가 말이다. 하지만 이정애 선생의 관심이 처음 먹어보는 입에 맞지 않는 음식 같은데다 반성문이란 걸 쓸 기분이 전혀 아닌 탓에 학교에 왔다는 게 후회가 된다.

미주 어머니 그냥 넘어갈 분이 아니라는 건 너도 알고 있잖아.

셈은 공정했는데요.

반성문을 써야 한다는 담임에게도 나는 같은 말을 했었다.

너 같은 문제아는 경찰에 넘겨야 해. 너 우리 미주한테 경쟁심을 가질 처지도 아니잖아…… 교장선생님, 말씀해보세요. 아무런 조처도 취하지 않는다면 그냥 있지 않을 거예요. 미주 아버지 주위에 사람들 많아요. 교육위원회와 방송국에 내가 전화를 걸기만 하면 어떻게 될지 생각해보셨어요? 요즘 온통 학원폭력이 아이들을 멍들게 한다고 난리들 아닌가요. 독버섯은 애초에 제거해야죠.

나더러 독버섯이라고 소리치며 내 뺨을, 등을, 어깨를 마구 때렸던 미주 어머니. 내가 미주에게 날린 주먹의 열 배쯤을 나는 미주 어머니로부터 되돌려받았고 그것으로 서로가 주고받을 셈은 끝났으니 반성문 같은 건 쓸 필요가 없다고 여겼다. 관심이란 불편한 거라는 생각이 들면서 이정애 선생에 대한 고마움이 점점 줄어든다. 졸업장이 무의미한 종이쪽지로 여겨질 뿐이라고 말한다면…… 이정애 선생은 내게 A4 용지 한장과 볼펜을 내밀었다. 반성문을 쓰겠다고 마음을 굳히기만 한다면 쓰는 게 어려울 것은 없다. 이정애 선생 말대로 한두 번 쓰는 것도 아니다. 그런데도 볼펜을 쥔 내 손은 선뜻 움직이려 하지 않는다.

미주 지갑에 든 여러 장의 십만원짜리 수표들과 미주를 향한 그애 어머니의 유난한 정성이 역겹다는 이유만으로 내가 그애를 혼내주었던 걸까.

자신과 아이들 사이에는 넘을 수 없는 높은 벽이 있다는 걸 눈빛으로 퍼뜨리곤 했던 미주. 아이들에게 어떤 관심도 드러내지 않았던 그 무표정한 얼굴이라니. 아이들의 입방아란 통신에 의하면 단지 내신 올리기 쉽다는 이유만으로 미주가 강남의 학교에서 이곳으로 옮겨온 게 아니라는 거였다. 학교의 수학선생한테서 과외를 받다 누군가 투서를 해 신문에도 나는 소동이 일어난 통에 전학을 하게 된 거라고. 수학성적 조작이라는 의심까지 받았다는 문제의 수학선생은 사표를 내는 것으로, 미주는 전학을 하는 것으로 결말이 났다고 했다. 내가 그애를 손봐주었던 게 그 소문 때문이었을까.

아니, 정말은 매일 미주네 가정부가 점심시간에 맞춰 가져다주는, 몇사람이 먹고도 남을 만큼 풍성한 반찬들과 맛스럽게 깎은 오렌지며 키위·멜론을 곁들인 과일통, 보약, 김이 나는 국이 든 두 개의 보온병들이 역겨웠는지도 모른다. 그 풍성한 도시락을 늘 쓴 약 대하는 것 같은 미주의 얼굴 또한. 그리고 어쩌면 나와 지선이와 몇몇 아이들이 미주의 도시락에 벌떼처럼 달려들어 닭튀김과 새우튀김, 잡채와 샐러드, 버섯볶음을 순식간에 먹어치웠던 날에 미주가 한 말을 잊지 못해서였는지도.

거지도 아니면서…… 어떻게 거지처럼…… 느희들 정말 염치라곤 없는 애들이구나.

길을 가다 도적떼를 만난 듯한 놀라움이 담겼던 미주의 눈빛.

거지처럼…… 그 말은 가끔 칼날로 되살아나 나의 옆구리와 심장의 어느 부분에 금을 그어놓곤 했다. 그럴 때마다 지선이는 나의 그런 기분을 알아차리기라도 한 듯 미주의 지갑에서 돈을 꺼내었고 어느 때는 지갑을 아예 가져와버리기도 했다. 미주 지갑엔 만원짜리 스무 장, 십만원권 수표가 몇장, 그리고 백화점 신용카드들이 들어 있었는데 매번 그랬던 거였다.

하지만 삼일 전 미주의 뺨을 때리기 전까지 반드시 미주를 혼내주겠다고 굳이 작정까지 하고 있었던 것은 아니었다. 그랬는데 한순간 그만 내 머리의 뚜껑이 터져버린 거였다.

도입부는 돈 좀 빌리자는 내 말로 시작되었다. 돈 빌리는 게 목적이 아니었으니까 당연히 빌려달라는 어조가 아니었다. 미주는 못 들은 척했고 나는 돈 빌려달라고 했잖아라고 다시 말했다. 몇몇 아이들이 나와 미주를 보았다. 그때까지만 해도 내가 미주의 뺨을 후려칠 거라고는 알지 못했다. 미주가 순순히 돈을 내놓았더라면…… 그런데 미주는 싫은데,라고 했다. 나는, 돈이 없어 못 빌려주는 건 아니잖아라고 말했다. 아무런 대답도 하지 않았던 미주. 나는, 너 나 씹는 거니라고 말했다. 역시 미주는 못 들은 척했다. 뭐 이따위가 다 있어. 말 안하니? 말은 이미 했잖아, 싫다구. 이유를 대라고 했어, 내가. 뭔가가 그때 내 안에서 펑 하고 터지는 것 같았다. 나는 미주의 뺨을 갈겼고 그리고 머리칼을 움켜잡았다.

혜진아, 이런 말…… 해도 되는지 모르겠는데…… 어렸을 때 미주는 유괴라는 끔찍한 일을 당한 적이 있다더라. 그리고 미주는 외동딸이잖아.

나는 무슨 말을 해야 좋을지 알 수 없어 이정애 선생을 바라만 본다. 유괴…… 검은 보자기가 내 얼굴을 뒤덮는 느낌인 것도 같고 모르는 사람의 손이 목덜미를 낚아채는 느낌인 것도 같았다.

미주 어머니는 미주 할머니가 반대하는 결혼을 했다는데 지금도 사이가 삐걱거린다는 거야. 자세한 건 모르지만 미주 아버지와도 문제가 있는 것 같다고 하고…… 그런 미주 어머니한테 미주가 어떤 존재인지…… 짐작할 수 있겠니?

………

내가 이런 말 하는 건 혜진이한테 도움이 되었으면 해서…… 쉽진 않겠지. 그래도 이것만은 부탁하자. 눈에 보이는 것만으로 좋다 나쁘다 판단하지 않기로. 선생으로서 하는 이야기만은 아니다. 먼저 산길을 오른 사람은 뒤에 오는 사람한테 어디에 구덩이가 있다는 걸 알려주고 싶은 거야. 자신이든 남이든 미워하는 마음이 앞서면…… 잘못된 걸 바로잡으려는 뜻에서 그렇다 하더라도 미워하는 마음은 결국 칼날이 되는 것 같더라.

혜진아, 오늘 저녁에 한턱 쏠게. 전화해줘. 선우가.

핸드폰에 나타난 새로운 문자를 보는 순간 마음속의 찌꺼기들이 어디론가 사라져버린다. 선우가 한턱을 쏜다는 건 나이트엘 간다는 것이기 때문이다. 그것도 아주 물좋은 나이트엘. 갑자기 마음이 급해진다. 무슨 옷을 입고 갈까. 한달 전에 선우가 데려간 나이트클럽에 온 여자아이들의 옷차림은 굉장했다. 내가 가진 옷들은 누더기만 같았다. 그때처럼 우스운 꼴로 나타나지 않으려면 지선이의 옷을 빌려야 할 것이다. 그러려면 학교 수업을 마치는 대로 지선이의 원룸으로 가야 한다. 나는 반성문을 쓰기 시작한다.

지선이의 원룸

돈 많은 중년남자와 나이 어린 여자아이가 만나는 비밀의 방, 지선이의 원룸으로 들어선 나는 구두를 벗고 나서 현관에서 약간 머뭇대었다. 와서는 안될 곳에 온 것만 같았다.

지선이가 이곳으로 이사한 것은 지난 구월이었다. 그동안 나는 꼭 한번 와보았다. 원룸으로 이사한 친구네한테 놀러 가자며 지선이가 날 이곳으로 데려온 거였다. 벽에 걸린 지선이의 사진을 보면서도 그곳이 지선이의 원룸일 거라는 생각을 하지 못한 나에게, 사실은 어제 여기로 옮겨왔단다라고 말했던 지선이. 그때 난 지선이에게 내가 아는 욕이란 욕은 다 퍼부었다. 옷이며 구두, 속옷 들을 사느라 연체된 카드대금을 갚기 위해 2학년 겨울방학 첫날 지선이가 처음으로 단란주점에 나갔을 때에도 놀라긴 했지만 원룸을 얻었다는 걸 알게 되었을 때에 비하면 아무것도 아니었다.

그날 나는 지선이와의 만남은 끝이라고 생각했다. 하지만 지선이를 만나지 않은 것은 고작 일주일에 지나지 않았다. 내가 일하는 햄버거 가게로 날마다 찾아오곤 했던 지선이를 끝내 모른 척할 수는 없었다. 하지만 지선이를 다시 만나면서도 원룸엔 갈 수가 없었다. 원룸을 얻기 전까지 지선이가 세들어 산 작은 방은 불편하고 보잘것없었지만 지선이와 나의 방 같았는데 원룸은 지선이와 지선이 남자의 공간으로만 여겨졌으니까. 그런데 지금 나는 그 원룸에 발을 들여놓은 것이다. 상담실에서 반성문을 순식간에 써버린 나는 곧 지선에게 전화를 했다. 너의 옷을 빌려야겠다고. 우스웠던 건 그때 내가 마치 자선을 베푸는 듯한 어조로 말했음에 비해, 마음에 드는 건 모두 가져, 구두랑 가방이랑 모두 가져, 그렇게 말한 지선이의 목소리엔 내게 뭐든 주고 싶어 안달하는 그애의 마음이 생생하게 드러나 있다는 거였다. 아마 지선이는 내가 원룸으로 찾아간다는 걸 자신과 나와의 관계가 예전과 같아진다는 신호로 여겼을 거였다. 그것은 지선이가 가장 원하는 것이었다. 그리고 난 그걸 알고 있었다. 원룸에 대해 비난의 말을 하지 않는다면 내가 원하는 옷이나 가방을 얻을 수 있다는 것도. 오늘 지선이는 내게 어울리는 옷을 골라주지 못해 아주 속상해하기까지 했다. 원룸을 얻어준 중년아저씨로부터 만나자는 연락을 받아 나가며 현관 자물쇠의 번호를 알려주곤 마음에 드는 건 모두 가져도 좋다는 말을 몇번이나 되풀이했던 지선이.

싱크대와 침대, 옷장과 냉장고, 식탁과 의자 두 개가 놓인, 열여덟 평 공간.

옷을 빌리기 위해 온 것이지만 나는 한동안 무얼 해야 좋을지 알 수 없어 싱크대 앞의 의자에 앉는다. 나이트클럽에 가기 위해 서는 화장을 해야 할 것이다. 그리고 내 마음에 드는 옷을 골라야 한다. 침대 옆의 화장대 위엔 백화점에서 본 샤넬, 크리스찬 디오 르 같은 화장품들이 예쁜 장식품처럼 놓여 있다. 옷장과 침대와 화장대, 식탁과 의자 모두 까사미아라는 데서 사들였다고 자랑한 지선이. 처음 왔을 때는 화를 내느라고 원룸 안을 제대로 보지 못 했었다.

산동네의 냄새나는 작은 월세방에서 살던 지선이가 이런 방에 서 살게 될 줄이야.

난 늘 지선이가 멋진 것을 알아보는 안목 따윈 가지지 못했다고 여겼다. 그렇지만 이 원룸을 채우고 있는 것들은 하나같이 멋진 것뿐이었다. 이 방은…… 이 방에서 살 수만 있다면 못할 일이 없 을 것만 같다. 지선이가 부럽다. 지선아, 나는 네가 부러워라고 말 한다면 지선이는 뭐라고 할까. 전화벨이 울렸다. 지선이한테서 온 것일까.

나다. 끊지 말고 내가 하는 말 들어.

전화선을 통해 들려오는 나이든 남자의 목소리.

나는 말이다, 너가 무지 보고 싶단 말이다. 한번만 만나주라.

지선이가 단란주점에서 만난 전자부품 회사 사장이라는 첫번째 남자인가. 지선이가 그만 만나자고 하자 자신이 사준 밍크코트를 돌려달라고 했다는 치사한 인간. 난 아직 마누라한테도 이렇게 비 싼 코트는 사주지 않았어라고 말했다는 남자. 지선이의 옷장에 걸 려 있던 그 밍크코트는 지금 어디에 있을까. 그 사장 아내의 옷장에? 아니면 다른 여자아이의 옷장에?

나는 송수화기를 제자리에 내려놓았다, 망할,이라고 중얼거리며. 지선이 때문에 알게 된, 알지 않았더라면 좋았을 더러운 이야기들. 파리가 들끓는 생선 내장 속에 손을 담그고 있는 것만 같다. 다시 전화벨이 울렸다. 나는 내버려둔다, 열 번을 울릴 때까지.

내 두 손은 동그랗고 단단한 가슴을 덮고 있다. 기분이 나른해진다. 모르는 게 많은 남자아이들은 참을성마저 없어 내 젖꼭지를 아프게 비틀곤 해서 내 기분을 망가뜨려놓곤 했다. 남자아이들보다 내 손길은 부드럽다. 솜씨가 없는 남자아이들보다 난 내 몸이 원하는 대로 해줄 수 있다. 어쩌면 지선이는 나보다 더 솜씨가 나을 거다.

중학교 2학년 봄소풍을 다녀온 날 밤 지선이는 내 몸을 만졌다, 아주 특별하게. 하마터면 난 그애가 하자는 대로 몸을 맡길 뻔했다. 그 무렵 내가 눈썹이 짙고 웃을 때의 눈이 몹시도 착해 보이던 종원이를 좋아하지 않았더라면 난 그애를 밀쳐내지 못했을지도 모른다. 갑자기 여란이의 몸을 더듬는 진호가 떠오른다. 때려주고 싶다, 여란이를. 난 점심시간에 여란이와 통화를 했다. 일주일 뒤에 진호와 약혼식을 한다고 자랑을 늘어놓던 여란이. 그애가 원하는 건 약혼식에 많은 친구들을 초대하는 거였다. 여자아이들과 농담을 주고받는 일에도 서툴렀던 진호가, 공부만 했던 진호가…… 전혀 어울리지 않을 것 같은 여란이와 진호.

난 일찍 누군가와 짝짓기를 하는 건 자신에게 주어진 많은 기회를 스스로 놓치는 거라고 여겼다. 그럴 수밖에 없었던 게 내가 만

난 많은 남자아이들은 남자애들이란 얼마나 볼품없는가를 알게 해주었다. 어쩌면 난 멋진 아이들에 대한 기준이 너무 높은지도 몰랐다. 아니면 남자아이들에 대해 어떤 환상조차 품고 있지 않는지도. 우스운 건 진호에 대해 특별한 감정을 가져본 적이 없는데도 여란이가 부러워진다는 거다. 여란이가 약혼식을 하지 않았으면 싶고 지선이가 다시 예전의 월세방으로 돌아갔으면 싶어지는 거다. 식탁 위에 올려놓은 핸드폰이 울렸다.

혜진아, 나…… 영선이.

물에 적셔진 종이 같은 목소리로 영선은 날 만나고 싶다고 말한다.

지금 집이야. 옷 갈아입고 나가려다 엄마한테 붙잡혔거든.

영선을 만날 기분이 아닌 나는 어머니 핑계를 대었다.

그, 그렇구나…… 집이면…… 내가 찾아가면…… 어, 어머니가 삼십분쯤…… 얘기할 시간을……

오늘 같은 날이 아니더라도 나는 영선이와의 만남을 피하고 싶었다. 언제나 자신의 마음속 어두운 동굴에 머무는 듯한 그애를 보기만 하면 그애의 마음속 습기가 내게로 옮겨오는 것 같았으니까.

희망이 없는 삶, 삶의 무의미함, 인간이란 존재에 깃들인 악의 깊이, 달라질 수 없는 미래…… 그애는 늘 그런 말들을 입에 담았다. 아주 몽롱한 표현들. 그런 애들을 부르는 말. 염세주의자, 비관주의자. 물컵의 물이 반밖에 남지 않았다고 말하는 사람들. 나도 미래가 두렵지 않은 건 아니었다. 정말 분하게도 나나 지선이,

영선이 그리고 내 주위의 많은 아이들은 좋은 운을 타고나지 않았다. 영선이가 들먹이기 좋아하는 미래라는 것, 그것 또한 우리가 살아온 날들과 크게 다르지 않을지도 모른다. 그걸 생각하면 미칠 듯이 화가 끓어오르지만 미리 낙담하여 우울한 감정에 짓눌려 지내느니 춤을 추든가 술을 마시든가 접시를 닦든가 고함을 지르든가 하는 쪽이 나은 것이다. 그런데 영선이는 그런 나의 충고를 받아들이려 하지 않았다. 영선이가 지금껏 아버지라고 불러야 했던 남자들이 다섯도 넘었을 거라는 지선이의 말이 아니었더라면 난 정말 영선이를 그만 만나려 했을 것이다.

혜진아, 너…… 넌 모르는 것 같아. 내가 너한테……

흐느껴 우는 영선이. 나는 소리지르고 싶다, 넌 날 짜증나게 만든다고. 영선이를 피하게 되는 건 그애가 깨지기 쉬운 크리스털처럼 다가오기 때문이다.

영선아, 부엌에 나가봐야 해. 나중에 다시 전화할게.

핸드폰의 뚜껑을 닫는 순간 전화벨이 울렸다. 마음에 드는 옷을 골랐느냐고 묻는 지선이. 아직이라고 말하자 지선이는 나이트엘 갈 거면 분홍빛 실크 원피스가 좋을 거라고 한다. 핸드백은 까르띠에 걸로 가져가라고.

까르띠에 핸드백이라니. 백화점의 까르띠에 진열장 앞을 쉽게 손 내밀 수 없는 다른 세계로 여기며 지나갔던 때의 마음을 까마득히 잊은 듯한 어조로 말하는 지선이. 지선이의 낭비벽에 대해 꾸중하기 좋아하는 평소의 버릇대로라면 난 말해야 했을 거다. 까르띠에 핸드백이라니 너 미쳤구나라고. 하지만 난 그렇게 말할 수가 없었다. 까르띠에 핸드백을 들 수 있다는 사실이 황홀하게 여겨진 때문이었다. 까르띠에 핸드백을 들고 가면 어떤 여자애들한테도 눌리지 않을 거라고 말한 지선이는 페라가모 헤어밴드도 화장대 서랍에 세 개 있으니 마음에 드는 걸로 고르라고 했다. 무슨 말을 해야 좋을까. 고맙다고? 아니면 너의 그 아저씨 얼마나 부자인 거야라고 물어봐야 하나? 정말 하고 싶은 말을 할 수 없는 난 여란이가 진호와 약혼식을 한다는 소식을 전했다.

미쳤나봐, 진호가. 그애는 여란이와는 정말로 어울리지 않잖아.

진호가 미쳤어라는 말을 내가 몇번이나 되풀이하는데도 지선이가 듣고만 있는 게 언짢아진 나는 여란이한테 붙들리면 진호는 피곤해지는 거다라고 말했다. 지선이는 여전히 아무 말도 하지 않는다. 지선이는 어쩌면, 넌 또 니네 엄마처럼 말하는구나라고 말하고 싶은지도 모른다. 지선이는 내가 하는 말 대부분이 옳다면서도 아주 가끔은, 또 니네 엄마처럼 말하는구나라는 말로 날 공격하곤 했다. 내가 가장 듣기 싫어하는 말이 바로 그것이었으므로 난 지선이가 그 말로 공격할 때면 지선이를 비난하는 말을 마구 쏟아내곤 했다. 절대로 닮고 싶지 않은 엄마처럼 말한다는 것, 그것은 날 모욕하는 최상급의 말이었으니까.

너 진호가 얼마나 쓸쓸하게 살아왔나 잘 알잖아.

약간 퉁명스런 목소리로 말하는 지선이.

그래서?

참을 수 없는 어느 순간에 여란이를 만나게 된 거겠지.

이제까지 잘 버텨왔잖아.

혜진이 넌 모를 거다, 절대로. 혼자 자고 혼자 밥 먹어야 하고…… 혼자 약국에 가야 하고…… 그런 일이 얼마나 무서운지.

중학교 1학년 때부터 재혼한 엄마와 떨어져 혼자 살아온 지선이. 나는 지선이와 늘 붙어다니면서도 지선이가 외로워한다는 걸 잊고 지냈다.

네가 내 옆에 없었더라면 난 일찍 누군가와 살아버렸을지도 모른다. 내가 왜 끊임없이 남자애들을 만나왔게? 목이 마른 것 같은 그런 기분을 떨쳐버리려고.

너 그런 말 한 적 없었잖아.

내가 그런 말 했어봐. 너, 나한테 무지 으스댔을 거잖아.

으스댔을 거라고, 내가?

사실이잖아. 넌 나를 혼내고 꾸중하는 언니고…… 난 늘 못난 짓 하는 동생이고 그렇잖아.

그래서 너 나한테 감정 있다는 거니?

감정은 무슨…… 너 알잖아, 내가 널 무지 좋아한다는 거. 하지만…… 지난번에 너가 날 안 보겠다고 했을 때……

지선이의 목소리엔 울음이 배어 있다.

그때…… 나는 너한테 아무것도 아니라는 걸 알았어…… 난…… 널 보지 않으면 살 수 없는데…… 넌 그게 아니라는 게…… 무서웠어…… 너의 마음에 들지 않는 일을 하면 너는 칼로 무 자르듯 나를 잘라낼 거라는 게…… 엄마가 재혼할 때처럼…… 그렇게.

과장하지 마. 너가 날 좋아하는 것은 사실이지만 나 없인 살 수 없다는 말은 뻥튀기야. 자식을 잃은 엄마들이 따라 죽는 것 봤어? 그리고 내가 공연히 널 안 보려고 했어?

나와 자신을 얼음과 따뜻한 물로 비교하는 듯한 지선이가 터무니없게 여겨진 탓에 내 목소리는 싸늘했다.

미안. 미안하다, 혜진아. 널 화나게 하려고 그런 거 아닌데…… 난 지금도 겁이 나. 너가 다시 날 안 보겠다는 말을 할까봐.

그런 말 듣지 않으려면 옆길로 새지 않으면 되잖아. 난 지금이라도 너가 원룸에서 나와야 한다고 생각해.

지선이의 원룸에 처음 가보았을 때처럼 화가 난 것은 아닌데도 원룸에서 나와야 한다는 말을 되풀이하는 나.

혜진아, 나는…… 나이든 아저씨들이 좋아. 같이 있으면 마음이 놓여. 난 아버지 얼굴도 잘 기억할 수가 없는걸…… 나는…… 딸노릇을 해본 적이 없는 게 너무 슬퍼. 그러니까 날 이해해주라. 어쩔 수 없다고.

누군 뭐 딸노릇을 재미나게 해본 줄 알아? 너 알잖아, 우리 아버지는 산에 가는 것만 좋아하고 엄마는 팥쥐 엄마나 다름없다는 거.

넌…… 내 마음 절대로 모른다. 절대로 알 수가 없는 거야.

절대로라는 말을 다섯 번이나 더 지껄이는 지선이.

너 술 먹었니?

그래, 술 마셨다. 너무 슬퍼서. 조아저씨가 집에 가야 된다는 게 너무 슬퍼서.

전화 끊어.

끊지 마, 혜진아. 네가 아저씨에 대해 듣고 싶어하지 않는다는 것 알아. 하지만 더는 참을 수가 없는걸. 숨이 막혀서 죽을 것 같으니까 제발 막지 마.

아주 특별해, 정말 멋있어, 그렇게 말하고 싶은 거지.

지선이의 건망증은 특별한 걸까. 지금까지 그애는 그런 말을 백 번도 더 했을 것이다.

네가 무슨 말 하려는지 알아. 하지만 아저씨가 특별한 건 사실인걸. 백두산에 못 가본 사람은 한라산이 제일 높다고 믿게 되잖아.

바보 같은 지선이. 백두산에 가보지 않아도 바보가 아닌 사람들은 안다, 한라산이 제일 높은 산이 아니라는 것을.

관두자, 아저씨 타령.

아…… 알았어. 그만 할 테니까 전화 끊지 마.

무릎이라도 꿇을 듯한 애절함이 담긴 지선이의 목소리는 내게 힘을 주었다, 그애의 바보스러움을 견딜 수 있는 힘을.

혜진아, 너…… 진호 좋아하지, 그렇지?

자신의 전공분야여선지 지선이의 목소리는 확신에 차 있다.

내가 바라는 건 진호가 여란이한테서 놓여났으면 하는 거야.

그것뿐이야?

물론이지.

수다를 오래 떨다 보면 저절로 알게 되는 게 있다. 전화로든, 마주 보며 수다를 떨게 되든 절정의 순간이 있다는 걸. 그 순간이 아주 빨리 올 때가 있는가 하면 이상하게 전혀 그 순간을 맞이하지 못한 채 수다를 끝낼 때도 있다. 지선이와는 거의 언제나 그 절정의 시간을 가질 수 있곤 했다. 내가 하는 말이면 언제나 스펀지가 물을 흡수하듯 그렇게 받아들여주던 지선이가 지금은 낄낄대며 변명하지 말라는 충고까지 한다.

아무튼…… 난 여란이가 진호를 빨리 떠났으면 싶어. 너가 그걸 바라니까.

끝까지 내 말을 믿지 않는 지선이. 나는 지선이를 벌주기 위해 핸드폰을 꺼버렸다.

선우의 친구들

은행나무인지 느티나무인지 잘 알 수는 없지만 아무튼 그 공원 가운데쯤에 커다란 나무가 있어. 그곳에서 만나. 여섯이나 일곱쯤 나올 거다. 그렇게 말했던 선우는 아직 나타나지 않았다.

우습다. 이렇게 좁은 곳을 공원이라고 부르다니. 몇그루 나무와 벤치 주위에 미운 공 같은 검은 머리들이 서로 닿을 듯 빼곡 들어차 있는 이곳에서 만나야 할 사람을 찾는 건 그리 어렵진 않을 것 같다. 너무 좁은 탓에, 그리고 환한 가로등 불빛 때문에.

배드민턴을 하고 있는 남자아이들. 아이스크림을 핥으며 어슬렁거리는 여자아이들. '사주 운명 감정'이라고 써놓은 광목천을 들치고 들어갈까 망설이는 아이들. 기타를 치며 노래하는 남자아이들. 벤치에 앉아 지나가는 사람들을 구경하는 아이들.

어떤 아이들은 흥겨워 보인다. 어떤 아이들은 쓸쓸하고 외로워 보인다. 어떤 아이들은 기대감이 어린 눈으로 지나가는 아이들을 바라본다. 누군가 자신에게 특별한 감정을 가져주지 않을까 하는, 그 질긴 기대감 말이다.

판화전이 열린다는 전시관 앞 건물, 층계에 앉은 남자아이들이 부르는 노래. 처녀 시절의 어머니가 들었을 것만 같은 노래.

나 그대에게 모두 드리리…… 터질 것 같은 이내 사랑을……

선우가 나타나길 기다리는 아이들은 날 포함해 다섯. 한달 전 선우와 함께 나이트클럽에서 춤추었던 정현만 빼고는 처음 보는 얼굴들이었다. 약속장소에 먼저 와 있던 정현이 아니었더라면 우리는 서로가 선우를 기다린다는 걸 알지 못하고 흩어졌을 거였다. 이십분 전, 이곳으로 온 내가 정현의 어깨를 쳤을 때 카키색 모자를 쓴 남자아이는 정현에게 팔을 흔들어 보였고 곧이어 나타난 단발머리 여자아이와 회색 뿔테안경을 쓴 남자아이도 정현을 보며 아는 척을 했다.

재미있게 놀 수 있을까, 이애들과?

모자와 안경 때문에 두 남자아이에 대한 점검은 쉽지 않다. 까만 우단바지, 병아리털 같은 질감의 샛노란 스웨터에 용이 그려진 검정 공단점퍼를 입은 단발머리 여자아이는 영화 '펄프픽션'의 우마 서먼을 생각나게 한다. 이마를 가지런히 덮은 머리와 눈 주위를 새까맣게 물들인 화장과 독특한 눈빛 때문이다.

뭐야 선우 자식, 나오지 못할 거면 전화라도 해야 하잖아.

단발머리 여자아이가 손목시계를 보며 카랑한 목소리로 말했다.

나오려는데 지갑이 빈 걸 알고는 만화방에 틀어박혔나.

청바지 주머니에서 말보로 담뱃갑을 꺼낸 카키색 모자를 쓴 남자아이는 고개를 갸웃한다. 걔, 지난번에 돈이 가득 든 지갑을 보여주며 가진 건 돈뿐이라는 말을 했어.

단발머리 여자아이는 카키색 모자를 쓴 남자아이의 말보로 담뱃갑에서 담배 한개비를 뽑아 입에 문다. 정현은 라이터를 꺼내 단발머리 여자아이의 담배에 불을 달아준다.

지갑이 배부를 때 얘기겠지. 난 그 녀석을 만화방에서 처음 만났는데 그때 녀석이 그랬어. 자기는 지갑이 비면 만화방에 처박힌다구. 날 만난 날도 그랬거든. 친구들 모여라 해놓았는데 지갑이 비었더래잖아. 그래서 핸드폰을 주무시라 그러고는 만화방으로 온 거라구.

카키색 모자를 쓴 남자아이는 내게도 말보로 담뱃갑을 내민다. 거리에서 담배 피우는 게 재미있을 때도 있었지만 단발머리 여자아이가 먼저 시작한 지금은 어쩐지 시들해진 탓으로 나는, 피우지 않아라고 말해버린다. 그런데 정말 선우 녀석은 카키색 모자를 쓴 남자아이 말대로 만화방에 있는 걸까.

석달 전 내가 일하는 햄버거 가게 앞에서 오년 만에 우연히 다시 만난 선우. 오년이란 세월이 선우에게 준 변화는 엄청났다. 때로 벙어리가 아닌가 싶을 만큼 말이 없던 그애는 참을 수 없는 수다꾼으로 변한데다 씨름선수처럼 살찐 모습으로 변해 있었다.

돌겠다, 정말 누가 우리집 영감탱이 좀 안 잡아가나. 나만 보면 살 빼라고, 공부하라고, 잠 그만 자라고 끊임없이 잔소리를 쏟아내는 통에 죽을 맛이다. 아들이라도 기대에 미치지 못할 때면 언제든지 퇴출시킬 수 있다는 위협을 하면서 또 공부 잘하고 집안 좋은 애들이랑 어울려야 한다는 압력을 끊임없이 가해오는 거야. 어느 때는 치사하게 실적을 확인하려 들기도 한다니까. 유유상종의 의미를 아느냐. 쓸데없이 옛 친구들을 만나지 말라거나 하는 따위의 잔소리를 곁들여서 말이다. 너한테만 하는 말인데 혜진아, 내가 언제부턴가 옛 친구들을 만나지 않게 된 게 탱이의 가르침이 옳다구나 싶어서는 아니었다. 생각해봐라, 내가 얼마나 변했나를 찾으려고 눈에 불을 밝히고 노려보는 아이들 앞에서 변하지 않았다는 걸 보여주려고 북 치고 장구 치는 꼴이라는 게 얼마나 딱한지. 하지만 옛 친구들이 생각날 때가 많아. 안 그렇겠냐? 감출 게 없다는 게 얼마나 마음 편한데. 앞으로 우리 자주 만나자. 그런데 부탁 하나 할게. 아파트에서 태어난 아이들 앞에서 변소에서 구더기가 기어다닌다는 얘기 그런 거 하지 말아줘. 그건 그렇고 너 길에서 탱이를 만나면 못 알아볼 거다. 쌍꺼풀 수술에 검버섯 퇴치 수술도 받았거든. 난 하루에도 몇번씩 탱이가 암에 걸리거나 교통사고 당하는 꿈을 꾼다. 룰루랄라 그렇게만 되면 그날부터 인생이 황홀해지는 거지. 탱이의 그 많은 돈이 내 것이 될 테니까.

선우는 그날 내 입을 다물게 하기 위해서는 맛있는 음식을 먹이는 게 지름길이라고 여겨서였는지 내가 한번도 먹어보지 못한 요리들을 잔뜩 시켜주었다. 게살 수프, 송이버섯 볶음, 전가복……그런 음식들이 아니었더라면 난 정말 참지 않았을 거였다, 선우의 지루한 장광설을.

나는 말이다, 배가 터져서 죽거나 두 개의 톱니바퀴가 내 머리와 배를 가르는 것 같은 악몽을 자주 꾸곤 해. 내 심장이 워낙 특제여서 그렇지 아니었으면 벌써 입원하고 말았을 거다. 정말 해골이 지끈거린다. 어떻게 해야 탱이가 나를 체념할 수 있겠냐. 혜진아, 넌 머리를 쓸 줄 아는 애잖아. 그럴듯한 방법 하나 찾아주라. 그냥 하는 소리가 아니다, 너. 탱이가 날 미워하지 않으면서 포기하게 만들 꼼수를 가르쳐주면 너가 원하는 것 다 해줄 거다.

남들보다 열 배는 어렵게 구구단을 외웠고 만화책조차도 수면제로 삼곤 했던 선우. 내가 원하는 것은 뭐든 해주겠다는 말에 잠깐 마음이 흔들리지 않은 건 아니었지만 난 선우가 내게 주고 싶어한 연구과제를 받아들이지 않았다. 가족간의 미움, 억압 등은 가족 곁을 떠나지 않는 한 해결할 길이 없다고 믿었으니까.

사랑은 오래 참으며 사랑은 미워하지 않으며…… 선교단 사람들이 부르는 노래. 지겨운 사랑타령. 듣기만 해도 지루한 오래 참는다는 말.

나는 정현을 본다. 오지 않은 선우 대신 그애가 나이트클럽에 가자는 말을 해주길 기대하며. 작은 키에 얼굴은 코미디언 최양락 아저씨를 닮은 정현은 춤친구로는 최악이지만 그애의 주머니만은 두둑할 거라고 여겨서였다. 나이트클럽에 간다고 해서 지선이 것인 원피스와 코트, 까르띠에 가방으로 잔뜩 멋을 부리고 나왔는데 이대로 집에 돌아갈 수는 없는 일이었다.

우리집으로 갈래? 이왕 놀기로 하고 모였는데 여기서 흩어지는 것보단 나을 것 같아. 나중에 선우가 연락을 주면 같이 나가 놀 수도 있는 거고. 우리집 오디오 정말 근사해서 나이트클럽에서 춤추는 기분도 낼 수 있어.

카키색 모자를 쓴 남자아이가 정현에게, 니네 오디오 기종이 뭐냐라고 묻는 동안 회색 뿔테안경을 쓴 남자아이는 손목시계를 풀었다 차기를 되풀이한다. 나이트클럽에 갈 수 없는 아쉬움은 여전했지만 나는 동전을 삼키고는 아무것도 토해내지 않는 자판기에서 동전 몇개를 겨우 되찾은 듯했다. 이번 기회에 정현네 집을 구경하는 것도 재미있을 것 같았으니까.

지난번에 만났을 때 누가 묻지도 않았는데 정현은 떠들어대었다. 자신의 아버지와 어머니는 벤츠와 싸브라는 차를 타는 의사인데다 아르마니 슈트를 즐겨 입는다고. 우스웠던 건 정현이 그 말을 하고 나자 선우의 친구들이 보인 태도의 변화였다. 또 하나의선우로 여겨졌던 정현이 그때부터 선우와는 다른 부류로 대우받기 시작한 거였다. 더 우스웠던 건 정현이 나의 핸드폰 번호를 물어주길 기대한 거였다.

그럼 일단 가보는 거다, 애네 집으로.

단발머리 여자아이는 우리 모두가 자신의 말에 따를 걸로 여겼는지 앞장서서 걷는다. 카키색 모자를 쓴 남자아이와 정현은 오디오 기종에 대한 이야기를 주고받으며 단발머리 여자아이의 뒤를따른다. 나와 회색 뿔테안경을 쓴 남자아이는 몇걸음 떨어져 걷는다.

궁금해진다. 회색 뿔테안경을 쓴 남자아이와 선우가 어떻게 알게 되었는지. 만화방에서 만났을까. 아니면 게임방에서? 어쩌면 같은 반 친구? 회색 뿔테안경을 쓴 남자아이도 선우와 같이 있으면 돈을 쓸 기회를 준다는 생각을 드러낼까? 한달 전 선우와 함께 간 나이트클럽에서 만난 선우의 친구들처럼?

정현이 모범택시를 불러세우자 단발머리 여자아이와 카키색 모자를 쓴 남자아이는 잽싸게 뒷자리를 차지해버린다. 나와 회색 뿔테안경을 쓴 남자아이에게 ㅇ백화점 정문 앞에서 만나자는 말을 남긴 정현이 운전기사 옆자리에 오르자 모범택시는 복잡하게 뒤엉킨 차들의 흐름 속으로 섞여든다.

뭐야 쟤네들,이라고 중얼거린 나는 회색 뿔테안경을 쓴 남자아이를 본다. 정현이 날 태우지 않고 가버린 게 화가 나긴 했지만 특별히 갈 데가 있는 것도 아니어서 회색 뿔테안경을 쓴 남자아이와 같이 움직이고 싶었던 거다.

전철역에서는 여전히 많은 아이들이 쏟아져나오고 있었다. 장화 같은 비닐구두에 비옷 같은 코트를 입고 강아지 가방을 멘 키 큰 유치원생 같은 여자아이, 가면을 쓴 것처럼 하얗게 화장을 한 얼굴에 토끼처럼 두 갈래로 머리를 묶어 방울을 단 여자아이가 내 옆을 지나간다. 멀지 않아 내가 스무살이 될 거라는 사실을 떠올리게 만드는 어린 여자아이들. 꽃을 파는 아이들이 여자아이 어깨에 팔을 두른 남자아이에게 셀로판지로 싼 장미꽃을 내밀며 다가간다.

여자아이들은 모두 장미꽃을 좋아하니?

회색 뿔테안경을 쓴 남자아이는 낮게 한숨을 내쉬었다. 그 순간

나는 회색 뿔테안경을 쓴 남자아이가 불쑥 장미를 내민다면 아주
기분이 좋을 거란 생각을 했다. 지선이한테 빌려 입은 코트 안의
분홍빛 원피스를 보여주고 싶다는 생각도. 나는 한동안 혼자만의
생각에 빠져 있는 회색 뿔테안경을 쓴 남자아이를 가만히 지켜보
았다. 수없이 많은 차들, 수없이 많은 사람들이 오가는 번잡한 거
리에서 어쩌면 저리도 고요한 표정일 수가 있는지.

회색 뿔테안경을 쓴 남자아이가 이윽고 택시를 향해 팔을 들었
다.

정현네 아파트

아이들 모두에게 커다란 놀라움을 불러일으킨 정현네 아파트.
외국영화 속의 어느 아파트로 들어선 듯한 그런 느낌이 아이들을
사로잡은 듯했다.

대단하잖아.

특별해, 아주.

단발머리 여자아이와 카키색 모자를 쓴 남자아이는 커다란 목
소리로 말하며 거실을 둘러본다.

담뱃갑처럼 작은 캠코더가 있다면, 핸드폰을 살 수 있는 돈으로
그것을 살 수 있다면, 언제나 들고 다니면서 누군가에게 보여주고
싶은 공간이나 풍경을 찍을 수 있을 것이다. 내가 본 것을 말로 다
옮길 수가 없을 때마다 해보는 생각이었다. 소파는…… 탁자

는…… 카펫은…… 그 하나하나를 제대로 설명할 수도 없겠지만 비슷하게 설명한다고 해서 천장과 문들과 가구들과 조명등들이 만들어내는 분위기를 보여줄 수는 없으니까.

그런데…… 저건 뭐니? 저 빨간 딱지들 말이다.

단발머리 여자아이가 눈으로 텔레비전 쪽을 가리켰다.

저게 몇 인치나 되는 걸까.

빨간 딱지 같은 것에는 관심이 없는지 회색 뿔테안경을 쓴 남자아이는 텔레비전 앞에서 고개를 갸웃한다.

니네 오디오 정말 환상적이잖아.

오디오를 바라보는 카키색 모자를 쓴 남자아이는 믿기 어렵다는 듯 머리를 흔들기까지 했다.

저것, 돈을 빌렸는데 갚지 못하면 돈 대신 물건이라도 주라는 그것이니?

단발머리 여자아이는 정현한테서 눈을 떼지 않은 채 묻는다.

그런가봐.

너무 강한 불빛 때문에 눈을 제대로 뜰 수 없는 표정인 정현이 고개를 끄덕였다.

이렇게 살면서 이런 형편으로 추락하기도 하는구나. 니네 부모는 둘 다 의사랬잖아. 사업을 하는 것도 아닌데 이럴 수도 있다는 게 이상하네.

생김새는 달라도 사람들은 때로 같은 생각, 같은 말을 할 때가 있나보다, 단발머리 여자아이와 나처럼.

나도 잘은 몰라. 다만 엄마가 좋은 그림을 너무 많이 사들이느라 돈을 빌렸던 게…… 엄마가 그랬어, 큰엄마한테. 단 하나뿐인 좋은 그림을 다른 사람이 사게 되는 걸 참을 수가 없었다구.

아무리 그림 때문에 그런 일이…… 그리고 그림 같은 것은 보이질 않잖아.

궁금한 것을 모두 단발머리 여자아이가 먼저 물었기 때문에 나는 듣기만 한다.

그림들은 모두 화랑에 맡겼다고 했어. 팔아서 빚을 갚아야 한다구. 그런데 지금은 살 사람이 없어 산 값의 반도 받기 어려울 거라구…… 그런데다 얼마 전에 두 분 병원을 새로 수리하고 기계들도 리스로 많이 들였는데…… 환율이 올랐잖아. 환자들은 또 많이 줄었다는 거야.

니네 부모 벤츠니 싸브니 그런 차 탄다고 하지 않았니?

의사 부부의 파산에 대해 관심이 많은 듯한 단발머리 여자아이는 잠깐 동안 계산기를 두드리는 듯한 표정이더니 이윽고 결론을 내렸다.

재밌는 세상이야, 겉으로는 멀쩡해 보이면서도 안으로는 이상하게 아픈 데가 많은 사람들이 있다는 게.

크게 걱정할 필요는 없댔어, 엄마가. 소비수준을 줄이기만 하면 곧 회복할 수 있다나봐.

사람이 습관을 바꾼다는 게 얼마나 어려운데. 니네 부모는 의사라니까 사람들이 끝까지 빌려준 돈을 받으려 들 거야. 우리 고모네가 그랬으니까. 니네는 아주 작은 아파트로 옮겨가야 할 거야.

날 공격하는 건 아니지만 점점 더 얄밉게 여겨지는 단발머리 여자아이에게 나는 말해준다. 얘네는 아버지 엄마 두 사람이 벌잖아라고.

두 사람이 벌면 뭐하니. 다 빼앗기게 될 텐데.

단발머리 여자아이는 목젖이 다 드러나게 입을 벌려 하품을 하더니 크림색과 갈색의 조화가 근사한 미니멀리즘 스타일의 소파에 앉는다.

게임기 없니.

손목시계를 끌렀다 차기를 되풀이하며 육십인치 텔레비전 앞을 떠나지 못하던 회색 뿔테안경을 쓴 남자아이가 정현을 보며 묻는다. 카키색 모자를 쓴 남자아이는 헤드폰을 쓴 채 오디오의 단추들을 눌러보며 성능 테스트에 몰입해 있다.

이렇게 큰 화면에서 게임을 하는 기분, 대단할 것 같아.

기다려. 아주 멋진 게 있어.

금방 기운을 되찾은 정현이 현관 옆방에서 게임기를 가져왔다. 회색 뿔테안경을 쓴 남자아이가 두 눈을 빛내며 게임기를 텔레비전에 연결하는 동안 카키색 모자를 쓴 남자아이는 매킨토시 앰프면 값이 꽤 나갈 텐데라고 혼잣말을 한다.

니네 아버지, 이걸 마련하느라 작은 아파트 한채는 털어넣었겠다.

사람의 목소리라는 게 믿기지 않을 정도로 눈부신 광채를 뿜어내는 비단너울 같은 여자가수의 노래가 흘러나오자 카키색 모자를 쓴 남자아이는 거실바닥에 눕는다. 전쟁의 시작을 알리는 듯한 총소리가 터져나온 것과 거의 같은 순간이었다. 회색 뿔테안경을 쓴 남자아이가 게임을 시작한 것이다. 정말 대단한 육십인치 텔레비전의 음향효과. 눈을 감고 듣는다면 총격전이 벌어지는 어느 현장에 와 있는 것으로 착각할 만했다.

얘들아, 컴퓨터 기술의 발전이 놀랍지 않니? 난 정말 게임이 이정도 수준에 이를 거라는 생각은 하지 못했어.

회색 뿔테안경을 쓴 남자아이의 목소리엔 생각지도 않던 선물을 받은 아이의 흥분이 담겨 있다.

네가 게임 마니아라는 것은 알겠는데 이건 좀 심하지 않니? 내가 먼저 음악을 듣기 시작했잖아. 이렇게 아름다운 노래가 들려오는데 총소리를 터뜨릴 생각을 한다는 게…… 부탁이다. 제발 꺼줘. 난 지금 심장이 막 뛰고 있단 말이다. 네가 오디오에 대해 조금이라도 안다면…… 네가 하는 짓이 아무한테나 총질하는 일만큼 야만적이라는 걸 알 텐데.

야만적이라니. 그건 이 게임이 어떻게 만들어졌는지 알지 못해 하는 말이야.

회색 뿔테안경을 쓴 남자아이와 카키색 모자를 쓴 남자아이는 자신이 하고 싶은 일을 멈출 생각이 없는 듯했다, 절대로.

내버려둬. 모자는 이렇게 생각할 수도 있는 거잖아. 총소리가 들려오는 전쟁터에서 아름다운 아리아를 듣고 있다구. 안경은 아리아를 들으면서 사람 죽이는 기분을 즐기면 되는 거구.

자신의 말에 감탄한 듯한 단발머리 여자아이는 소파에서 일어나 여덟 개의 의자가 놓인 식탁으로 걸어가다 정현을 보며 한심하다는 투로 말한다.

니네 집은 손님 대접을 이렇게 해? 장소 제공만 하고 나머지는 니네 알아서 하라는 식이니?

정말 우습다, 엉뚱한 곳에서 나와 비슷한 투로 말하는 여자아이를 만나게 된 게. 어머니는 내게 말하곤 했다. 너 말하는 거 듣고 있으면 꼭 시비 거는 거 같다. 성질 안 좋은 인간하고 부딪치면 언젠가 한대 얻어맞을 수도 있다라고.

그럴 리가요. 주문만 하세요, 무얼 마실 건지.

재빨리 몸을 움직여 빨간 딱지가 붙은 캐비닛형 냉장고 앞으로 다가간 정현은 웨이터 같은 포즈를 취했다. 단발머리 여자아이는 정현의 포즈를 보지 못하기라도 한 듯 좋은 생각이 떠올랐어라고 하며 나와 정현에게 가까이 오라는 손짓을 한다.

니네들 이런 생각 해본 적 있니? 인간성을 심사하는 데가 있어서 술 처먹고 해롱대기만 하는 인간들, 화가 났다 하면 주먹을 휘두르는 인간들, 남을 무시하는 인간들 이마에다 빨간 점을 붙여주는 거야. 그러니까 빨간 점을 이마에 붙인 인간은 직업이 무엇이건 틀려먹은 인간이라는 걸 숨길 수가 없게 되는 거지. 그렇게만 되면 형편없는 인간이 젠체하는 일은 없게 되겠지. 정말 근사하지 않니, 내 아이디어가? 왜 텔레비전이나 세탁기 같은 것들의 품질 검사에는 열을 올리면서 인간성을 살펴보는 일은 내팽개쳐놓는지 알 수 없는 일이야.

단발머리 여자아이의 아이디어가 재미없는 건 아닌데도 나와 정현은 아무 대꾸도 하지 않았다. 단발머리 여자아이의 두 눈에 깃들인 어떤 미움의 감정이 너무 격해 보인 때문이다. 뭐야 느희들, 박수라도 쳐야 하는 거 아니니? 제기랄…… 관두자.

손바닥으로 자신의 이마를 두드린 단발머리 여자아이는 연극적인 몸짓으로 여겨질 만큼 머리를 크게 흔들더니 정현에게 묻는다.

니네 부모님, 도망이라도 간 거야?

이번에는 정현이 머리를 저었다.

도망은 왜? 사람들이 집에 몰려들 와서 난리를 피우긴 했지만…… 아버지 어머니는 미국에 갔어, 동생 만나러. 원래 여행을 좋아하시기도 하지만 걔가 와달라고 아우성을 쳐대었거든.

행복한 추억을 떠올린 표정인 정현의 말이 이어졌다.

아버지와 어머니 모두 가족여행을 참 좋아하셔. 재작년엔 우리 식구 모두가 뉴욕에서 일주일 머물며 '레 미제라블'이란 오페라를 보고 메디슨 스퀘어에서 시카고와 뉴욕 팀의 농구경기를 보았댔어. 이 세상 모든 나라의 음식을 최고급 수준으로 즐길 수 있는 뉴욕은 정말 세계의 수도가 아닐까 싶어. 암튼 난 유학을 간다면 뉴욕을 택할 거다. 뉴욕만큼 다양함을 맛볼 수 있는 도시는 없을 테니까. 쇼핑에 지칠 때쯤이면 센트럴 파크를 어슬렁거리며 돌아다니는 것도 재미있을 것 같았어.

내 소원은 뉴질랜드 평원에 드러누워 하늘을 보는 거다. 아무리 둘러보아도 지평선이 보이지 않는 대평원에 그냥 누워 지내는 거.

게임을 하면서도 귀 하나는 식탁 주변으로 열어두었던지 회색 뿔테안경을 쓴 남자아이가 끼여든다. 우습다, 전쟁게임을 좋아하는 남자아이의 소원이 드넓은 평원에 드러누워 하늘을 보는 것이라는 게. 카키색 모자를 쓴 남자아이는 여전히 새로운 씨디를 씨디플레이어에 올려놓는 일에 몰두해 있다. 그애는 모든 종류의 음악들을 들어보기로 작정한 듯했다. 오페라 아리아에서 교향곡…… 합창곡에 이어 중세의 수도원을 떠올리게 하는 오르간곡까지.

온 가족이 뉴욕에서 일주일. 니네 부모가 파산만 안했더라면 니네 부모를 멋지다고 말했을 거다. 헷갈리네. 남에게 피해는 절대로 주지 않지만 가족한테는 상처를 주는 부모가 있는가 하면…… 어떻게 되는 거지. 제기랄, 뭐가 이렇게 복잡한 거야.

자기만이 아는 비밀창고 안에서 맴돌고 있기라도 한 듯 단발머리 여자아이의 눈빛 또한 복잡해 보인다. 나는 정현에게 눈짓을 했다, 단발머리 여자아이에게 빨리 마실 것을 주라고.

난 사실 버튼을 누르면 잘게 부서진 얼음들과 사각형의 얼음들이 쏟아지는 캐비닛형 냉장고 안엔 무엇이 들어 있나, 궁금하기도 했던 거다. 음료수칸을 가득 메운 캔맥주와 병맥주 들, 포도주스와 오렌지주스, 당근주스와 요구르트, 과일박스엔 사과와 키위, 배, 감, 귤, 오렌지와 포도, 멜론이 있다. 냉장고 선전책자에서처럼 각가지 종류의 치즈들, 소시지와 햄 들, 잼병들, 오이피클과 스파게티 소스병들, 굴 소스병들…… 그리고 반찬이며 김치가 든 사각 밀폐용기들이 너무나 잘 정돈되어 있는 냉장칸엔 비닐랩을 씌운 치즈케이크도 있다. 김치통과 보리찻물이 들어 있는 우리집 냉장고와는 다를 줄 알긴 했지만 그래도 이건 너무 심했다.

텔레비전에서 들려오는 총소리가 또다시 높아졌다. 이 곡 저 곡 들어보다 마침내 듣고 싶은 곡을 골랐는지 오디오 앞에서 물러난 카키색 모자를 쓴 남자아이가 내 옆으로 다가와 섰다. 총소리 사이로 들려오는 첼로곡은 겨울밤의 숨결 같다. 정현은 냉장고에서 꺼낸 과일들과 음료수들을 간이식탁에 올려놓는다. 단발머리 여자아이는 캔맥주 하나를 단숨에 마셨다.

제기랄, 선우 이 자식, 이거 맛이 갔잖아.

카키색 모자를 쓴 남자아이는 맥주 거품이 묻은 입으로 선우 욕하는 말을 계속 내뱉어 나를 놀라게 했다. 오페라 아리아나 첼로곡을 좋아하는 남자아이는 욕 같은 것을 할 줄 모를 거라고 여겼던 모양이다. 멍청이인 나. 영화 '대부'의 마피아 두목들도 오페라를 즐기지만 사람을 죽이는 게 그들의 전공이었다.

오랜만에 몸을 좀 풀어볼까 했더니 틀린 일이 되고 말았잖아. 망할 자식이 사람 기분 더럽게 만드네.

카키색 모자를 쓴 남자아이는 하품을 하며 손목시계를 본다. 누군가 지금이라도 춤추러 가자고 말해준다면 얼마나 좋을까. 그러나 누구도 나이트클럽에 가자는 말을 하지 않는다. 선우가 초대한 탓에 다른 아이들도 나처럼 차비 정도의 돈만 가지고 나온 모양이다. 두 발을 식탁에 올려놓은 카키색 모자를 쓴 남자아이가 핸드폰을 꺼내었다.

나야. 나올 수 있겠니? 야, 서방님이 나오라고 하면 만사를 제끼고 나와야지…… 뭐야, 생리라고. 그딴 걸 왜 하나? 골내지 말라지만…… 오늘밤엔 기분 꼬이는 일만 생기잖아. 나이트엘 데려가겠다고 한 녀석이 안 나타난 거야…… 모르겠어, 여기서 얼마나 있을지. 녀석 친구들이지 내 친구는 아니거든. 아 참, 기찬 오디오를 봤어. 너 알잖아, 내 소원 중의 하나가 환상의 오디오를 가지는 거라고. 그런데…… 어떤 인간이 이미 그걸 가지고 있는 거야. 세상 참 불공평하네. 우리집 영감님도 꽤 어렵다는 시험 패스했는데…… 우리 사는 건 거지살림이고 얘네는…… 기분 더럽다, 정말. 그래, 다시 연락하마.

카키색 모자를 쓴 남자아이도 꽤나 수다꾼이다, 내가 아는 대부분의 다른 남자아이들처럼. 조심성도 없다.

화내지 마. 얘네 파산한 살림이잖아.

캔맥주 세 개를 마신 단발머리 여자아이가 혼자만 듣는 음악의 리듬에 맞추듯 머리를 흔들며 말했다.

파산? 그렇구나. 그런데도 기분이 뒤틀리는 건 어쩔 수가 없어.

카키색 모자를 쓴 남자아이가 모자 챙을 움켜잡으며 콧잔등에 주름을 만들었다.

파산이라는 것은 다시는 일어설 수 없는 형편을 말하는 게 아닐까. 정현이 우리집에 와본다면 뭐라고 할까. 산다는 게 이렇게 지저분해서야,라며 고개를 돌리지 않을까. 그런 생각을 하고 있는데도 왜 모자 쓴 남자아이의 말이 손톱 밑의 가시처럼 여겨지는지. 그러면서도 우리가 처음으로 분양받은 이십평짜리 아파트를 어떻게 꾸밀까, 어머니와 의논하였던 게 우스운 일로만 여겨지는 터였다.

정현의 키가 백육십 센티 남짓이 아니라면…… 어깨가 좁고 배와 엉덩이가 튀어나오지 않았더라면…… 나 또한 정현에게 단발머리가 한 말보다 좀더 심한 말을 했을까?

이것들 모두…… 우리 엄마가 고른 이 아름다운 가구들…… 오디오며 텔레비전 모두 곧 다른 사람들이 가져갈 거라고 했어…… 큰엄마가 와서 그랬어…… 우리한테 돈 빌려준 사람들 흙 퍼다가 빌려준 거 아니니 돈을 갚지 못하는 대신 이것들이라도 주어야 한다고.

정현은 눈을 껌벅이다 고개를 돌려 손등으로 눈을 쓱 문지른다.

니네 엄마 마음이 많이 아프겠다. 엄마들은 아름다운 가구들을 특별히 아끼잖아.

게임을 멈춘 뒤 정현에게 다가가는 회색 뿔테안경을 쓴 남자아이의 눈에는 정현을 위로해주고 싶어하는 마음이 담겨 있다.

사내놈들이…… 엄마타령은…… 간지러워서 더는 못 듣겠네.

카키색 모자를 쓴 남자아이가 말보로 담배에 불을 붙이며 아주 낮게 중얼거렸다. 엄마가 차려주던 밥상 생각이 나네라고.

카키색 모자를 쓴 남자아이에게 엄마가 차려준 밥상 비슷한 걸 차려주고 싶어서라기보다 나 자신 배가 고파진 탓으로 정현이 간이식탁에 꺼내어놓은 과일들을 식탁으로 옮겨오는 내 손놀림은 재빠르다. 단발머리 여자아이도 주방에서 접시들을 가져온 뒤 냉장고에서 꺼낸 치즈케이크를 자르기 시작한다. 그럴싸한 파티가 시작되는 듯한 분위기가 만들어졌다. 아주 순식간에. 단발머리 여자아이는 치즈케이크를 접시에 담기 전에 접시들의 상표 확인도 재빠르게 해치웠다.

이것들 베르사체하고 헤르메스네…… 우리 엄마가 사고 싶어하던 것들이잖아.

멋지지 않으냐는 단발머리 여자아이의 말에 나는 머리를 끄덕여준다. 베르사체, 헤르메스와 그릇들이라는 연결이 쉽지 않았는데도.

엄마들은 이상하게 뭐든 수집하길 좋아하더라. 그릇이며 보석이며…… 그런 것들이 자신의 일부라고 여기나봐. 아무것도 아닌 그런 것들 때문에 굴욕도 참고…… 멍청이들이야.

단발머리 여자아이의 눈동자는 푸른색 컬러렌즈 때문인지 여우의 그것처럼 푸르다. 한 공간에 있는 두 여자아이는 서로가 한편임을 드러내든가 아니면 서로 다른 별임을 알리고 싶어한다. 단발머리 여자아이와 나 사이에는 다른 별이란 기류가 흐른다. 단발머리 여자아이가 나와는 다른 동네에 살고 있다고 여겨져서? 그래서만은 아니었다. 화내지 마, 애네 파산한 살림이잖아라는 말이 과학실에 배어 있는 염산냄새처럼 여겨진 거였다. 정현네가 망했다는 것에 나 또한 위안을 얻었는데도 그랬다.

아름다운 건 좋은 거잖아. 그릇이건 옷이건 보석이건 무엇이든. 난 여자로 살아가는 게 멋있게 여겨지기도 해. 멋을 아는 감각을 가진 아름다운 여자. 옛날 영화에 나오는 여배우들 봐라. 정말 우아하잖아. 요즘은 그렇게 멋진 여자를 보기가 힘들어. 내가 여자라면 옛날 여배우를 닮으려고 할 거다.

정현의 외모와 옛날 여배우. 정현의 어조와 목소리가 너무 진지한 탓에 더욱 코미디의 한 장면을 보는 듯하긴 했다. 하지만 꼭 단발머리 여자아이는 저토록 과장스런 웃음을 터뜨려야만 할까. 손으로 배꼽을 잡는 시늉까지 해가며.

너 옛날 여배우처럼 우아해지려면 얼마나 많은 돈을 들여야 하는지 알어? 돈 많은 남자가 돈을 제공해주어야 하고 하녀가 있어야 하고 부엌일엔 손도 대지 말아야 하고…… 기생충처럼 살아야 그렇게 우아해질 수 있다는 걸 알기나 해?

너 겉모습만 남자냐? 여자로 살아가는 게 멋있게 여겨진다니. 세상에 나서 이런 해괴한 말은 처음 들어본다. 너 여자아이들이 우리들한테 싸움 걸어오는 이유가 뭐라고 생각하냐? 우리가 부러워서 그런 거야.

단발머리 여자아이와 카키색 모자를 쓴 남자아이는 계속 정현을 놀려대고 회색 뿔테안경을 쓴 남자아이도 빙그레 웃으며 정현을 바라본다. 오리 엉덩이에 배불뚝이인 남자아이의 마음속에 옛날 여배우를 닮으려 하는 마음이 숨겨져 있다니. 언제 어디서나 똑같은 내용이 담긴 녹음테이프를 듣는 듯한 지루함 속에서 날 구해준 정현에 대한 답례로 난 옛날 여배우들이 우아하긴 하다고 말해준다. 웃음을 되찾은 정현은 나중에 테이블 세팅 공부도 하고 싶다고 말한다.

테이블 세팅 전문가? 잘 모르겠지만 그런 건 여자아이들이 하는 소꿉장난질 같은 것 아니냐?

당근주스를 마신 카키색 모자를 쓴 남자아이는 하품을 하며 정현을 본다.

우리 엄마도 언젠가 그런 말 한 것 같아. 테이블 세팅인가 뭔가를 제대로 배우고 싶다고.

회색 뿔테안경을 쓴 남자아이의 시선은 손목시계로 향해 있다.

너, 보는 사람 초조하게 만들지 말고…… 급한 일 있으면 가주라.

카키색 모자를 쓴 남자아이가 팔을 들어 현관 쪽을 가리켰다.

지금이라도 독서실로 갈까, 마음이 헷갈려서 말이다.

치즈케이크엔 손도 대지 않은 채 포도 몇알만 삼킨 회색 뿔테안경을 쓴 남자아이는 어느덧 주차금지 구역으로 차를 몰고 온 사람 같은 표정이었다.

몇시간 더 책을 판다고 몇점 더 받을 거 같니? 네가 본 게 나오면 건지는 거고 아니면 꽝인 거지…… 일류대학 나온다고 멋진 인생 사는 것두 아니구…… 우리집 영감님을 보면 그걸 알 수 있어. 남들이 똥 싸놓으면 그걸 치우는 게 영감님 일이거든. 영감님이 우리한테 한가지 알게 해준 게 있다면 바로 그거지.

카키색 모자를 쓴 남자아이가 모자 챙을 만지작거리며 말했다.

정말 남들이 싸놓은 똥 치우는 일을 하시니, 니네 아버지?

벌써 캔맥주를 네 개나 비운 단발머리 여자아이는 카키색 모자를 쓴 남자아이를 보며 조롱하는 듯한 어조로 말했다.

뭐 이따위가 다 있어. 야, 그릇타령 하는 애들은 다들 돌머리들이냐?

갑작스레 날아든 벌에 쏘인 듯한 표정인 카키색 모자를 쓴 남자아이의 입에서는 침이 튀겨져나왔다.

돌머리라구? 그러는 네 머리엔 다이아몬드라도 들었냐?

카키색 모자를 쓴 남자아이가 먹다 남긴 치즈케이크에다 단발머리 여자아이는 피우던 담배를 던졌다. 정현과 나, 회색 뿔테안경을 쓴 남자아이는 카키색 모자를 쓴 남자아이와 단발머리 여자아이를 번갈아 쳐다본다. 정현의 눈엔 약간의 호기심이, 회색 뿔테안경을 쓴 남자아이의 눈에는 약간의 불편한 느낌이 드러나 있다.

이게, 제정신이 아냐.

카키색 모자를 쓴 남자아이가 팔을 뻗어 단발머리 여자아이의 머리를 쥐어박으려는 순간 무슨 일이 일어났나. 식탁 아래로 카키색 모자가 떨어지면서 정수리 부근의 머리털이 빠져버린 매우 이상하고 기다란 얼굴이 나타났다. 눈동자가 거의 보이지 않는 작은 두 눈과 윗부분이 꺼져버린 코를 가진, 모자를 썼을 때와는 너무 다른 얼굴이 드러난 것이다. 순식간에 얼굴을 바꿔치기하는 요술을 보는 느낌이기까지 했다.

미안하다…… 정말…… 정말 미안해.

단발머리 여자아이의 눈꺼풀에 경련이 일었고 정수리에 머리카락이 없는 남자아이가 단발머리 여자아이의 양어깨를 움켜잡았다.

내가 제일 못 참아하는 말이었어, 그게. 오빠가 걸핏하면 내 머릴 쥐어박으면서 그랬거든. 이 돌머리야라고. 미안하다, 정말.

정수리에 머리칼이 없는 남자아이는 씨발이라는 말을 몇번이나 한 뒤 숨을 커다랗게 내쉬고는 단발머리 여자아이를 놓아주었다.

나도…… 집에서는 돌머리라고 불려. 영감하고 형 입에 그 말이 붙어 있거든. 왜…… 머리털이 빠졌겠냐. 그 말이 제초제였던 거지 뭐, 제기랄. 그런데 니네 오빠라는 작자도 우리 형처럼 널 돌머리라고 부른다 이거지. 망할 놈들, 다이아몬드표 머리 타고난 놈들, 그거 제 힘으로 얻은 거 아니잖아. 그런데도 그걸 모르고 남들을 우습게 안다니까, 제기랄. 너 오늘 운 좋은 줄 알아. 니네 오빠라는 작자 아니었으면 너 오늘 깨졌다. 돌머리표 패거리로서 충고하는데, 너 조심해. 남자애들 모자에 함부로 손대는 게 아냐. 남자애들한테 모자는…… 제기랄, 관두자. 성질대로 하자면 널 패주고 싶은데.

정수리에 머리칼이라곤 없는 남자아이는 카키색 모자를 쓰고는 후우 후우 거친 숨을 내쉬더니 현관문 쪽으로 걸어간다.

내 책상 위의 컴퓨터

11-5 November.

컴퓨터 앞에 앉아 자판을 두드리는 일. 믿기지 않는다, 정말.

흥분한 탓인지 십일월을 영어로 쓰는데 몇번이나 고쳐써야 했다. 최신 기종은 아니지만 쓸 만한 컴퓨터. 나이트클럽에 가기는커녕 정현네 집에서 케이크나 먹다가 헤어진 후 지선이네로 가서 옷을 갈아입고 왔더니 놀랍게도 내 책상 위에 컴퓨터가 놓여 있었다. 어머니가 일 나가는 집의 아들이 쓰던 걸 이제부턴 내가 쓸 수 있게 된 것이다. 가끔은 정말 바라는 게 이루어지기도 하나보다. 어머니가 옷장이니 화장대, 그릇 들을 얻어올 때마다 컴퓨터는 하나 생기지 않나 하고 기대했는데 드디어 내 컴퓨터를 가지게 된 것이다.

이년에 한번은 집안의 모든 가구들을 바꾼다는, 어머니가 일 나가는 ㅅ아파트 아주머니를 쇼핑광이라고 흉보곤 했지만 지금은 그 아주머니에게 감사편지라도 보내고 싶다.

안녕하세요? 저는 혜진이에요. 제 이름은 들어봤을 거라고 믿어요. 우리 엄마가 아주머니한테 제 흉을 보았을 테니까요. 우리 엄마 취미가 저와 할머니 흉보기니까요. 할머니야 사실 엄마를 구박해왔으니 미움을 받아도 마땅하지만…… 난 정말 억울해요. 엄마는 내가 할머니를 닮았다는 이유로 날 흉보는 거니까요. 겉모습, 마음 모습, 목소리까지 제가 할머니와 똑같다나요?

우습다. 컴퓨터를 보내주어서 고맙다는 감사편지를 쓰려 했는데 왜 엉뚱하게 할머니 이야기가 튀어나왔는지. 마음에 들지 않으면 지워버리면 된다. 지우는 건 너무 쉽다. 그래서 남겨둔다. ㅅ아파트 아주머니에게 감사편지를 쓰려 했다는 내 마음의 흔적을 남겨두고 싶어서? 재미있다. 머릿속에 담겨 있던 말들이 내 손끝을 통해 모니터에 모습을 드러낸다는 게.

숨겨진 낱말 찾기? 지선이와 수다를 떨 때의 기분? 아니 그것과는 약간 다르다. 놀이공원 안으로 들어선 기분? 놀이공원의 모든 놀이기구들을 한꺼번에 탈 수는 없다. 순서를 정해야 한다. 컴퓨터도 마찬가지. 반짝거리는 커서는 빨리 들어오지 않으면 입장불가라는 신호 같다. 핸드폰이 울렸다. 선우 녀석이라면 욕을 해주어야 한다는 생각에 컴퓨터를 끄고 핸드폰으로 손을 뻗었다.

　혜진아, 나 지금 잔뜩 술 마셨거든. 너 참을성 없는 거 알지만 부탁한다. 내 말 자르거나 하지 말고 들어줘. 내가 약속 펑크낸 것 미안하지만…… 지금은 그렇다, 별로 미안하질 않아. 난 말이 다…… 혜진아, 넌 아냐? 왜 살아야 하는지…… 우리들 왜 산다 고 생각해? 대답 좀 해줘라. 혜진아, 넌 똑똑하잖아. 난 말이다, 이 더러운 세상이 너무 싫다. 혜진아, 난 말이다, 옛날이 무지 그 립다. 할아버지가 남긴 밭이 아파트단지로 변하지 않았더라면 탱 이는 목수일을 하며 살았을 거잖아. 그 시절에는 탱이가 망구를 그렇게 미워하지도 않았는데…… 부자가 되면 집을 바꾸듯 마누 라도 바꾸고 싶어지는 건지 탱이는 날이 갈수록 망구를 못마땅해 하더라. 망구가 부잣집 마나님 노릇을 할 줄 모른다는 게 싫었던 가봐. 망구가 한 일은…… 오직 절에다 교회에다 돈을 가져다 바 치는 일뿐이었거든. 혜진아, 너한테 말하지 않은 게 있었는데…… 선희누나 말이다, 선희누나가 맛이 약간 가버렸거든. 바깥에 나가 려고 하질 않는 병이 생긴 거야. 왜 그 병이 생겼는지는 나도 몰 라. 그저 언제부턴가 선희누나는 방에만 있으려고 했어. 탱이는 선희누나한테 아무런 관심이 없었고 망구는 탱이와 싸워 얻어낸 돈으로 절이다 교회다 그런 곳에 돈을 바치기만 하였는데…… 탱 이는 망구가 돈을 달라고 할 때마다 선희누나를 정신병원에 데려 가야 한다고 고함을 쳐대었지만 망구는 끄떡도 하지 않았어. 탱이 는 망구와 헤어지려고 했어. 그런데 망구는 절대로 그렇게 해줄 수 없다면서 버티었지. 탱이를 기쁘게 해주기 싫었던 거지. 그런데 오늘…… 탱이하고 오년을 살았다는 여자가 네살짜리 아들을 데리고 망구 앞에 나타난 거야. 알겠니? 혜진아, 탱이랑 너무 닮은 꼬마녀석이 나타난 거였다구. 숨어 사는 것도 지쳤다나 어쨌다나…… 그러니까 그 여자는 망구가 퇴장하기를 바란다는 거였어. 오년 동안 기다렸다. 두 분은 부부가 아닌 상태로 살아온 지가 여러 해째 아니냐. 내가 영감님께 잘 말씀드려 선우 어머니 섭섭하지 않게 위자료를 내어놓게 만들겠다. 그러니 제발 물러가달라고…… 혜진아, 그 여자…… 서른이 채 될까 싶게 젊은 여자가…… 키도 크고 얼굴도 최지우를 닮은 그렇게 예쁜 여자가 탱이의 아이를 낳고 탱이와 살고 싶어하다니…… 그게 다 돈을 바라보고 하는 짓이다 싶으니까…… 돈…… 돈이 대체 뭐길래…… 난 그 여자를 늘씬하게 패주었다…… 그 다음은…… 여자의 연락을 받고 들이닥친 탱이가 날 묵사발낸 거고…… 난 결심했다, 혜진아. 탱이가 교통사고를 당하거나 심장마비로 죽기를 기다릴 게 아니라…… 내가 탱이를 이 지구에서 사라지게 해야 한다고.

미쳤어,라고 내가 소리를 질러도 선우는 멈추지 않는다.

혜진아, 갑자기 생각이 바뀌었어. 탱이를 없애는 것보다는 그 여자하고 그 여자의 네살짜리 꼬마를 없애는 게 나을 것 같아. 그게 탱이를 더 힘들게 할 것 같아. 그렇지 않냐? 이제부터는 비디오를 보면서 연구를 해야겠다.

너 지금 제정신 아냐. 그러니까 전화 끊고 자라, 제발.

여느 때와 다르게 나는 부드러운 목소리로 말해주었다.

부탁이다, 혜진아. 그냥 들어줘. 미친놈이라는 말은 하질 말고.

나 말이다, 친구들은 참 많은 것 같은데…… 날마다 친구들을 만나느라 바빴는데…… 왜 내 마음을 숨김없이 보여줄 얼굴이 떠오르지 않는지…… 쓸쓸하다, 돌아버릴 정도로. 춤추러 가게 해주지 않으면 누구도 날 쳐다보지 않는다. 난 말이다, 혜진아…… 이제부터는 청소부가 될 참이다. 더러운 인간들을 청소하는 청소부 말이다. 너 생각나니? 우리가 옛날에 세들어 산 집 주인 할머니가 좁은 마당에 상추를 키울 때 솎아주던 거. 인간들도 마찬가지 아니겠니? 나쁜 짓 하는 무리들을 솎아내야 다른 사람들이 고통을 받지 않을 거잖아.

한 말을 몇번씩이나 되풀이하는 선우를 더는 참을 수 없어진 나는 자야 한다며 핸드폰을 꺼버렸다. 불쌍한 선우. 멋진 인생을 살기 위해선 부자가 되어야 하지만 모든 부자가 다 멋진 인생을 사는 게 아니라는 걸 알게 해준 선우.

멍텅구리 선우. 술에 취해 하는 말이겠지만 왜 아버지를 괴롭히겠다는 생각을 하는 것인지. 젊은 여자한테 아이를 낳게 한 아버지가 존경스럽진 않겠지만 그렇다고 아버지를 괴롭혀서 얻을 게 무엇이란 말인가.

나는 다시 컴퓨터를 켰다가 꺼버린다. 졸음 때문이다.

추락의 시간

침대에서 빠져나와 학교로 달려가야 하는 아침, 학교에서의 보충수업을 마치고
학원으로 달려가는 저녁의 시간들만이 존재하는 것 같았던 날들. 다행이었다,
그때 춤추게 만드는 음악이 터져나온 것은. 저항할 수 없는 음악의 힘,
아이들 대부분은 음악에 맞춰 몸을 움직인다.
전류에 휩싸이기라도 한 듯 나의 온몸도 흔들린다. 흔들림은 점점 더 커진다.
격렬해진다. 멈출 수가 없다, 이 우스꽝스런 몸짓을.

추락의 시간

영우의 편지

남영에게

아버지 장례를 치르는 동안 여러번 네 생각을 했다. 아버지는
화장을 원하셨다. 몸져누우신 어머니를 대신해 내가 아버지의
뼛가루를 아버지 고향 앞바다에 뿌려드렸다. 아버지는 고향집
뒷산에서 음독을 하셨다. 나는 지금도 지난 두달 동안 내게 일
어난 일들이 믿기지 않는다. 아버지의 파산, 죽음, 관절염으로
잘 움직일 수 없는 어머니, 사라진 아파트, 햇살이 잘 들지 않는
어두운 지하 셋방, 우울증에 걸려 학교에 가지 않으려 하는 동
생.

아버지를 혼자 보내면서야 깨달았다. 상을 당한 사람이 왜 사

람들을 불러모으려 하는지를. 예전에는 왜 사람들이 상가에 모여 화투를 치고 술을 마시며 떠들어대는지 이해할 수 없었다. 그것을 죽은 자에 대한 모독이라고 여겼다. 죽은 자와의 이별은 조촐할수록 조용할수록 진실한 것이라고 여겼다.

내 생각은 잘못된 것이었다. 뼛가루로 변한 아버지를 보내드리는 동안 나는 이 세상에서 가장 외로운 존재였다. 가장 허약한 존재였다. 그랬다. 혼자라는 게 얼마나 무서운 형벌이라는 것을 나는 아버지 고향 바닷가에서 뼈저리게 느꼈다.

나는 아버지가 왜 그리도 사람들 속에 섞여 있는 걸 좋아했는지 이번에야 알 수 있었다. 어이없을 정도로 많은 모임에 들기를 좋아했던 아버지. 손가락으로는 다 꼽을 수 없었던 모임이며 행사에 얼굴을 내미느라, 온갖 경조사에 빠짐없이 참석하느라 어느 하루도 집에서 식사하는 날이 없었던 아버지.

언젠가 나는 아버지한테 물었다, 사랑으로 크는 나무라는 말을 들어보셨어요?라고. 아버지는 술기운과 잠기운으로 몽롱해진 눈으로 날 바라보며 그게 무슨 말이냐고 물었다. 내가 정말 몰라서 물으시는 거냐고 묻자 아버지는 머리를 끄덕이셨다. 나무도 사랑으로 큰다는데 아이들은 어떻겠어요라고 내가 말했다. 아버지는 그러자 벌컥 화를 내셨다.

망할 놈, 내가 밤낮으로 뛰어다니는 게 다 누구 때문인데. 느희들을 위해서란 말이다, 나는…… 내 자식들이 비옥한 땅에 뿌리내리고 살았으면 해서…… 나처럼 언 땅에 삽질하는 것처럼 힘들지 않게 살기를 바라는 마음에서 뛰어다니는 거란 말이다. 나나 네 엄마 주위에 누가 있어. 아무도 없잖냐. 너는 아직 모른다, 혼자 뛰어온 사람이 얼마나 힘든지.

아버지는 그날 울타리의 중요성에 대해 알려주고 싶어했지만 나는 아버지의 말을 이해할 수 없었다. 조금은 아버지를 경멸하기까지 했다. 출세, 성공, 이런 말들을 들먹이기 좋아하는 아버지가 속물로 여겨졌던 것이다.

무엇을 살 때면 언제나 최고급 브랜드만을 확인하던 아버지. 나는 때로 아버지가 무엇인가를 사들이는 재미로 살아가는 건 아닐까 하고 생각했다. 음악을 전혀 듣지도 않으면서 최고급 오디오 기기를 사들였고 온갖 종류의 실내 운동기구들도 끊임없이 사들여 집안은 언제나 좁았다. 이십평에 살 때나 육십평에 살 때나 언제나 집안이 좁았던 건 아버지 때문이었다. 어머니는 참 오랫동안 아버지에게 물건들을 그만 사들이라고 부탁하고 고함치고 했지만 소용이 없었다.

하청, 어음, 보증, 이런 것들이 어떻게 얽혀 어떻게 사람들을 넘어지게 만드는지 난 잘 알지 못한다. 아버지는 자신이 피해자이면서 주위 사람들에게 커다란 피해를 입혔다고 했다. 아버지가 스스로에 대해 피해자라고만 했더라면…… 모르겠다. 아버지가 진정 피해자이기만 했더라면 아버지는 살아갈 수 있는 힘을 조금은 간직할 수 있었던 건 아니었을까. 우리들한테는 늘 모든 것이 잘되어나간다고 했던 아버지. 콩 심은 데서 꼭 콩만 나는 게 아니라며 하나뿐인 아들 녀석의 소심함을 못마땅해하던 아버지.

언제나 너무 강해 보였던 아버지. 밀어붙여야 한다는 말을 자주 했던 아버지.

때로 나는 아버지의 아들로 태어난 것을 불운으로 여겼다. 사업가는 되지 않겠다고 생각한 것도 아버지 때문이었다. 은행빚을 끌어들이는 능력, 아니 이건 아버지의 표현이 아니다. 지점장을 구워삶는 능력, 힘있는 남자가 미인을 차지하게 된다가 아니라 여자들은 결국 돈 많은 남자한테 걸려들게 되어 있다라고 말하는 아버지가 나는 마음에 들지 않았던 것이다.

너의 집에 전화를 한 적이 있다. 누구도 전화를 받지 않았다.

차라리 다행이라는 생각을 했다. 무슨 이야기를 할 수 있었을까.

남영아, 너를 떠올릴 수 있어 다행이다. 입시가 끝날 때까지 나는 스스로를 돌보려 한다. 이사한 곳의 주소를 쓰지 않은 것은 너만을 위해서는 아니다. 나에게도 시간이 필요하니까. 다시 연락하마.

친구 영우가

나는 영우의 편지를 한번 더 읽었다. 높은 낭떠러지 끝으로 끌려간 듯 멍할 뿐. 영우는 중학교 1학년 때 만난 친구였다.

겉으로는 친한 모습이지만 끝없이 불편하게 여겨지는 친구들이 있는가 하면 자주 만나지는 못해도 편하게 여겨지는 친구들도 있는데 영우는 편하게 여겨지는 많지 않은 친구에 속했다. 편할 뿐 아니라 언제나 내 편이 되어주는 친구라고 여겨왔다. 날 점검하는 눈들 속에 포위되어 있다고 느껴질 때, 날 지지해주는 친구가 하나도 없다고 여겨질 때 나는 그애한테 전화를 걸곤 했다. 그랬는데 그애는 혼자서 아버지의 뼛가루를 뿌렸다니…… 이상하다. 아무래도 잘 믿어지지 않는다.

한줌의 뼛가루로 변한 나의 아버지. 아버지의 뼛가루를 바다에 뿌리는 나. 그제야 눈물이 나려 한다. 수업 끝을 알리는 벨소리가 울렸다. 수능고사를 본 후로 수업은 형식뿐이지만 그래도 수업 시작과 끝을 알리는 벨소리는 변함이 없다. 영우의 편지를 읽는 동안엔 교실 안의 소음을 잘 느끼지 못했다. 소음과 웃음의 덩어리가 내 주위에 있긴 했지만 그것들과 나 사이엔 일종의 완충지대가 있는 듯했다. 수업 끝을 알리는 벨소리를 시작으로 그 완충지대는 사라졌다.

길을 가다 여러 종류의 사람들을 만나게 된다. 예수를 믿으라는 사람, 미래가 보인다는 사람 등…… 이런 때 이 말 한마디면 해결이 된다. 그 말은 난데스까?

서태지가 병역 면제를 받은 이유. 알아요설. 이것도 알고 저것도 알고 특히 군대에 관해서 너무 많은 걸 알고 있다. 블러드설. 피가 모자라 군생활을 하기 어렵다. 썰렁설. 그냥.

자칭 유머수집가인 아이들이 경쟁적으로 떠들어대는 이야기들.

성격적으로 용서할 줄 모르고 화를 품고 있다든지 자책하거나 자기 연민에 잘 빠지는 사람, 대인관계를 원만하게 하지 못하는 사람은 암에 걸리기 쉽고 공격적이며 경쟁적이고 시간에 쫓기며 급한 A형의 성격을 가진 사람은 심장병에 약하며 꼼꼼하고 경직

된 강박적인 사람은 편두통으로 고생한다는 얘기도 있다. 아기들아, 내 얘기 잘 들었냐. 모름지기 스트레스 덜 받고 또 스트레스란 놈의 목덜미를 꽉 움켜잡아가지고 노는 건강한 사람이 되어야지 않겠냐라며 윤리선생님처럼 말하는 녀석도 있다. 선동렬과 이승엽, 박찬호와 안정환, 현주엽과 문경은에 대해 떠들어대는 아이들. 저마다 농구, 축구, 야구 해설가인 아이들이 쓰는 말들은 다 비슷하다. 총알 패스, 초정밀 외곽슛……

교실 안은 스포츠신문의 애독자임을 입증하려는 아이들로 이루 말할 수 없이 시끄럽다. 언제나 보아온 교실 안의 풍경, 그리고 소음들이 정겹게 다가온다. 문득 소리치고 싶어진다, 나는 살아 있다라고.

빠져나올 수 없는 무덤으로 스스로 들어간 영우 아버지. 내가 굴러떨어졌던 곳은 쉽게 빠져나올 수 있는 웅덩이에 지나지 않는 것일 게다. 수능을 잘못 보았다는 것, 얼마든지 만회할 수 있는 것이다.

오, 가증스러운 나의 이기심. 영우의 편지에서 위안을 얻다니. 수업 시작을 알리는 벨소리가 들려온다.

생일파티

대리석 현관바닥을 가득 메운 구두와 운동화 들, 신발장 건너편 벽에 놓인 검정 철망으로 된 다섯 칸짜리 간이 신발장에도 빈자리는 없다. 경준의 생일파티에 초대를 받은 아이들이 이렇게 많다니. 돌아갈까 하고 머뭇대는데 어디선가 나타난 주연이 알은척을 해오면서 그럴 수도 없게 되었다.

늦었구나.

주연은 마치 내가 나타나기를 기다리기나 한 것처럼 반갑게 맞아주었다. 상냥함은 그애의 특징이었다. 어떤 아이들은 주연의 상냥함을 칵테일 파티형 인간의 특징이라고 말하기도 했지만 난 그애가 싫지 않았다. 그애는 무엇보다도 날 긴장시키지 않았으니까.

일찍 왔으면 좋았을 텐데…… 그랬으면 경준이와 같이 케이크 커팅을 한 경준이 엄마를 보았을 텐데. 어휴, 완전히 스타셨어. 대단한 미인이셨어.

휴우. 주연은 미인에 대해 말하거나 미인을 바라볼 때면 언제나 그렇듯 몸에 경련이 이는 듯한 표정이었다. 난 그애의 이야기에 빠져들 수가 없다. 아직까지 사람들이 많이 모여 있는 장소는 놀이동산에 있는 공포의 매직동굴처럼 여겨지기 때문이다. 선뜻 들어갈 순 없지만 그냥 스쳐갈 수도 없는. 이런 증세에도 이름을 붙일 수 있을까? 다수와의 만남 기피증? 수능을 망친 뒤로 더욱 심해진 증세이지만 지금은 주연이가 있어 나은 편이었다. 다른 녀석들도 그럴까. 나는 한번도 물어보지 못했다. 아니라는 대답을 듣게 될까봐.

너 여기 처음 와보는 거지.

내가 놀라기를 기다리는 듯한 표정인 주연에게 나는 고개를 끄덕여준다. 대단하구나라고 내가 말하자 주연은 곧, 이사간대나봐라고 말한다. 아주 대단한 정보를 말해주는 듯한 어조로. 경준네 아파트는 내가 지금껏 봐온 아파트와는 아주 많이 다르다. 초록과 회색 대리석으로 만들어진 아름다운 벽난로와 가구들. 그림들과 조각들 그리고 호텔 로비에서 본 것만 같은 아름다운 꽃들이 어우러진 곳. 검정 머리칼에 노란 얼굴을 한 아이들이 이 화려한 공간에는 어쩐지 어울리지 않는다. 아이들은 모두 배경인물들인 것만 같다. 주인공의 출현을 기다리며 모여 있는 엑스트라들.

거실 반대편 쪽의 창문 앞엔 그랜드피아노가 있고 지금 누군가 연주를 하고 있다. '써머타임'을 퓨전 재즈풍으로 연주하는 솜씨는 대단했다. 누구인가 궁금하지만 그랜드피아노 곁으로 쉽게 다가갈 수 없을 것 같다. 여자아이들이 피아니스트를 에워싸고 있어서였다. 그랜드피아노와 몇걸음 떨어진 곳엔 흰 테이블보가 덮인 기다란 식탁이 있고 그 위엔 전문가가 만든 장식품 같은 음식들이 꽃들 속에 차려져 있다.

경준네가 부자라는 것, 그애의 할아버지가 알려진 재력가라는 걸 알고 있었지만 이 정도일 거라고는 생각하지 못했다. 상냥한 주연은 빨간 액체가 든 유리잔을 내게 건네주며 낮은 목소리로 경준네 할아버지 회사가 곧 부도처리 될 거라고 말한다. 경준네가 이사갈 집엔 당구대가 있는 넓은 홀과 엘리베이터도 있다는 말을 덧붙인 녀석의 눈길은 곧바로 대리석 벽난로 주위로 향한다. 나미며 지나 같은, 남자아이들한테 인기 있는 여자아이들이 모여 있는 그곳으로 혼자 간다는 게 쉽지 않은지 주연은 내 귀에 대고 속삭이듯 말한다. 쟤네들한테로 가보지 않을래라고.

내가 아무런 반응을 보이질 않자 주연은 아 하고 고개를 끄덕이더니 내게 알려준다. 지은이는 오지 않았다고. 나는 깨닫는다, 도무지 생일파티에 올 기분이 아니었던 내가 여기로 온 건 지은을 만날 수 있을까 하는 기대감 때문이었다는 걸. 거실 창 앞의 커다란 하늘빛 비단 윙체어에 앉은 현제가 내게 손을 흔들어 보이며 오라는 눈짓을 한다.

피아노곡은 '스팅'으로 바뀌었다. 프랑스나 이딸리아 귀족들의 살롱에 놓였음직한 우아한 탁자 주위에 모여 있는 아이들 곁으로 다가간 나는 현제와 약간 떨어져 앉는다. 주연도 여자아이들 곁으로 가는 걸 포기하고 내 옆으로 와 앉는다. 우아한 탁자 위엔 밀러, 버드와이저, 하이네켄, 기네스 등 여러 맥주들이 여러 종류의 마른안주가 담긴 은제 접시들 사이에 놓여 있다.

이 은제 접시들 참 멋지다. 우리 엄마 생일선물로 주면 좋아하실 것 같아.

나뭇잎 모양의 은제 접시를 마음에 들어하는 주연을 바라보는 석환의 표정이란. 석환에게 주연은 일등칸으로 들어온 삼등석 손님처럼 여겨지는 것 같다. 아이들을 평가하는 석환의 첫번째 기준이 '내신등급'이라는 걸 모르는 아이들은 없다.

어제 아버지 친구분이 오셨는데 말이야, 전문의를 따고도 취직을 못한 젊은 의사들이 수두룩하다는 거야. 의대 숫자를 너무 늘려 갈 곳 없는 의사가 해마다 쏟아져나온다는 거지.

법대 지망인 석환이 의대 지망인 현수를 보며 말한다.

언젠가 텔레비전에 나온 프랑스 의사를 보았어. 그는 의사의 도움을 필요로 하는 곳이면 세계 어느 곳이나 달려가는 모임을 이끄는 사람인데 내가 만약 의사가 될 수 있다면 그런 모임에서 일하는 것도 좋겠구나 싶었어.

현수가 비범하단 거야 익히 아는 바지만 활동무대를 세계로 잡고 있을 줄은 몰랐는걸. 나중에 WHO의 책임자를 꿈꾸는 건가.

예기치 못한 곳에서 뜻밖의 함정을 발견해낸 듯한 석환의 표정에 현수는 당황한 듯 너무 엉뚱한 비약이라고 말한다.

아냐. 현수는 단순히 환자만 보는 의사가 아니라 세계의 보건정책을 연구하는 책임자가 될 수 있을 것 같아. 우리 사촌형이 지금 겨우 서른다섯인데 유엔에서 꽤 중요한 일을 하고 있거든. 남미경제 전문가라나 뭐라나. 아무튼 남미의 고위층들과 남미의 경제정책을 논하고 유럽의 대학에서 초청강연도 하고 그러니까. 그 형은 고등학교 때까지 그렇게 뛰어난 사람이 아니었어. 현수야 우리 사촌형보다 훨씬 머리가 좋으니까 얼마든지 세계무대에서 뛸 수 있을 거다.

쓸 만한 주연의 분별력. 영자신문의 공동노트에 적힌 현수의 글을 읽을 때면 나는 늘 감탄하곤 했다. 현수의 시는 꽤 철학적이었고 미셸 푸꼬의 책에 대한 서평은 그애와 나의 거리가 얼마나 먼가를 알게 해주었다. 학생회장이며 영자신문의 편집장인데다 이과반 일등에 수능도 평소대로 보았다니 그애는 아무런 문제 없이 자신이 원하는 대학에 갈 수 있을 것이다. 현수도 자신에 대해 괴로워하는 일이 있을까? 불공평한 창조주. 어느 누구의 바구니엔 너무 많은 달걀을 넣어주는가 하면 어느 누군가의 바구니는 텅 비게 만들어버린다.

그게 정말이냐. 서른다섯에 그런 일이 정말 가능한 거냐. 주연이 너 뻥치는 것 아니냐.

중국영화에 나오는 영주의 아들 같은 얼굴인 석환은 지금 이웃집의 너무 푸른 잔디밭이 약간 못마땅한 표정이다.

그 형 방송에도 나온 적이 있어. 재밌는 건 그 형이 서울대 출신이 아니란 거야. 어쩌면 그 형이 서울대에 들어갔다면 그냥 만족해서 남들처럼 살게 되었을지도 모르지. 그 형을 보면 서울대에 들어가는 것만이 중요한 게 아니란 것을 알게 돼. 삶의 포인트를 어디에다 두느냐, 그러니까 무엇을 하며 살아갈 것인가 하는 걸 정한 다음 그때부터 노력하면 새로운 길이 열릴 수도 있다는 거야.

성공한 마술사 같은 표정인 주연은 박수를 쳐주는 현제에게 고개를 끄덕인다.

사실 이건 나의 독창적인 아이디어가 아냐. 그 형의 어머니인 우리 이모님 말씀인걸. 우리 이모님 말씀에 따르면 노력하면 그때부터 길이 열리게 된다는 거지.

주연이는 그러니까 고등학교를 졸업한 다음에 무엇을 하며 살아갈 것인가에 대해 생각할 모양이구나. 그런데 니네 이모는 뭐하시는 분이냐.

석환의 앉은 자세는 중국영화의 영주 아들이 아니라 영주 같다.

그분이시니? 혹시 지금 네가 말한 이모가 대사 부인 아니시니?

석환의 귀여운 막내동생 같은 진영이 하품을 하며 주연을 본다.

무엇이 그리 재미난지 쉴새없이 웃음을 터뜨리는 벽난로 주변의 여자아이들은 모두 밝고 환해 보인다. 아름다운 초여름날 아침 흰 나무울타리에 흐드러지게 피어난 장미 향기를 느끼게 하는 퓨전 재즈풍의 아름다운 피아노곡이 연주되는 거실에서 여자아이들은 교실에서처럼 굳은 모습들이 아닌 것이다.

맞아. 지금은 이모부랑 아프리카 쪽으로 나가 계셔.

여자아이들 쪽으로 잠깐 눈길을 주었던 주연이 고개를 끄덕였다.

이모부가 대사시다 이거지? 우리 아버지와 아주 친한 친구분 중에도 대사이신 분이 있어. 아주 멋진 분이지…… 그렇구나.

이웃 영주의 친척을 소개받는 듯한 석환. 내가 석환을 그렇게 보는 건 뭔가 내 감정이 뒤틀려 있어서인지도 모른다. 나는 현제를 본다. 자신의 손목시계를 보며 현제는 뭐라고 입속말을 하는 것 같다.

그런데 말이다, 네가 말한 형이 유엔에서 일하게 된 건 니네 이모부의 도움 때문은 아니었니?

석환의 물음에 주연은 머리를 갸웃한다.

분명히 그럴 거다. 어느 사회에서나 중요한 건 결국은 인맥이거든. 자신이 속해 있는 바운드리가 어떠냐에 따라 가닥이 잡혀지게 되는 거니까. 우리가 열심히 공부하는 것도 그걸 위해서가 아니겠니.

그건 석환이 말이 맞아. 내가 지금 어느 과를 지망해야 할지 쉽게 정할 수 없는 것도 우리 아버지가 구축해놓은 터전의 이점을

버린다는 게 쉽지 않아서거든. 내가 아버지의 뒤를 잇는다면 누릴 수 있는 게 많으니까.

턱이 뾰족하고 얼굴이 여자아이처럼 귀여운 진영은 어느 자리에서나 자신의 아버지에 대해 말하길 좋아했다.

느희들 우리 아버지가 새로 보직을 맡으신 자리가 얼마나 대단한지는 다들 알고 있을 거라고 믿어. 어제 우리 아버지를 만나겠다고 우리집에서 몇시간씩 기다린 사람이 누군지 아니? 머리 홀러덩 까진, 느물거리게 생긴 ㄴ건설 회장이었어. 우리 아버지는 끝내 만나주지 않으셨어. 아버지는 때로 우리들한테 그러셔. 더러운 인간들 청소를 깨끗이 했으면 좋겠는데 여러가지 정치적인 이유로 쉽지 않아 안타깝다구.

진영이처럼 '우리 아버지'를 입에 달고 다니는 아이도 흔하진 않을 것이다.

우리 삼촌은 그러시던데. 남들이 똥 싸놓은 것 치우는 일이 그리 재미난 것은 아니라구.

현제의 말에 진영은 머뭇대지 않고 말한다.

니네 삼촌은 사명감이 없으신가보구나. 어느 일이든 사명감을 가지지 않으면 재미없고 힘들고 그런 것 아니겠니?

자신의 직업에 대해 비하하길 좋아하는 것도 바람직한 태도는 아니지.

진영과 석환은 서로 친하지 않지만 지금처럼 여럿이 모여 이야기를 할 때면 언제나 엇비슷한 말들을 하곤 한다. 그러나 서로에 대한 기준은 꽤 높아선지 석환은 진영에 대해 너무 오래 엄마 젖을 놓지 않으려는 아기 취급을 했다. 진영은 진영대로 석환에 대해 이렇게 말했다.

걔 사실은 콤플렉스 덩어리야. 걔네 아버지 돈은 있다지만 재벌 수준은 아니지. 학벌도 형편없잖아. 걔는 자기 아버지가 이룬 것에서 한단계 더 높은 수준으로 올라가고 싶어하는 야망으로 뭉친 애야.

그애들 둘 다 틀린 이야기를 한 것은 아니었을 것이다. 자신이 아닌 친구들을 바라보는 우리들의 눈은 참 밝다.

삼촌한테 느희들의 충고를 전해줄게. 사명감을 가지시는 게 좋겠다구.

웃으면서 말하는 현제. 현제의 좋은 점은 어떤 기분 나쁜 상황에서도 감정의 흔들림을 드러내지 않는다는 거다.

그랜드피아노 옆의 창 너머로 십일월, 늦은 오후의 어두워져가는 하늘이 보인다. 누렇게 물든 은행나무들과 텅 빈 테니스 코트와 초등학교 운동장으로 스며드는 축축한 연기 같은 어둠도. 나는 십일월의 늦은 오후의 어둠을 처음 보는 느낌이었다. 침대에서 빠져나와 학교로 달려가야 하는 아침, 학교에서의 보충수업을 마치고 학원으로 달려가는 저녁의 시간들만이 존재하는 것 같았던 날들. 다행이었다, 그때 춤추게 만드는 음악이 터져나온 것은. 저항할 수 없는 음악의 힘. 아이들 대부분은 음악에 맞춰 몸을 움직인다. 전류에 휩싸이기라도 한 듯 나의 온몸도 흔들린다. 흔들림은 점점 더 커진다. 격렬해진다. 멈출 수가 없다, 이 우스꽝스런 몸짓을.

두렵다, 어머니의 얼굴에서 웃음이 사라지게 한 게 나란 것이

물에 만 밥을 나는 입안으로 밀어넣는다. 어머니는 어머니대로 숟가락이 쇳덩어리라도 되는 듯 힘겹게 들어올린다. 조용함 속에서는 아무런 소리를 내지 않은 몸놀림도 작은 소음처럼 여겨진다. 수다꾼인 남경이라도 있으면 밥알이 커다란 모래알처럼 여겨지지는 않겠지만 일주일에 사흘은 바이올린 레슨을 받아야 하고 다른 날엔 학원엘 다니느라 그애도 몹시 바쁜 터였다. 내가 수능을 형편없이 망쳤다는 걸 알게 되었을 때 울음을 떠뜨렸던 남경이.

남경이는 몇시쯤 와요?

나는 숟가락을 놓으며 어머니를 잠깐 바라보다 곧 시선을 떨궜다. 변함없이 싸늘한 어머니의 표정이란. 어머니의 눈을 덮은 단단한 얼음을 조금이라도 녹일 수 있다면. 집밖에서 며칠을 지낸다는 게 심야영화를 보는 것과 비슷한 일이란 걸 어머니한테 말하고 싶은데 어머니의 침묵은 내게 말한다. 난 너의 말을 듣지 않으려 한다고. 나는 검지손톱을 씹기 시작한다. 어머니는 이번에도 아무런 반응을 보이지 않는다.

어머니는 날 좋아하세요?

어제도 나는 어머니한테 그렇게 물었다. 텔레비전 소리나 음악 소리, 식구들끼리 주고받는 말소리, 그 어느 것도 들려오지 않는 집안의 고요함이 얼굴을 감싸는 비닐랩으로 여겨졌다. 아무 말도 듣지 못한 것처럼 침묵을 지켰던 어머니. 침묵을 답으로 받아야 하는 고통스러움을 어머니는 알까. 나는 손톱을 입에서 떼어내지 못한다.

남영아, 넌 아직도……

물컵을 만지작거리며 나를 바라보는 어머니의 양미간엔 동그란 혹이 불거져 있다. 나는 얼른 고개를 수그렸다.

어머니는 날 좋아하세요?

바보 같은 자식이라고 스스로를 욕하면서도 나는 다시 그렇게 묻는다. 그래,라고 어머니는 말해준다. 더러운 혹을 못마땅해하는 듯한 표정과 목소리로.

전화벨이 울리면서 나는 다시 손톱을 씹는다. 아버지한테서 걸려온 전화는 아닌가, 불안해진 것이다. 모스끄바 지사를 폐쇄하는 문제로 출장을 간 아버지는 아직 내가 수능을 망쳤다는 걸 모른다. 내가 집밖에서 며칠을 지냈다는 것도.

네, 별일 없어요. 수능점수가 나오려면 며칠 더 있어야 한다는데요. 남영이 바꿀게요.

걱정한 대로 아버지한테서 걸려온 전화였다. 나는 어머니가 건네준 송수화기를 던져버리고 싶다.

남영이냐.

아버지의 목소리는 여느 때와 다름없이 활달하고 거침이 없다.

서울은 어떠냐. 날씨는 많이 춥지 않니? 감기에 걸리진 않았고?

약간 춥긴 하지만 괜찮은데요.

아버진 어떠시냐고 나는 짐짓 기운찬 목소리로 묻는다.

나한테야 별일이 있을 리 있겠니.

아버지의 저 자신만만함이 나는 부럽다, 언제나.

모스끄바엔 마피아들이 행패를 부린다는데요.

마피아에게 차를 빼앗겼다는 주재원, 강도를 당했다는 유학생…… 그리고 공사대금으로 받은 다이아몬드를 몽땅 빼앗겼다는 풍문들에 대한 아무런 실감 없이 나는 마피아 타령을 한다. 아버지한테 지금이라도 수능을 망쳤다고 말해버리고 싶은 충동을 누르느라.

마피아가 극성을 부리긴 해도 아버지는 모든 사람들과 잘 지내는 법을 알고 있으니 걱정할 것 없다. 아무래도 엄마 신경이 곤두서 있는 것 같은데…… 어쩌냐. 걱정 안해도 되겠지. 여태껏 남영이는 잘해왔으니 말이다. 사흘 뒤면 돌아갈 거다. 우리 아들 고생했으니 근사하게 저녁을 사마.

아버지와의 통화도 치워버리고 싶은 물건 취급을 당하는 비참한 기분을 줄여주진 못했다. 정말 믿기지 않는다, 어머니가 이토록 나한테 냉담할 수 있다는 게. 소리치고 싶다, 날 때려달라고.

그냥 앉아 있을 거니.

식탁 정리를 하던 어머니는 거실 소파에 엉거주춤한 자세로 앉아 있는 내게 싸늘한 어조로 말한다. 으으윽, 짐승이 토해내는 듯한 소리를 지르며 소파를 걷어찬 나는 내 방으로 간다.

습관처럼 책상에 앉았지만 무엇을 해야 좋을지 알 수 없어 컴퓨터를 바라본다. 골치 아픈 일을 잊는 데는 컴퓨터만한 것이 없다. 영화를 볼 때는 경험할 수 없는, 다른 흥분감을 맛보게 해주는 게임의 세계. 게임의 세계에서 나는 구경꾼이 아닌 주인공이다. 다른 시대의, 다른 내가 되어 악과 대결할 때의 흥분된 감정.

나는 방문을 열고 거실을 내다본다. 조용함은 때로 닫힌 마음의 소리없는 아우성처럼 여겨져 고함보다 더욱 무서울 때가 있다. 만약 게임을 하다 어머니한테 들킨다면…… 어머니는 게임을 싫어한다. 게임은 단지 시간낭비일 뿐이라고. 시간을 무한정 삼키기만 하는 괴물일 뿐이라고.

책상 위엔 어제 학원에서 돌려받은 논술용지가 있다.

진부한 표현을 버리고 구체적인 설명방법을 택할 것, 내용이 중복되어 있음, 서론과 결론의 연결이 비논리적일 뿐 아니라 단락 나누기도 부적절함 등등의 글들을 보는 마음이란.

책꽂이에서 신문 명칼럼 컬렉션이란 책을 꺼내어 아무렇게나 넘긴다. 어머니가 내 방으로 들어왔을 때 컴퓨터 자판을 두드리는 모습보다는 책장을 넘기는 모습을 보여주는 게 나을 것 같아서였다.

우리 동네 쓰레기 수거함의 경우를 본다. 아파트 앞 좁은 공간은 아침마다 어수선하다. 큰 차, 작은 차, 용달차 등이 재주껏 움직이고 그 사이로 사람들이 모로 서서 지나간다. 잔디밭 앞쪽에 녹슨 철로 만든 쓰레기 수거함이 놓여 있는데 출근길 신사 숙녀 들은 크고 작은 쓰레기봉투들을 획획 던져넣고 쓰레기가 넘칠 지경이면 그냥 땅 위에 놓고 가기도 한다. 때로 도둑고양이나 철딱서니없는 비둘기 새끼가 주위를 얼쩡거린다. 수거함 벽 한쪽에는 파출부, 건설용역 등의 작은 광고쪽지들이 붙어 있고 다른 한쪽에는 검은 페인트로 굵게 '내가 누구게'라고 씌어 있다. 누가 장난을 한 것인지, 웬 거리의 철학자가 써놓은 것인지는 모르지만 사람들은 쓰레기를 버릴 때마다 본의 아니게 만고의 근원이 되는 이 질문을 엉뚱한 곳에서 마주치게 되는 셈이다.

그러나 가는 곳마다 시커먼 비닐뭉치가 쌓여 있고 자고 깨면 쓰레기전쟁에 대한 경고가 끊이지 않는 것을 보면 우리가 자신의 본질에 관한 이 질문을 쓰레기더미 앞에서 만나게 되는 것은 당연한 일인지도 모른다. 가령 세계의 도시들, 로스앤젤레스에서 뉴욕까지, 광주에서 서울까지 거리를 채우고 있는 백화점들과 유명 무명의 상점들을 생각하면, 그 안에 산더미로 쌓여 있는 물건들과 사고 파는 인파를 생각하면 이는 더욱 자명해지는 듯하다. 우리의 삶이 물화되어간다는 것은 우리 집과 우리 몸이 가구와 의상과 보석을 위한 전시장과 마네킹이 된다는 뜻일 것이다.

논술고사를 위해 여러번 읽었던 칼럼집을 덮는다.

머리에 남아 있는 건 '내가 누구게'라는 구절뿐. 그리고 그 구절은 '어머니는 누구인가'라는 구절로 변한다.

전화벨 소리가 들려오기 시작한다. 아무래도 남영이가 수능을 망친 듯싶어요, 라는 말을 되풀이하는 게 내키지 않아선지 어머니는 이즈음 전화벨이 울리는 걸 그냥 내버려두곤 했다.

믿기지 않는다, 어머니가 나에게 이토록 냉담할 수 있다는 게.

두렵다, 어머니의 얼굴에서 웃음이 사라지게 만든 게 나란 것이.
책상 서랍을 열어 찾는다, 어머니가 내게 주었던 편지들을.

　사랑하는 아들, 남영에게
　오늘은 고등학생이 되어 처음으로 맞는 너의 생일, 미역국 냄새가 감도는 식탁에 앉아 이 글을 쓴다.
　너가 엄마와 아빠 곁으로 온 게 어느덧 열여섯 해.
　엄마는 아직도 생생하게 기억한다, 너가 나의 품에 안겼던 그때의 감격스러움을.
　이 세상의 모든 엄마들처럼 엄마는 널 보는 순간 울음을 터뜨렸단다.
　너가 아들이라는 것, 눈과 귀, 코, 어디 한군데 이상한 데 없이 온전한 모습으로 태어났다는 게 너무나 기쁘고 행복했던 거야.
　자신의 몸으로 아이를 낳아보지 않은 사람은 알 수 없을 거야, 그때의 감정을. 엄마 글솜씨로는 정말 그때의 감정을 제대로 표현할 수가 없을 것 같아.
　넌 참 예민한 아기였단다. 작은 발소리가 나기만 해도 잠에서 깨어나곤 했어. 그리고 늘 안겨 있기를 원하는 욕심꾸러기였어. 너가 얼마나 예쁜 아기였는지…… 다섯살이 될 때까지 널 여자 아기냐고 물어보는 사람들이 있었어.
　넌 참 좋아하는 게 많았어. 책읽기를 좋아하고 컴퓨터 게임도 좋아하고 야구도 축구도 좋아했어. 이야기를 들려주는 것도 정말 좋아했어. 어쩌면 그렇게 수다꾼인지라고 엄마가 머리를 흔들기라도 하면 넌 그렇게 말했단다. 내 입에는 라디오가 들어 있나봐요. 내가 그만 말하고 싶다고 해도 라디오에서 끊임없이 말이 흘러나오는 거예요라고.

나의 기쁨이고 자랑이고 희망인 남영이가 고등학생이 된 지도 어느덧 석달이 지났구나. 앞으로 네가 살아야 할 삼년이란 시간은 단조롭고 긴장되는 그런 날들일 거야. 엄마가 해주고 싶은 말은…… 내신의 굴레에 묶인 학교생활이 숨막힌다 하더라도 이 생활이 영원히 계속되지는 않는다는 걸 잊지 말아달라는 거다. 넌 지금까지 아주 천천히 달려온 마라토너라고 엄마는 생각해. 이제 겨우 워밍업을 한 정도니까 목표지점을 향해 힘껏 달릴 수 있는 힘이 축적된 마라토너인 거야.

부탁한다, 남영아.

삼년 뒤 네가 얻게 될 자유와 멋진 청년으로 살아갈 널 바라보는 엄마의 기쁨을 생각해줘.

엄마는 한번도 의심해본 적이 없단다, 남영이가 아빠보다 훨씬 멋진 남자가 될 수 있으리란 걸. 아들을 낳은 엄마들이 다 나 같은 기쁨을 얻을 수 있는 것은 아니라는 걸 잘 알기에 엄마는 널 내게로 보내주신 분께 감사를 드린단다.

나의 기쁨, 나의 자랑인 남영아.

네가 삶의 아름다움을 느끼며 살아갈 수 있기를, 삶을 아름답게 만들어가는 일을 하며 살아갈 수 있기를 엄마는 바랄 뿐이란다.

널 사랑하는 엄마가

지금껏 열 번도 넘게 읽었던 편지를 두 번 되풀이해서 읽고 난 뒤 하얀 편지지를 접어 봉투에 넣는다. 어머니로부터 받은 편지 중에서 가장 긴 그것을 나는 마음이 쓸쓸해지거나 시험을 잘 못 보거나 했을 때마다 읽곤 했다. 그 편지를 읽기만 하면 내 마음은 훈훈한 난로 곁으로 다가서기라도 한 것처럼 따뜻해지곤 했으니까.

핸드폰이 울린다. 무엇 때문인지 알 수 없지만 가슴이 뛰기 시작한다. 혜진이의 목소리인 걸 알게 된 순간 나는 깨닫는다, 혜진이로부터 전화가 걸려오리라는 생각을 하고 있었다는 걸.

혜진이구나.

지금 전화받기 어려운 거니?

나는 고작 혜진이구나라고 말했을 뿐인데 혜진이는 그 말에서 내가 무작정 반가운 마음으로 전화를 받는 게 아니라는 걸 알아차린 모양이었다. 놀랍다, 혜진이의 눈치빠름이.

아니, 뭐 별로…… 그런 건 아니지만.

엄마가 저기압이시거든, 이라는 말을 나는 꿀꺽 삼켰다.

엄마가 옆에 계시니?

나는 잠깐 망설이다 그래, 라고 말한다.

여전히 엄마와는 힘든 거니?

그래.

니네 엄마와 너 딱한 건 마찬가지네. 수능을 망친 건 이제 어떻게 해볼 수가 없잖아. 괴로워하는 게 취미인가보다, 너하고 니네 엄마.

혜진이의 목소리가 왜 목젖에 달라붙은 까칠한 겨처럼 여겨지는 걸까.

영화라도 같이 볼 수 있나 해서 전화했는데 안되겠구나.

이번에도 역시 잠깐 망설인 끝에 나는 말했다. 나중에 연락하겠다고.

믿을 수 없는 감정의 변화.

선우 때문에 우연히 혜진이를 만나게 된 십일월의 어느날, 혜진이는 거리 어디에서나 볼 수 있는 수많은 여자아이들 중의 하나로 여겨졌다. 하지만 지난주 목요일 밤, 우연히 들어간 햄버거 가게 계산대 너머에 서 있던 혜진이가 날 보며 환하게 웃었던 그 순간 그애는, 그애와의 느닷없는 만남은 아주 특별한 선물인 것만 같다. 그런데 지금은 어째선지 혜진에게 핸드폰 번호를 가르쳐준 게 후회스럽기만 한 것이다. 혜진에게 했던 말 모두를 잊어버리고 싶은 것이다. 아니, 혜진과의 만남이 없었다면…… 이상한 건 내 몸의 어느 부분이 부풀어오른다는 것이다. 복숭아처럼 단단했던 그애의 가슴을 만졌을 때의 그 흥분된 느낌이 되살아난 것이다. 여자아이의 가슴을 만져본 건 그때가 처음이었다.

나는 핸드폰을 바라본다. 지금이라도 전화를 다시 걸기만 하면 혜진이는 날 만나줄 것이다. 내가 원한다면 그애는 가슴을 만지게 해줄 거고 입맞춤을 해줄 것이고 어쩌면 말로는 표현할 수 없다는 그 기막힌 세계로 들어갈 수 있게도 해줄 것이다. 나는 핸드폰을 들었다 놓아버린다. 내가 전화를 하면 혜진이가 당장 만나줄 거라는 믿음 때문일까. 나는 선뜻 혜진에게 전화를 할 수 없다. 그애와 만나는 시간은 온통 그애를 만지고 그애의 살내음을 맡는 일에 바쳐질 거라고 여겨지기 때문이다. 내가 원하는 건 뭐든 들어줄 것 같은 혜진이.

내 입에서 이상한 신음이 새어나온다. 나는 방문의 도어록을 누른 뒤 침대로 갔다. 참으려 해봤지만 내 몸의 어느 부분이 터질 것 같았다. 그것은 조금 전부터 내게 신호를 보내고 있었다. 그것은 정말 때와 장소를 구분하는 일 없이 자신의 존재를 내게 알리곤 했다. 참을 수 없는 몸의 갈증은 하루에도 몇번씩 찾아드는 거였다. 학교 운동장에서, 교실에서, 비디오방에서, 전철 안에서.

격렬한 쾌감이 날 사로잡고 있는 동안 내가 떠올린 얼굴은 혜진이와 지은이었다.

난 눈을 감는다. 격렬한 쾌감의 시간에 내가 떠올린 것들을 지은이가 안다면, 지은이는 날 짐승이라고 부를 것이다. 지은이의 맑은 눈, 하얀 피부, 아기 같은 목소리를 옆에서 듣고 볼 수 있다면. 나는 침대에서 내려와 책상 앞의 의자에 앉는다. 날 거부한 지은이. 지난 수요일에 난 지은이한테서 처음이자 마지막인 편지를 받았다. 읽을 때마다 날 절망의 구렁텅이로 빠뜨리는 편지를.

이지은…… 난 널…… 혼잣말을 하다 그만둔 나는 책상서랍에 넣어둔 지은이의 편지를 꺼냈다. 지은이의 편지를 찢어버리려다 그렇게 하지 않았던 건 지은이를 잊으려는 내 마음이 약해지려 할 때마다 그것을 읽어보는 게 좋으리라 여긴 때문이다.

남영에게

무슨 말을 해야 좋을지 모르겠다.

언제부터인가 너한테 나의 마음을 알려야겠다고 생각하면서도 그렇게 하지 못하였어. 어쩌면 내가 굳이 그렇게 하지 않아도 너가 자연스레 내 마음을 알 것으로 여겨 하루하루 미루었던 것 같아. 네가 내 옆을 서성이기 시작한 게 거의 일년이 다 되어가네.

어느날 너가 나의 친구가 되고 싶다고 말했을 때 난 사실 그렇게 하자고 말할 수도 있었어. 너의 맑은 눈, 목소리, 학원의 복도에서 듣게 되었던 영화와 재즈에 대한 너의 취미, 그런 것들이 다 내 마음에 들었으니까.

그 무렵 내가 친구 ㅁ과 ㅂ 사이에서 무척이나 힘들지만 않았더라면 말이다.

이런 얘기 사실 너한테 밝힐 필요는 없지만 나의 친구가 되고 싶어했으면서도 그럴 수 없었던 너가 상처를 입지 않았으면 해서 하는 거야.

내가 아무런 설명도 없이 그저 너와는 친구가 되고 싶지 않아라고 말한다면…… 넌 스스로에게 수많은 의심과 질책의 바늘을 꽂아댈 거야. 날 좋아해준 너의 마음을 믿기 때문에 너가 그렇게 하고 말 거라는 걸 나는 알아.

나에게도 그렇게 할 수밖에 없었던 날들이 있었으니까. 아직도 그런 날들에서 빠져나온 게 아니기 때문에 너 자신을 괴롭히는 일을 그만두게 하고 싶어진 거야.

남영아.

산다는 일이, 누군가를 좋아한다는 일이 수학처럼 명료하다면 참 좋을 것 같다는 생각이 들지 않니?

왜 우리는 특별한 누군가와 친구가 되고 싶고, 친구가 되면 서로의 마음을 다른 사람들에게는 나눠주기를 원하지 않게 되는지…… 내가 ㅁ을 바라보지 않을 수만 있다면…… ㅂ이 날 가두려 하지 않는다면…… 남영이가 나 아닌 다른 아이와 친구 되기를 원한다면…… 우리 모두 서로를 다치게 하는 일은 일어나지 않았을 거잖아.

내가 너한테 해주고 싶은 말은…… 널 하찮게 여기지 말라는 거야.

부탁한다. 내가 지금부터 하려는 이야기는 너만 알고 있어줘.

난 ㅁ을 좋아해. 그애 곁으로 다가가고 싶어하는 내 마음을 ㅁ도 알 거라고 믿어. 네가 내 친구가 되고 싶어하는 마음을 내가 모르지 않듯이. 하지만 ㅁ은 나와 친구 되길 원하지 않아. 그애가 말했어. 날 다치게 하고 싶지 않기 때문이라고.

ㅂ은 여자친구야. 그애는 날 무척이나 좋아해. 그애는 ㅁ 곁으로 다가가려는 날 보는 걸 너무 힘들어하는 것 같아.

그림이 그려지니? 남영아.

처음엔 ㅂ 때문에 무척 행복했어. 지금은 그애의 독점욕 때문에 숨이 막혀.

하지만 나의 울타리가 된 그애를 내 힘으로는 어떻게 할 수가 없어.

이게 널 내 친구로 받아들일 수 없었던 이유야.

미안하다, 남영아.

넌 좋은 애야. 널 잘 알지 못하지만 그렇게 느껴.

나는 지은의 편지를 책상서랍에 넣었다. ㅁ과 ㅂ을 떠올리기만 하면 내 등으로 벌레가 지나가는 느낌이지만 그래도 난 지은에게 고마워해야 할 것이다. 지은이가 편지를 보내주지 않았더라면 난 아직도 지은이의 주변을 맴돌고 있을 테니까. 핸드폰이 울렸다.

너 텔레비전 뉴스 봤냐?

굉장한 선물을 받았을 때의 기쁨이 담긴 주연의 목소리.

진영이 아버지가 구속되었어.

그럴 리가.

그럴 리가 없잖아,라고 나는 다시 한번 말한다. 잘못을 저지른 사람들을 잡아들이는 게 진영 아버지의 일이었으니까.

재미있는 세상이야. 진영이 아버지만 잡혀가는 게 아니고 우리들보다 한 학년 아래인 구형이 아버지도 잡혀가게 될 모양이야.

구형이 아버지가? 그게 말이 되는 소리냐?

구형이 아버지는 아직 잡혀가지는 않았지만 그렇게 될 모양이야. 텔레비전 뉴스에 그렇게 나왔다니까.

만리장성 위를 날아다니는 마술사에 대한 이야기를 전해듣는 느낌인 나는 의자에서 일어나 방안을 오간다. 영자신문반 후배인 구형이 아버지는 누구인가. 언론매체 사장이 아닌가.

표면적인 이유는 탈세라는데 본뜻은 저항세력 제거라는 거야.

내가 왜 전에도 말했잖아. 구형이 아버지네를 길들이려고 저쪽에서 애를 쓰는데 구형이네 아버지 쪽에서는 또 쉽게 무릎 꿇으려 하지 않아 어쩌면 한바탕 전쟁을 치르게 될지도 모른다구. 설마가 사람 잡는다는 걸 잊었던 게 실수였지. 남영아, 너 듣고 있는 거냐.

그래.

어제까지 일어나지 않았던 일이라고 해서 오늘도 그러란 법은 없는 것인데 사람들은 늘 어제를 기준으로 삼는가봐. 아무튼 진영이하고 구형이는 큰 충격을 받았을 거다. 진영이 녀석, 얼마 동안은 고개 숙이고 다니겠지? 다른 일 하다가 잡혀간다 해도 충격이 클 텐데 사람 잡아들이는 일을 하다 잡혀들어가면 어떨까. 한동안 진영이 녀석 고개 떨구고 다닐 걸 생각하면 자꾸만 입이 벌어지는 거야. 그 녀석 믿기 어려울 만큼 성적으로 사람 평가하는 놈이잖아. 졸업하기 전에 그 녀석 한번 패주려고 벼르는 애들이 여럿이 었는데 이제 그럴 필요도 없지 뭐.

혼자 떠들어대던 주연은 왜 아무 말도 하지 않느냐고 묻는다.

아무래도…… 쉽게 믿기지 않으니까.

나는 침대 너머의 창을 조금 연다. 베란다에 고여 있던 차가운 공기가 방안으로 스며든다. 숨을 크게 내쉬어본다. 언론사 사주의 구속이란 내게 아무래도 너무 생소한 일이었다. 믿기지 않는 일이 하나 더 있다.

너 구형이하고 친한 우경이 알지. 정치꾼들 중에서는 그래도 스마트하다고 알려진 우경이 아버지한테 또 한사람의 부인이 있대잖아. 우리 엄마가 하는 말을 들었는데 그걸 모르는 사람은 우경이하고 우경이 엄마뿐이라고. 진영이처럼 아버지 숭배파라는 우경이가 이 일을 알면 얼마나 실망하겠니?

어머니가 오셨다고 나는 말해버린다. 갑자기 가슴속으로 싸아한 느낌이 퍼져나가면서 더는 주연의 말을 듣고 싶지 않았다. 폭탄 같은 뉴스들을 듣고서도 흥분되지 않는 것은 나 스스로도 이해할 수 없는 일이었다. 뭐가 뭔지 잘 알 수 없다는 느낌 속에서 분명한 건 이해할 수 없는 엷은 두려움이 날 떠나지 않는다는 거였다. 생각해보면 내 두려움의 근원은 어머니였다. 한달 전부터인가 어머니 얼굴이 굳어 있어서 무슨 걱정거리가 있느냐고 물어보기도 했다. 외할아버지가 편찮으시잖아, 그러니까 걱정이 되는 거지라고 했던 어머니. 어머니의 그 말을 완전히 믿지 않는다 하더라도 지금의 이 이해할 수 없는 두려움은 얼마나 엉뚱한 것인가.

독서실로 가는 게 낫겠다. 가죽점퍼를 입고 현관문을 나섰다.

치킨집에서

중학교를 꼴찌로 마치고 미국으로 날랐을 때만 해도 내가 공부에 재미를 붙이게 될 줄 누가 알았겠냐. 꼴찌를 하려면 차라리 아는 사람 없는 미국땅에서 하는 게 낫겠다고 우리 엄마가 날 비행기에 태운 거잖아. 내가 있는 데를 와보면 느희들 정말 뒤로 넘어질 거다. 미국 시골사람들 사는 거 구경꾼 눈으로 보면 그럴싸해.

집이나 거리 풍경 들이 동화 속에서처럼 멋지니까. 문제는 삶의 내용이란 게 너무 단순하다 이거지. 주말에 일주일치 먹을 것 쇼핑하는 것하고 잔디 깎는 것말고는 할 일이 없다고 생각해봐. 오로지 텔레비전이 애인이고 친구이고 만병통치약이지 뭐냐. 노래방이 있길 하니, 디스코텍이 있길 하니, 로바다야끼집이 있어? 비디오방이 있어? 처음엔 미칠 것 같아 돌아가겠다고 아우성을 쳤지만 우리 엄마가 눈도 깜짝 안하는 거야. 별수 없이 책을 친구 삼을 수밖에. 웃겼던 건 엄마 등쌀에 미술학원이니 피아노니 수영이니 태권도 도장을 휘젓고 다녔던 게 그곳에서 빛을 발했다는 거야. 워낙 촌동네라 그랬겠지만 동양에서 온 초이는 못하는 게 없는 만능이다라는 투로 인정을 하게 되더라구. 내가 밑바닥 천민이 아니라는 생각이 드니까 학과 성적도 오르는 거야. 잘하면 유씨 버클리의 입학허가서를 얻게 되지 않을까 싶어.

치킨 조각을 쉼없이 먹으며 떠들어대는 녀석은…… 중학교 동창인 주호다. 유학을 간 뒤 한번도 보지 못했는데 저토록 달라질 줄이야.

너나 난 아무튼 엄마들한테 감사해야 할 거다. 내가 승마를 하게 된 것도 엄마 때문이잖아. 짧은 인생 골 썩여가며 살 것 없다, 특기생으로 대학 들어가는 게 장땡이다라고 꼬드길 때 말 듣길 잘한 거지. 안 그랬어봐, 내가 어떻게 ㄴ대학에 들어갈 수 있었겠냐. 체육특기생이건 뭐건 어쨌든 ㄴ대학생이 된 걸 생각하면…… 날이면 날마다 엄마들 모임에 쫓아다닐 때는 우리 엄마 참 한심하다 여겼는데 역시 현대는 정보를 이용할 줄 아는 사람한테 유리하더라구. 내가 승마로 특기생 입학이 확실해지자 아버지도 엄마를 완전히 다시 평가하는 거야. 엄마가 집안일 모두를 결정짓는 최고 통치권자로 부상했지 뭐냐.

주호 옆에 앉아 체육특기생으로서의 승리담을 늘어놓고 있는 녀석은 1학년 때 같은 반이었던 말대가리다. 입학한 뒤 한달도 되지 않아 화장실에서 여자아이를 강간하려다 미수에 그친 일로 전교생들에게 일약 유명해진 녀석은 놀랍게도 정학처분만을 받는 것으로 끝났다. 그때도 성적은 하위권이었는데 ㄴ대학의 특기생으로 입학이 될 거라니. 생맥주를 하나 더 달라고 나는 카운터의 주인에게 손짓한다.

우리 엄마가 입버릇처럼 하는 말이 뭐게. 부모가 반운명이라는 거지. 부모를 잘 만나면 그것으로 인생의 반성공은 만들어놓았다는 거야. 그런 면에서 우리는 다 운이 좋은 거야. 우리 엄마는 늘 공부 못한다고 기죽어서는 안된다고 말하는데 사실 성적순으로 사회에서의 위치가 정해지는 것도 아닌 것 같더라구. 사람은 무엇보다도 사주를 잘 타고나야 한다는 게 우리 엄마 지론이시다 이거야.

사주타령을 자주 한다고 해서 사주박사로 불리던 용길이 또한 1학년 때 같은 반이었다. 수업시간에도 멈추지 않는 수다 때문에 자주 매를 맞곤 하던 때와 다르게 지금은 의젓해 보이기까지 한다. 치킨집의 전화벨은 계속 울려댄다. 스물세살에 아이 아빠가 되었다는 치킨집 주인은 닭을 튀기랴 배달을 나가랴 바쁘다. 아이를 업은 젊은 아내는 전화를 받으며 소리를 낮춘 텔레비전에 눈을 주고 있다. 스스로 사주들을 잘 타고났다고 자부하는 듯한 녀석들은 건배를 하기도 하며 쉼없이 떠들어댄다.

성주는 왜 안 나타나는 거냐. 어디 엉뚱한 곳을 헤매고 다니는 거 아니냐.

걔네 집이 바로 옆동인데 뭘. 걔 연극영화과 쪽으로 정한 후로는 벌써 스타이기나 한 듯 치장에 공을 들이신다. 지금도 옷이란 옷은 다 꺼내놓고는 뭘 입어야 사람들 눈에 띄나 궁리중일걸. 오늘밤은 국내파로서의 자존심을 보여주려고 특히 신경을 쓰는 거겠지.

걔가 연극영화과? 그 체격으로? 오리 엉덩이를 가지고 뭘 어쩌겠다구.

사주박사, 너 뭘 모르는구나. 성주가 지방흡입술로 엉덩이의 지방을 들어내었잖아. 레이저수술로 얼굴의 점들도 청소했구 말이다. 헤어스타일도 여간 멋있지 않아. 걔 엄마가 밀어주기로 마음을 굳히고는 포장공사부터 시켰대잖아. 성주 엄마도 젊었을 때 영화배우가 되고 싶어했다나 어쨌다나. 요즘은 탤런트 되는 지름길을 알아보러 다니느라 바쁘다는 거야. 한 작품만 뜨면 왕창 챙길 수 있는 세상이니까.

오늘 저녁은 성주한테 쏘라고 하는 게 낫겠다. 예비스타로 붕 띄워주는 거다.

누가 더 많이 스포츠신문의 연예란을 읽었나 내기라도 하듯 목소리를 높여 떠들어대는 녀석들.

요즘 여자애들, 비디오 때문인지 못하는 게 없는 전문가라네.

말대가리가 갑자기 목소리를 낮추었고 다른 녀석들은 뭐가 재밌는지 낄낄대며 웃는다.

여자애들도 알고 보면 우리들이랑 다른 게 없는 것 같지 않니. 옛날 여자들은 공연히 안 그런 척 연기나 했다지만 요새 것들은 아예 정공법으로 나오는 거야. 속전속결이니까 지금은 편하긴 한데 나중에 장가갈 생각 하면 아찔해지는 거야.

민며느리제도 그것 괜찮지 않을까.

앞으로는 운동들 부지런히 해야 할 거다. 남자노릇 제대로 못해봐라. 당장 이혼당할 테니.

난 그것 밝히는 여자애와는 절대로 결혼하지 않으려고 해. 느희들 생각만으로도 으스스하지 않니. 마누라가 비디오에 나오는 색순이라면…… 아유, 그걸 어떻게 봐주냐.

여자애들 속은 아무도 모르니까. 어쩌면 걔네들도 모르는 게 아닌가 싶더라. 겉으로는 아주 얌전하게 생긴 애들이 곧잘 플레이보이한테 빠져드는 걸 보면. 너 우리 학교에서 으뜸 플레이보이인 민상이가 상대하는 애들은 죄다 노는 애들 같지? 그런데 민상이 말 들어보면 그렇지 않더란 거지. 7반에 지은이라는 여자애가 있는데 걔가 민상이한테 가끔씩 전화를 하고 그런다는 거야.

7반 지은이라면…… 의자에서 일어나려던 나는 주저앉는다.

얌전한 애들이 곧잘 일을 엉키게 만들곤 한다는 걸 아는 민상이는 지은이말고도 줄선 애들이 너무 많아 그냥 전화만 받아주고 있다네. 그러니 느희들 너무 겉모습만으로 여자애들을 평가하지 않는 게 좋을 거다.

지은이라면…… 우리랑 유치원 동창인 그 예쁜이 말이냐.

그래, 걔를 보면 우리 엄마들 모두 며느리 삼자고 할걸. 공부 잘하고 선생님 말 잘 듣는 얌전한 애니까. 하지만 그런 애도 민상이한테 전화를 한다는 건.

지은이가 편지에 ㅁ이라고 한 남자아이가 민상이었나. 이상한 허탈감 속에서 난 꼼짝할 수가 없다. 지금껏 함께 잔 여자애들이 열 명도 넘는다고 했던 민상이는 내가 생각해온 플레이보이와는 달랐다. 여자애들을 야비하게 속이거나 공부가 바닥이거나 하지도 않았다. 민상이가 아주 멋진 다리와 기분이 상쾌해지는 웃음이 담긴 얼굴을 가졌다고는 해도 그러나 지은이마저 전화를 하리라곤……

얌전한 강아지가 부뚜막에 먼저 올라간다는 말 모르냐.

벌떡 일어난 나는 말대가리 앞으로 다가갔다.

너, 지금 한 말 취소해.

어, 남영이잖아.

말대가리는 싱글벙글 웃으며 날 바라본다.

지은이가 민상이한테 마음을 두고 있다느니 뭐니…… 그따위 말을 다시 했단 봐라.

날 바라보는 녀석들의 저 황당해하는 표정들이란. 나는 내 순서가 아닌 무대에 뛰어나온 엑스트라 같은 기분에 빠져든다. 녀석들이 껄껄대며 웃음을 터뜨린다면…… 정전이 되길. 온 세상이 새까만 어둠으로 변해버린다면…… 얼굴이 붉어져옴을 나는 느꼈다. 정전이 되지도 않고 녀석들이 내 어깨를 밀치지도 않는다. 뜻밖에도 녀석들은 저희들끼리 눈짓을 주고받는 것 같더니 말대가리가 간단하게 사과를 해온다.

미안하다, 남영아. 우리는 그저…… 앞으로는 지은이에 대해선 아무 말도 하지 않겠다고 약속하마.

한잔 하고 가라며 녀석들이 붙잡았지만 나는 치킨집을 나와 터벅터벅 걷는다. 교실에선 나의 적수가 될 수 없다고 여긴 녀석들이 지금은 내가 절대로 이길 수 없는 사각 링 위의 헤비급 선수들로 여겨지다니. 삶이 무척 불공평하다는 생각이 드는 건 또 어째서인가. 발을 질질 끌듯이 하며 걷는다.

내가 와 있는 곳은 지은이네가 살고 있는 206동 앞 놀이터. 지은이 방 창문은 어둡다. 지은이는 자고 있는 걸까. 지은아 하고 소리쳐 그애의 이름을 부르고 싶다.

흐린 날의 동화

수없이 많은 가시들이 내 심장을 찔러대는 고통을 견뎌보려고
애쓰지 않은 건 아니었는데 더는 그럴 수 없을 것 같아.
삶을 접는 게 오랫동안 날 괴롭혀온 이 고통에서 벗어나는 길이다 싶어서
난 고통이 없는…… 그럴 거라고 여겨지는 세계로 가려 하는 거야.
아니, 그 세계를 선택한다는 게 아니다. 그저 삶의 끈을 놓아버리고 싶어진 것일 뿐.

흐린 날의 동화

영선이의 죽음

내가 잠에서 깨어났을 때 영선이의 죽은 몸이 담긴 관을 뜨거운 불구덩이에 넘겨준 버스는 어느덧 서울로 들어서고 있었다. 어디서나 간판들로 뒤덮여 제 모습을 잃어버린 건물들이 늘어선 거리와 물기를 잔뜩 머금은 회색빛 하늘이 보였다. 지상의 모든 것들을 삼킬 듯한 기세로 내려앉은 하늘 때문이었을까. 온갖 종류의 차들이 달리고 몹시 바쁜 걸음으로 오가는 사람들도 많았지만 이상하게 거리는 정지된 느낌이었다. 관에 담긴 죽은 몸을 불구덩이에 넣기에 가장 어울리는 날이라고 제목을 단 사진 속의 풍경을 보는 것도 같았다.

나는 눈을 감았다. 잠, 내 생의 연인. 컴퓨터 게시판에 올려진 누군가의 글에서 본 구절이었다. 또다른 누군가는 이렇게 말했다. 잠은 생의 끔찍함을 잊을 수 있는 공간이라고. 노랫말 쓰기에 마음을 두게 된 후 나는 마음에 드는 구절들을 다이어리에 적어두거나 내 머릿속에 입력해놓곤 했는데 잠의 칸에 이렇게 덧붙일 수 있었다. 잠은 우리 모두에게 주어진 선물이라고. 내 생의 연인이라거나 생의 끔찍함을 잊을 수 있는 공간에 비해 너무 평범했지만 난 지우지 않았다. 그 구절은 바로 내 것이었으니까.

몇 되지 않는 버스 안의 사람들은 모두 잠들어 있었다. 지선이의 머리는 내 어깨에 올려져 있었고 영선이의 죽은 몸이 담긴 관이 불구덩이로 넣어지려 했을 때 몸부림치며 울던 영선이 어머니도 코를 골며 깊은 잠에 빠져 있었다. 영선 어머니 친구 되는 아주머니들도 코를 골거나 잠꼬대를 하며 잠든 몸을 버스 의자에 맡겨두고 있었다. 깨어 있는 사람은 운전기사와 쉽게 잠속으로 빠져들지 못한 나 둘뿐이었다. 잠들고 싶은데 아무래도 잠이 찾아들지 않아 그만 잠들기를 포기한 나는 가방에서 이어폰과 씨디플레이어를 꺼내었다. 핸드폰이 울렸다. 남영이었다. 아주 낮은 목소리로 그애는 말했다. 지금 혹시 통화하기가 나쁘다면 나중에 전화하겠다고.

특별히…… 나쁜 건 아냐.

내 마음에 얹힌 영선의 관 때문이었을까. 아니면 어제 남영이가 내 전화를 반갑게 받아주지 않은 것에 대한 언짢음 때문이었을까. 내 목소리는 어딘가 부자연스러웠다.

하지만…… 넌 어쩐지…… 나와 통화하고 싶지 않은 것 같아.

갑자기 짜증스레 여겨졌다, 내 목소리로 내 마음까지 점치는 듯한 남영이가.

그렇지 않아.

그렇다면 다행이야. 내가 전화한 건 어제 너가 전화했을 때……

남영이 그 말까지 했을 때 누군가의 핸드폰이 울렸고 곧 영선이 어머니의 고함소리가 터져나왔다. 중년여자가 분노에 사로잡혀 내지르는 아주 굵고도 거친 욕설만큼 듣기 싫은 게 있을까. 난 이미 영선이의 죽은 몸이 담긴 관이 불구덩이로 들어가던 때 영선이 어머니의 입에서 터져나왔던 말만으로도 지선이의 부탁을 거절하지 못해 같이 온 걸 깊이깊이 후회한 터였다.

내 기억에서 지워버리고 싶은 말…… 이 말종인간을…… 아무리 의붓애비라지만 애비는 애빈데…… 영선이를 건드린 이놈을…… 씹어먹어도 시원치 않을 이놈을……만으로 부족해 영선 어머니는 지금도 마구 욕설을 쏟아내고 있었다. 나는 남영에게 나중에 통화하자고 말한 뒤 운전기사에게 버스정류장에 내려달라고 소리쳤다. 영선 어머니 입에서 쏟아져나오는 욕설을 더 들었다가는 영선 어머니에게 입 닥치라고 소리치게 될 것만 같았으니까. 다행스러웠던 건 버스정류장이 가까웠고 지선이가 잠에서 깨어났다는 거였다. 영선 어머니의 고함소리를 들으면서도 버스에서 내려야 한다는 내 말에 왜라고 반문한 지선이를 데리고 나는 장의차에서 내렸다.

왜 여기서 내린 거야?

지선이의 눈에는 아직 잠기운이 머물러 있었다. 물기를 머금은 아주 싸늘한 겨울 대기 속엔 먼지 내음과 매연의 냄새가 뒤섞여 있었지만 난 숨을 크게 들이마셨다, 몇번씩이나. 그렇게 하지 않으면 휴짓조각이 굴러다니는 보도에다 토할 것 같았으니까.

어디 가서 시원한 걸 마시자.

지선이는 앞장서서 건물이라기보다 온통 간판들로 뒤덮여 간판들의 전시장 같은 건물 이층으로 올라갔다. 어디서나 흔히 볼 수 있는, 거리 쪽으로 통유리 벽을 만든 커피숍으로 들어간 나는 사이다를 주문해 마셨다.

영선이 엄마는 우리가 인사도 하지 않고 내려서 섭섭했을 거다.

오늘도 변함없이 멋지게 화장을 한 지선이는 미안해하는 표정이었다.

멍청이. 영선이가 그렇게 된 게 영선이 엄마 때문이라는 걸 모르니?

난 지선이가 영선 어머니이기나 한 듯 노려보았다.

꼭 그렇게 말할 수는 없어. 영선 어머니가 함께 산 남자가 다섯이라는 것 때문에 넌 영선 어머니를 사람 취급 하고 싶지 않은 것 같은데 너가 정말로 모르는 게 있어. 혜진아, 혼자 산다는 건 정말로 형벌이야.

혼자 장의차에서 내리지 않았던 걸 나는 후회했다. 그리고 만나달라던 영선이의 부탁을 들어주지 못한 게 미안했던 나머지 지선이와 같이 화장장에 따라왔던 것도. 난 사실 장의차에 탄다는 게 내키지 않았다. 내가 가장 견디기 힘든 게 마음의 무거움이었으니까. 죽음을 택한 딸 때문에 고통을 겪고 있을 영선 어머니를 대할 일이 너무 힘들게만 여겨졌으니까. 누군가를 위로하는 일을 난 잘 할 수 없다는 걸 알고 있었으니까.

나한테 설교하려고 하지 마. 넌 그럴 자격 없어.

고개를 끄덕이는 지선이는 슬퍼 보인다. 하지만 지선이의 표정은 얼마나 쉽게 달라지나. 핸드폰이 울린 순간 그애는 기대감에 부푼 눈을 반짝였고 아저씨구나라고 말하는 목소리엔 기쁨이 넘쳐흘렀다.

지금 혜진이랑 있어요…… 그런데 혜진이가 지금 기분이 좋지 않아서요. 조금 있다가 출발할게요. 택시 타고 오라구요? 그럴게요. 알았어요. 안녕.

지선이가 통화를 끝내기도 전에 나는 가라고 말했다. 고개를 끄덕인 지선이는 루이뷔똥 가방을 열어 크리스찬 디오르 콤팩트를 꺼내면서, 어 이게 여기 들어 있었네라고 말하더니 편지봉투 하나를 내밀었다.

어제 저녁에 영선이 집에 갔을 때 영선이 엄마가 영선이가 친구한테 남긴 편지가 있다며 나보고 전해주라고 한 거였는데 그만 깜박했어. 이거 영선이가 너한테 남긴 편지야.

몹시 들뜬 표정인 지선이는 같이 나가자고 재촉했지만 난 머리를 저었다. 이유는 나도 잘 알 수 없었다. 어쩌면 지선이가 같이 가길 원한다는 걸 알기에 그애가 원하는 대로 하고 싶지 않은지도 몰랐다. 지선이는 내가 피곤해 보인다며 자신의 원룸에서 쉬고 있다가 밤에 같이 춤추러 가자는 말을 남기고는 갔다. 난 한동안 영선이가 남긴 편지를 바라보기만 했다. 유리컵에 반쯤 남은 사이다를 마시며. 영선이가 남긴 편지를 읽고 싶은지 아닌지 잘 알 수 없는 느낌이었다. 차라리 지선이가 내게 편지 전해주는 걸 잊어버렸더라면 싶었는데 그때 핸드폰이 울렸다.

운 좋게 금방 택시를 탔어.

먼저 가버린 게 미안해진 탓이었을까. 지선이는 내게 말했다. 꼭 원룸에 가 있어야 한다고. 페라가모 가방하고 페라가모 헤어밴드도 주겠다고. 나이트클럽에 춤추러 갈 거라고도. 핸드폰의 액정막에 문자가 떠오른다. 오늘 저녁 여섯시 까페 뮤즈에서 진호와 여란이의 약혼식이 있는 거 잊지 않았으리라 믿어. 너의 축하를 기대하는 여란이. 나는 문자 메시지를 지웠다. 간단했다, 핸드폰의 문자를 지우는 건. 기억을 지우는 것도 문자 메시지를 지우는 것처럼 쉽다면 좋겠는데 아무런 형체도 없이 어딘가에 숨어 있다가 갑자기 나타나서는 기분을 엉망으로 만들어놓곤 하는 기억의 수명이 지겹도록 질기다는 게 문제였다.

무엇 때문에 어제 수선집 아주머니를 찾아갔었을까. 지금은 어제의 그 일이 황당할 뿐이지만 어제는 그렇지 않았다. 진호 누나가 자살한 뒤로 혼자 남은 진호를 몇해씩 보살펴준 수선집 아주머니가 나선다면 진호와 여란이의 약혼이 취소될 수도 있을 거라는 생각을 한 순간 난 수선집 아주머니를 찾아갈 생각에 사로잡히고만 거였다.

나도 진호 글마한테 여러번 말해봤다 아이가. 그런데 진호가 말을 안 들어. 여란이 폐에 구멍이 뚫렸다는 거를 알게 된 상황에 지가 돌봐주지 않으면 어쩌냐고…… 그놈아가 여간 결심이 굳은 게 아이더라. 마 전생에 진호가 여란이 그 가시나한테 빚을 많이 졌던갑다 그래 생각하기로 했다. 우짜겠노. 진호가 외곬 아이가. 나는 그래도 진호를 믿는다. 여란이 몸이 좋아지면은 진호가 지 할일을 할 끼라고. 그라이 니도 마음 느긋하게 묵어라.

수선집 아주머니가 내 편이 아니라는 생각이 들었는데도 난 수선집 아주머니에게 되풀이 말했었다. 여란이의 우스꽝스러움에 대해.

여란이 그것도 알고 보면은 불쌍한 아라. 애비는 일찍 죽고 에미는 집 나가고 늙은 할매 밑에서 컸다 아이가. 인물이 반반하다 보이 머시마들하고 어울리댕긴 길 낀데. 우짜겠노. 일이 이렇게 된 거 둘이 잘되기를 빌어야지.

진호만 도운 게 아니라 집 나간 아들 며느리 대신해 손자 손녀를 맡아 키우는 노인들 찾아가 빨래해주고 김치 담가주고 된장 고추장도 가져다주는 수선집 아주머니는 나와 이야기를 하면서도 밑반찬을 만들고 있었다.

우리 모두 여란이가 빨리 낫도록 해보자. 그기 진호를 돕는 길이라.

나는 진호가 아주머니 조카라고 해도 여란이를 떼어놓지 않을 수 있겠느냐고 물었다. 수선집 아주머니는, 우짜겠노 진호를 말릴 수가 없는데라고 했다.

멍청한 나. 수선집 아주머니가 내 편이 아니라는 것에 화가 났던 나는 어젯밤 진호를 찾아가서 여란이는 널 금방 떠날 거라고 말했다. 그애는 본드 흡입과 끊임없이 새로운 남자친구 만들기가 취미인 애라고. 진호는 한참을 망설이다 입을 열었다.

　중학교 2학년 때 여란이는 강간을 당한 적이 있었는데 교회에서 늦게 기도를 드리다 그랬다는 거야. 남자어른이었다는데…… 임신을 했다는 걸 알게 되었을 때 너무 무서워서 그만 본드를 하던 옆방 남자아이를 따라 하게 되었다지…… 옆방 남자아이가 구해온 돈으로 수술을 받았고 그게 미안해서 그애가 원하는 대로 해주어야 했다고…… 어떤 남자아이는 육성회비를 만들어주어서…… 어떤 남자아이는 용돈을 주곤 해서 그래서 몇번 더 수술을 하게 된 거라고…… 그애는 일곱살 때부터 할머니랑 살았다는데 할머니는 눈도 잘 보이지 않고 신경통이 심해 다리를 잘 움직이지도 못했다잖아. 그래서 하루 세 끼를 라면으로 때울 때가 많았다고 그랬어. 그애가 결핵에 걸린 것도 제대로 된 음식을 먹지 못한 때문이었을 거야. 가끔씩 단란주점 같은 데 나가볼까 싶었지만 그때마다 할머니가 너 술집에 나가는 날이 내 제삿날이라구 그러셨대잖아. 여란이 어머니가 생활비를 번다며 술집에 나가다가 아예 집을 떠난 거니까 여란이 할머니는 그럴 수밖에 없었겠지. 여란이를 보면 죽은 누나를 떠올리게 되더라. 내가 오빠였다면 하는 생각을 누나는 참 많이 했을 것 같았어. 어쩌면 누나가 술집에 나간 것도 여란이가 당한 것 같은 그런 흉한 일 때문이 아니었나 하는 생각도 하게 되었고 말이다. 누나가 죽었을 때 누나를 얼마나 미워했던지…… 날 혼자 두고 죽다니…… 여란이를 만나면서 누나가 참 많이 힘들었겠구나 그런 생각을 처음으로 하게 되었어. 여란이가 어릴 때의 누나 같기도 하고 내 동생 같기도 하고 그래…… 그애가 교회에서 험한 일을 당했다는 이야기를 들었을 때는 그애가 너무 불쌍해서…… 너가 날 생각해주는 마음 잘 알아. 하지만 난 여란이 옆에 있어주고 싶다. 그애가 원하는 거면 뭐든 해주고 싶다.

편의점의 형광등 불빛 때문이었을까. 진호는 창백해 보였다. 낮엔 아파트 공사장에서 일하고 밤엔 이십사시간 편의점에서 일한다는 진호가 그 순간 얼마나 가여워 보였던지. 여란이가 얼마나 부러웠던지. 나 자신이 얼마나 미웠던지. 내 인생에서 지워버리고 싶은 순간이었다. 진호가 일하는 편의점의 문을 열고 나오며 난 진호와 여란이를 영원히 보지 않아야겠다고 결심했다. 그런데 여란이는 자신의 약혼식에 와주길 바라는 것이다.

어떻게 해야 좋을까.

진호와 여란이의 약혼식에 가려면 지금이라도 커피숍에서 나가 전철을 타야 할 것이다. 손목시계를 본 나는 영선이가 남긴 편지를 펼쳤다.

혜진아 하고 너의 이름을 불러본다.

내가 참 좋아한 너의 초롱한 목소리, 너의 눈.

한번도 난 너의 그 초롱한 목소리와 눈이 삶의 끈을 놓으려는 내 손을 잡아준 힘이었다는 걸 말하지 못했다.

지금 생각해보니 얼음동굴에 갇힌 누군가가 불을 찾으려는 몸짓처럼 그렇게 나는 너에게 다가가려 했던 것 같다. 미안하다, 혜진아. 너의 형편을 조금도 살피지 않고 어느 때나 너에게 들러붙으려는 끈끈이풀처럼 굴었던 것 용서해주렴.

네가 없었더라면 난 벌써 삶을 끝냈을지도 모른다. 우리가 한 반이었던 2학년 내내 난 널 바라보고 너가 하는 말을 듣는 기쁨 때문에 학교에 가는 게 기다려졌단다. 쉬는 시간 그리고 점심시간이면 나의 몸은 커다란 귀가 되어 네가 하는 말을 받아들이곤 했다. 그리고 그 말들은 내 마음에 아로새겨졌어.

난 행복해지고 싶다. 행복해질 수 있는 기술을 배우는 게 내가 가장 바라는 거야,라는 말을 참 많이 했던 혜진이. 3학년이 되면서 반이 달라져 널 볼 수 없다는 게 날 참 많이 힘들게 했단다. 깊고도 깊은 우물에 빠져 있는 것 같았던 날들. 내가 말 더듬는 것만이라도 고칠 수 있었더라면…… 그랬더라면……

수없이 많은 가시들이 내 심장을 찔러대는 고통을 견뎌보려고 애쓰지 않은 건 아니었는데 더는 그럴 수 없을 것 같아. 삶을 접는 게 오랫동안 날 괴롭혀온 이 고통에서 벗어나는 길이다 싶어서 난 고통이 없는…… 그럴 거라고 여겨지는 세계로 가려 하는 거야. 아니, 그 세계를 선택한다는 게 아니다. 그저 삶의 끈을 놓아버리고 싶어진 것일 뿐.

날 찔러댄 가시가 무엇이었는지 너에게 말한다면 날 조금이라도 이해해줄까.

그걸 말할 수가 없구나. 그 가시를 떠올린다는 것만으로 온몸에선 피가 흐르는 것 같아…… 몸을 움직일수록 날카로운 가시가 점점 내 몸을 찔러대는 덫에서 허우적대다 난 그만 빠져나가기를 포기한 거야. 내 몸에서 풍겨나오는 고름냄새를 더는 참을 수가 없어.

혜진아, 내가 조금도 애쓰지 않고 삶을 접는다고는 생각하지
말아줘.

난 정말 내 몸의 고름을 짜내고 싶어했단다. 내가 흘린 그토
록 많은 눈물도 더러운 고름을 줄어들게 할 수는 없었어. 미안
하다, 혜진아. 널 그렇게 좋아하는데도 나의 고름에 대해 끝내
입 다물고 가는 나를 용서해주길. 이 세상에서의 삶을 끝낸다
하더라도 너에게로 향하는 내 마음이 멈출 수 있을까.

널 만나서 행복했던 영선이가

참으려 했는데도 눈물이 쏟아져나온다.

손바닥으로 입을 막았는데도 울음을 멈추게 할 수가 없다.

영선이의 죽은 몸이 담긴 관이 불구덩이로 들어가던 순간에도
울지 않고 식당으로 도망쳤던 나였지만 지금은 어쩔 수가 없는 것
이다. 옆 테이블의 여자아이가 날 흘금거리며 바라보았지만 아무
래도 울음은 멈춰지질 않는다.

꿈, 꿈, 꿈

분홍빛 드레스에 흰 진주 화관을 쓴 여란이가 울고 있다. 내가
다가가서 왜 우느냐고 묻자 그애는 뛰기 시작한다. 어두운 골목길
은 자꾸만 이어졌다. 나는 여란이의 뒤를 쫓다 그만 멈추었다. 그

때 어디선가 나타난 경찰들이 호루라기를 불며 서라고 소리쳤다. 난 다시 달린다. 여란이도 마찬가지였다. 여란이와 나와의 거리는 줄어들지 않는다. 경찰과 나와의 거리는 점점 줄어든다. 두려움으로 가슴이 으깨어질 것만 같아 그만 멈춰버리고 싶지만 난 여전히 달린다. 골목길은 왜 끝나지 않는 걸까. 왜 이렇게 어두운 골목길이 끝도 없이 이어지는 걸까. 울음이 터져나올 것만 같다. 나는 여란아,라고 소리쳐 부른다. 그애가 멈춰서면 나도 그렇게 하려고. 여란은 날 돌아본다. 그애의 그 아름다운 분홍빛 드레스는 구겨진데다 흙투성이다. 나는 얼른 눈을 감는다. 약혼식에 입었던 그 아름다운 분홍빛 드레스만 형편없이 망가진 게 아니었다. 심은하를 닮은 그애의 얼굴은 흙빛이었고 종이처럼 구겨져 있었다. 내 입에서는 비명이 터져나왔다. 사람의 얼굴이 그렇게 구겨질 수 있다니. 그때 내 뒤로 다가온 경찰이 날 쓰러뜨렸다. 내 얼굴이 골목길 바닥의 뾰족하게 솟아난 돌에 부딪쳤다. 피, 뜨거운 피가 코에서 흘렀다. 날카로운 비명소리가 뜨거운 피로 적셔진 내 입술에서 튀어나왔다. 내 얼굴이 다 망가졌을 거라는 끔찍한 공포감.

무서운 꿈을 꾸었구나.

그 말을 듣고서야 난 내가 꿈을 꾸었다는 걸 알았다.

정신 차려.

그렇게 말하며 날 내려다보는 얼굴을 보지 않기 위해 난 눈을 감았다. 꿈속에서 본 종이처럼 구겨진 여란이의 얼굴이 되살아난 것이다. 날 내려다보는 얼굴이 꿈속의 여란이 얼굴처럼 끔찍한 것은 아니었지만 흉해 보인 때문이었다.

사흘을 꼬박 자고서 아직도 정신을 못 차리는구나.

사흘씩이나 잤다니. 그게 정말일까. 난 눈을 떴다. 날 내려다보는 얼굴이 경진이라는 것, 그애 얼굴이 그처럼 흉해 보인 건 책상 위에 켜진 스탠드 불빛을 옆으로 받은 때문이라는 걸 알아차렸다. 옆방의 뻐꾸기시계가 울기 시작했다. 몇시나 되었을까.

뭘 좀 먹을래?

경진이의 투박한 손바닥이 내 이마에 놓였다.

열이 없는 걸 보면 감기 같진 않은데 어떻게 그렇게 죽은 듯이 잠을 자니?

나는 손을 뻗어 내 얼굴을 만져본다. 망가진 흔적은 없다. 왜 그런 꿈을 꾸었던 걸까. 잠이 다시 날 사로잡는다. 마취제를 들이켜기라도 한 것처럼 난 잠속으로 빠져든다.

누군가가 내 옷을 벗긴다. 바지와 스웨터 같은 무거운 옷들을 벗겨낸 손은 살에 가장 가깝게 닿았던 얇은 천조각들도 내 몸에서 떼어버린다. 난 눈을 감고만 있다. 누군가의 손은 날 어루만진다, 두 개의 가슴을 아주 천천히. 날 만졌던 남자아이들과는 아주 다르다. 부드러운 입술이 단단하게 솟은 내 젖꼭지로 찾아든다. 날 더듬고 어루만지는 누군가의 손길은 나보다 더 잘 아는 것 같다, 내 몸이 아주 부드러운 손길을 필요로 한다는 걸. 신기하다, 누군가의 손길에 의해 내 몸이 뜨거워질 수 있다는 게.

아직도 정신을 차리지 못하는구나.

헛것이라도 보았느냐고 말하며 날 내려다보는 어머니. 내 손은 어머니 손에 잡혀 있다. 꿈을 꾸었다는 걸 알아차린 순간 난 눈을 감는다.

깨죽 쑤었으니까 먹어라.

나는 어머니의 말을 듣지 못한 듯 눈을 감고만 있다. 내가 원하는 건 깨죽이 아니라 꿈에서 만난 누군가의 그 부드러운 손길이었으니까.

아무리 입맛이 없더라도 일어나서 먹어야지. 너 나흘 동안 먹은 게 물뿐인데 계속 이러면 기운을 차릴 수가 없다. 열이 있는 것도 아닌데 왜 그렇게 짜부라져서는 기운을 못 차리는지.

화장실에 가야 할 때말고는 줄곧 잠을 잔 것 같지만 나흘씩이나 그랬다는 게 믿기지 않는 나는 어머니를 본다.

그렇게 날마다 싸돌아다니니까 앓아눕게 된 거지.

어머니는 알까. 어머니의 잔소리가 도저히 참아줄 수 없는 커다란 소음처럼 여겨진다는 걸. 어머니의 잔소리가 시작되면 아무리 맛난 반찬도 상한 음식처럼 여겨지고 만다는 걸. 나는 두 손으로 귀를 막았다. 어머니는 그제야 말을 멈추고는 날 일으켜 앉히더니 손에 숟가락을 쥐여준다. 모래를 삼킨 듯 입안은 깔깔하지만 난 깨죽을 삼켰다. 바깥 날씨가 몹시 추운지 방안 공기는 싸늘했다. 여러 개의 셋방 중 한 방에서 흘러나오는 것일 '칠갑산'이라는 노래가 꽤나 높다. 아마 귀가 어두운 누군가가 켜놓았을 것만 같다.

얼굴이 반쪽이다.

숟가락을 놓으려는 내 손에 다시 숟가락을 쥐여주는 어머니의 얼굴은 머드팩을 펴바른 것처럼 흙빛에 가깝다. 난 고개를 수그린 채 깨죽을 삼켰다. 어머니 얼굴을 보고 싶지 않아서였다. 손가락 발가락이 저리는 관절염, 어깨결림, 뻣뻣해진 뒷목, 두통, 소화불량, 어느 하루도 그 증세에 대해 말하는 걸 빠뜨린 적이 없는 어머니. 나한테는 진통제가 효자다라는 말을 자주 하는 어머니.

어머니의 얼굴빛에 대한 걱정스러움을 털어버리려면 어머니를 보지 않아야 할 거여서 난 대접의 깨죽을 모두 삼키고는 누웠다. 상을 들고 방을 나가려던 어머니가 내켜하지 않는 어조로 일자리는 아직 나지 않았느냐고 물었다. 나는 아무 말도 하지 않고 이불을 머리까지 끌어올렸다. 방문이 열리고 닫히는 소리가 들렸다. 바깥 날씨가 몹시 추운지 방문이 열리고 닫히는 그 짧은 순간에 스며든 얼음처럼 차가운 공기가 내 몸을 에워쌌다. 잠귀신이 들러붙기라도 한 듯 나는 또 잠에 빠져든다.

잠에서 깨어났을 때 창은 환했다. 방바닥은 따뜻했고 누구네 부엌에서 김칫국을 끓이는지 김치와 멸치 국물이 끓는 내음이 방안으로 스몄다. 칠갑산 산마루라는 노래는 여전히 들려오고 있었다. 몇시나 되었을까.

이혼을 한다는 게 말이나 되나.

옆방에서 들려오는 노여움이 담긴 어머니의 목소리.

나도 살아야 하잖아. 그 인간이 얼마나 집요한데. 이혼하지 않으면 평생 동안 구박을 받아야 할 게 뻔한데 그럼 난 미치고 말 거야. 지금까지 실컷 바람을 피우고 살아온 주제에 내가 한번 그랬다고 어떻게 나한테 그럴 수가 있냐 말이야. 밤낮으로 나를 개 패

듯이 잡는데 더는 못 참아. 아니, 안 참아.

어머니와는 비교할 수 없는 멋쟁이인 이모와 이모부는 싸이판이니 괌으로 여행도 다니고 결혼기념일에 선물도 주고받는 사이 좋은 부부로 알려져 있었다. 그런데 이혼이라니.

이혼하면 진서방은 애들은 당연히 자기가 맡는다 하더라. 너 애들하고 떨어져서 살 수 있나 말해봐라.

그 인간이 저렇게 날뛰는 건 내가 쥐고 있는 걸 빼앗을 속셈인 거야. 내가 지금까지 벌어온 것을 내놓으면 용서할 수 있다는 식으로 나오는데 내가 그 꿍꿍이속을 모를까봐.

그렇게까지야…… 너가 돈 잘 버는 것에 기죽어 있던 진서방이 이 참에 너 기죽여놓을라고 그러는 거 아이겠나.

그 인간한테 정떨어진 지 오래야. 세상에는 그 인간 같은 남자들만 있는 것도 아니고…… 어쨌든 얼마 동안 나가서 있으려고 해. 그렇지 않으면 그 인간이 죽든지 내가 죽든지 그런 일이 생길 거야.

너도 참 많이 변했다. 어떻게 자식들한테서 떨어져나갈 생각을 하노.

그 인간이 날 때려잡는 걸 언니가 안 봐 그래. 내가 없어져야 아이들이 편하게 살 수가 있어. 언니한테 말하지 않으려 했는데 여길 봐. 성한 데가 없잖아.

어떻게 이 지경이 되도록 얻어맞았노.

진서방 옆에 있으면 제 명에 못 살 거야. 그 인간은 밤이고 새벽이고 상관없어. 그저 제 화가 솟구치면 그때부터 날 깨워서는……

사람을 잡어, 짐승처럼.

이모는 울음을 터뜨렸다. 나는 이불을 머리끝까지 끌어올렸다. 누군가의 것이든 울음은 듣고 싶지 않았던 거다. 처음엔 울고 있는 누군가가 가여워지지만 나중엔 울음소리가 들려오지 않는 곳으로 가고 싶어지는 거였다. 내가 원하는 건 웃음소리, 따뜻한 햇살, 나만의 방, 새하얀 면커버를 씌운 이불, 돈이 많이 든 지갑 같은 것들이었다. 이 겨울엔 내가 원하는 그 모든 것들이 내게서 너무 멀리 있었다. 이불을 머리끝까지 끌어올리고 있는 동안 잠이 다시 찾아들었다.

잠에서 깨어났을 때 이불은 어깨까지 내려와 있었다. 창은 아직 환했다. 칠갑산 산마루라는 노래도 여전했다. 개 짖는 소리가 들려왔다.

이제 와서 돈을 못 해주겠다고? 돈을 빌려주겠다고 해놓고는 이제 와서…… 지금은 더구나 너그 형부가 갑자기 일을 그만두게 된 형편 아이가.

깜짝 놀랄 만큼 높은 어머니의 목소리. 내 방을 그토록 간절히 원한 건 내가 좋아하지 않는 소리들로부터 멀어지고 싶어서였다. 어머니를 조금은 그리워할 수 있기 위해서인 것이다.

언니도 생각해봐. 나도 직장에서 나오게 되었는데…… 이제부터 무얼 시작해봐야 하잖아. 그리고 형부가 일을 그만두게 되었다니 하는 말인데 아파트로 이사를 간다는 거 다시 생각해봐야 되는 일 아닌가 싶어. 물론 언니가 잘 생각해서 결정하겠지만 형부가 금방 일자리를 얻을 수 있는 것도 아닐 거고…… 지금 언니가 가진 건 삼천만원이잖아. 나머지 잔금 오천만원을 빚을 얻어 치른다고 해서 그걸로 끝이 아니잖아. 오천만원이나 되는 빚을 어떻게 꺼나갈 건데. 언니는 나하고 제천 남호오빠한테서 빌리는 삼천만원은 이자를 안 내니까 은행빚 이천만원만 이자를 내면 어떻게 꾸려갈 수 있겠다고 생각하는 모양인데 형부가 일을 그만두지 않는다 하더라도 그게 생각처럼 쉬운 일은 아니야. 당장 형부가 저렇게 되고 말았잖아. 내 생각엔 아파트를 파는 게 좋지 싶어.

아파트를 팔아라고? 니는 그렇게밖에 말 못하나. 세상에…… 남도 아닌 동생이 내가 살아온 걸 뻔히 아는 니가…… 아파트가 당첨되었을 때 내가 얼마나 좋아했는지 누구보다도 잘 알면서 어떻게 그런 말을…… 집에다 땅에다 가진 게 많은 니가 나한테 이럴 수가…… 너 참 많이 변했다. 너는…… 나하고 다르게 고등학교도 나왔는데…… 나는 집안 형편 생각해서 중학교만 나오고 들어앉는 바람에 너처럼 은행에도 취직 못하고 대학 나온 신랑도 못 만나고 이날 이때까지 인형옷 만들고 봉투 붙이고 파출부 일하고 힘들게 살아왔는데…… 니가 조금이라도 인정이 있다면은 내한테 이래는 못한다. 내가 너한테 그냥 돈 달라는 거 아닌데. 너그 형부가 일을 그만두기는 했지만 경비일을 다시 구하면 되는 거고 그때까지 내가 이틀 더 일을 하고 혜진이도 곧 취직을 할 거고…… 어디 혜진이뿐이가, 경진이도 또 취직을 할 거 아니가. 나는 네가 그 일 저지르고 난 뒤 진서방한테 시달리면서도 그래도 어떻게든 느희들 잘되게 해보려고 애썼는데…… 니는 내 일에 어찌 그래 냉정하게 말을 하노. 아파트를 팔아라꼬. 어떻게…… 그런 말을 할 수가 있노.

아버지가 일을 그만두었다고…… 무거운 돌이 내 가슴에 얹혀진 것만 같았다. 그 돌을 치우려면 어머니의 저 참기 어려운 쇳소리를 듣지 않아야 하겠지만, 그러려면 이어폰으로 내가 좋아하는 음악을 들어야 하겠지만 난 가만히 누워 있는다, 누군가 날 짓누르고 있기나 한 듯. 화가 나면 한 말을 몇번씩이나 되풀이하는 어머니는 이모의 냉정함을 욕하고 무슨 일이 있어도 아파트로 이사를 갈 거라고 말한다.

결국은 언니 하고 싶은 대로 해야지. 난 단지 언니가 너무 힘들지 않았으면 해서…… 아파트로 이사를 갔다가 오래 살지 못하고 나오게 되면 그렇게 하는 것만으로 돈이 부스러질 거잖아. 그리고 언니가 고등학교 가지 못한 거를 나한테 떠넘기면 안되지. 언니한테 한번은 짚고 넘어가고 싶었는데 내가 은행에 취직을 한 것도 내가 열심히 한 때문이었어. 암튼 언니한테 약속한 돈의 반은 맞춰보겠지만 그 이상은…… 무리야. 그리고 내가 한 말 섭섭하다 생각하지 말았으면 좋겠어. 아파트로 들어가서 살고 싶은 언니 마음이야 나도 알지만 혜진이나 경진이가 돈을 번다고 해도 버는 돈 모두를 빚 갚는 데 안 내놓을지도 모르잖아. 그애들도 없는 부모 만난 탓에 자기들 번 돈으로 결혼해야 할 거고 또 아직 젊은 애들인데 부모 빚 갚기 위해 좋은 시절을 다 바치라고 할 수는 없는 일이지. 부모라고 해서 그래서는 안되는 거고.

무슨 말이고. 부모는 자식을 위해 뼈 빠지게 일을 하는데 자식이 부모 생각을 하면 안된다는 말이가.

그거야 언니 생각이고 혜진이나 경진이 생각은 다를 수가 있는 거지. 혜진이 경진이는 어려서부터 저희들 용돈을 벌어왔잖아.

그, 그거야…… 저희들이 원해서 한 거지 내가 시킨 거 아니었다.

아파트로 이사를 갈 수 없게 된다면…… 또다시 추운 겨울날 좁은 부엌에서 머리를 감아야 하고 구더기가 기어다니는 공동변소를 드나들어야 할 것이다. 외출에서 돌아온 날 저녁 혹은 아침에 따뜻한 물로 샤워를 할 수 없게 될 것이다. 아니, 그것들 모두를 참을 수 있지만 내가 벌게 되는 돈을 모두 어머니한테 주어야 한다면…… 그럴 수는 없는 일이다, 절대로. 그렇다면……

이야기가 이상하게 옆으로 새었는데…… 그만 하자. 암튼 내 형편이라는 게 언니가 아는 것처럼 넉넉하지가 않아. 돈이란 게 모으기는 어려워도 흩어지는 것은 참 순식간의 일인 듯싶어.

돈이 흩어지다니, 그게 뭔 말이고. 떼였다는 거가. 누구한테? 너 지금 사귄다는 그 남자한테 말이가. 그러니까…… 세상에…… 너도 제비한테 당했구나.

어머니의 목소리가 또다시 높아졌다.

그 사람이 제비라고 누가 그래? 그 사람이 나한테 돈을 빌린 건 떼먹으려고 그랬던 게 아니고 어음 받은 게 휴짓조각이 되니까 그랬던 건데. 애초부터 그리 하려고 작정한 건 아니었어.

화가 나서인지 이모 목소리도 송곳 끝처럼 뾰족해졌다.

네가 제일로 똑똑한 줄 알겠지마는 사람 함부로 믿지 마라. 자식 낳아가며 이십년 넘게 산 부부들도 웬수지간이 되는데…… 춤추는 데서 만난 남정네를 뭘 믿고…… 내 보기에 이혼하라고 그 남자가 부추기는 모양인데…… 다시 한번 생각해라. 진서방도 한 고비 넘기면 잠잠해질 것인데…… 죽었다 하고 참으면 안되겠나.

언니는 모른다, 맞으며 살아야 하는 게 얼마나 끔찍한지. 진서방 그 인간 원래 손버릇이 안 좋은 인간이었는데 꼬투리를 잡게 되자 사람을 마치…… 그 인간이 피운 바람은 그냥 모르는 척 넘어가주어야 하고 내가 한 일은 평생을 죽어 지내야 하는 일이고…… 그것으로 모자라 내가 모은 돈마저도 다 뺏겨야 한다는 게 말이 안되잖아. 살아야 할 날이 아직도 많은데…… 언니는 그런 생각 안해봐? 철이 없던 나이에 만난 사람과 결혼했다는 이유로 평생을 살아야 한다는 거, 그거 현대판 노비문서에 묶여 사는 거와 뭐가 달라.

현대판 노비문서, 그기 무슨 소리고.

내 말은 철없는 나이에 하게 된 결혼을 운명으로 여겨서는 안된다는 거야. 언니도 한번 잘 생각을 해봐. 스물 몇살에 산 집에서 평생을 살아야 한다, 이런 법칙이 생긴다면 누구나 그럴 수 없다고 난리들을 칠 거잖아. 지나놓고 보면 그 나이라는 게 얼마나 우스운 나인데…… 사람을 볼 줄 알어, 저 자신이 뭘 원하는지 제대로 알기나 해, 그저 남자 여자 노릇 하고 싶은 감정만 들끓는 나이잖아. 정말 말도 안되는 이야기야, 그 나이에 만난 사람하고 평생을 살아야 한다는 거. 살아보지도 않고 결혼을 한다는 거는 더 웃기는 이야기이고.

너 지금 제정신이 아닌 모양이다. 살아보지 않고 결혼을 한다는 게 말이 안되는 거다, 그런 이야기 어디 다른 데서 입에 올리지 마라.

언니는 그런 생각 해본 적이 정말 없어?

그래. 나는 한번도 결혼을 두 번 해보고 싶다, 그런 생각 해본 적이 없다. 너그 형부가 돈을 못 벌어서 그렇지 사람이야 점잖다 아이가. 내한테 손을 대기를 하나, 여자를 밝히기를 하나, 노름을 하기를 하나. 좋은 부모 밑에서 태어났더라면 학자가 되었으면 좋았을 사람인데.

좋은 부모 밑에서 안 태어났어도 학자 되는 사람이 있어. 또 형부가 바람 피우지 않는 건 돈이 없어서이기도 한 거야. 경비일말고는 할 줄 아는 게 없는 양반이 그나마도 자주 해고를 당하잖아. 언니가 이 나이에 가진 게 삼천만원뿐인 것도 형부가 무능력해서인 거고. 언니 시어머니는 또 얼마나 유별나? 그러니 형부가 큰소리칠 게 뭐 있겠어?

너는…… 꼭 그렇게 말을 해야겠나. 형부보다 돈을 못 벌면서 술에 노름에 집을 뒤집어놓는 인간도 많다. 아예 집을 나가 소식을 알 수 없는 인간도 부지기수고. 그리고 니가 한가지 모르는 게 있는데 너그 형부는 돈을 못 벌어서 여자 안 찾는 사람이 아이라는 거다. 그 사람은…… 속세에서 살 사람이 아니로구나, 그렇게 여겨지는 사람이란 말이다. 알겠나. 스님이나 신부님이나 이런 일을 했더라면 좋았을 거로 싶은데…… 니는 모든 거를 돈으로만……

내 말은…… 바람 피우고 싶은 것도 자연스러운 일일 수 있다는 것인데…… 내 말 무슨 말인지 모르겠어? 나는 그저…… 언니가 형부를 이해하듯이 날 이해해주길 바라는 건데…… 남자나 여자 모두 다른 사람에 대한 관심이 있다는 걸 받아들인다면 아내들이 다른 사람을 만나는 것도 절대로 있을 수 없는 일이라고 여겨지지 않을 거잖아. 그 점을 인정하기만 한다면 이혼은 많이 줄어들 수도 있을 거란 말을 하고 싶은 거야. 이혼의 희생자는 결국 아이들이니까.

치아라. 이기 무신 귀신 씻나락 까묵는 소리고. 니가 바람이 났으면 난 거지 와 다른 온당한 마누라들까지 바람 피우고 싶어하는 여자로 단정짓는 거고. 우째 이래 변했노, 니가. 카바레라는 데가 여자를 탈선시키는 데라더니 그 말이 맞는갑다.

그만 하자. 언니하고 나는 평행선인 모양이니까.

평행선? 나는 지금까지 나쁜 생각 나쁜 일 하지 않고 곧게 살아왔지만 니는 그만 휘어지고 만 거라. 그걸 모르겠나. 니가 카바레를 드나들면서 나쁜 물이 든 거라. 그것도 깊이. 지금 니는 니가 얼마나 나쁜 물이 들었는가도 모르는 처지 아이가. 살아본 뒤에 결혼을 해야 한다니. 딸 키우는 에미가 우째 그런 말을 할 수 있노.

어머니는 한참을 도덕선생 같은 말을 늘어놓더니 이혼을 해서는 안된다고 말했다.

그래, 언니는 반듯하게 곧은 직선 해라. 나는 보기 싫게 휜 곡선 할 테니.

나는 이모에게 박수를 쳐주고 싶었고 이모 편이라고 말해주고 싶기도 했다. 살아본 뒤에 결혼을 해야 한다는 이모의 말은 얼마나 멋진가. 어머니를 직선에 자신을 곡선에 비유한 것도 정말 멋지지 않은가 말이다. 그것은 경진이에게도 들려주고 싶은 말이었다. 딱한 경진이. 내 기억 속의 그애는 나의 잘못을 찾아내려는 감시꾼만 같았다. 어려서부터 그애는 내 뒤를 따라다니며 내가 남자아이들과 방에서 놀지 않을까 감시하곤 했고 내가 동네 문방구점에서 꽃핀이며 지우개를 살짝 바지 주머니에 넣어왔을 때도 어머니한테 빼놓지 않고 일렀다. 어머니는 그때마다 경진이가 원하는만큼 날 때려야만 했다. 기운이 빠진 어머니가 그만두려고 하면 그애가 마구 악을 써대었기 때문이다. 정말 매를 때리는 어머니보다 옆에서 좀더 때려야 한다고 소릴 질러대는 그애가 더 미웠다. 그애가 초등학교 6학년부터 돈 버는 일을 시작하지 않았더라면 그애 때문에 일찍 집을 나왔을지도 모를 일이었다. 자신이 하는 일이면 그 일이 무엇이든 질릴 정도로 열심으로 하는 게 경진이였다. 날 감시하는 일에 열정적이었듯 그애는 온갖 종류의 아르바이트와 공부에도 정말 최선을 다하였다. 지선이와 어울려다니는 날 비난하는 일에도 정말 한결같질 않았던가. 그애한테 지선이는 걸레로만 여겨졌을 뿐.

이제 그만 가봐야겠어.

잠깐 동안 침묵에 잠겼던 자매 중에서 이모가 먼저 입을 열었다.

어딜 간다는 거고.

진해에 있는 친구네에 가 있을 거야. 그 인간이 여기로 찾아오면 언니는 내가 있는 곳을 모른다고 해. 그리고 돈은 며칠 내로 온라인으로 보낼 거니까 그리 알아.

옆방 문이 열리는 기척이 들려왔다. 돈…… 나는 갑자기 일어나 내 가방을 찾는다. 믿기지 않는다, 가방 속의 돈에 대해 잊고 있었다는 게. 경진이나 미진이가 혹 내 가방을 열어보지 않았을까. 가슴이 쿵쿵 뛰었다. 가방은 책상 위에도 의자 위에도 보이지 않는다. 어디에 두었을까. 나는 옷장문을 연다. 다행히도 가방은 그곳에 있었다. 나는 가방의 지퍼를 열었다. 백만원 묶음이 두 개인 이백만원이 가방 안에 얌전히 들어 있었다. 핸드폰이 울렸다. 나는 가방의 지퍼를 닫았다. 옷장문도.

이제 정신을 차렸구나.

지선이였다.

아무리 너한테 전화를 해도 받질 않잖아. 그래서 집으로 전화를 했더니 너가 아프다구…… 계속 잠만 잔다고 그랬어. 이제 나은 거니? 나, 얼마나 많이 놀란 줄 알아? 너 혹시 나 몰래 수술 받은 거나 아닌가 그런 생각도 했지 뭐냐.

날 볼 수 없었던 시간들의 쓸쓸함에 대해 떠들어대는 지선이. 나는 듣기만 했다. 내 머릿속을 채우고 있는 건 가방 속의 이백만원이었다. 이백만원으로 할 수 있는 것은 무엇일까. 이백만원…… 방을 얻기엔 너무 부족하지만 페라가모 가방을 살 수 있을 거고 홍콩 여행도 할 수 있을 거다. 푸른색 오각형의 크리스찬 디오르 콤팩트도 살 수 있다. 마인이나 타임의 매장에서 옷을 고를 수도 있다.

너 혹시 정말 그랬던 거니?

뭘?

아니…… 그저 해본 말이었어.

난 미쳤어라는 말도 하질 않는다. 이백만원을 써버리지 않는다면…… 다음번에 또다시 이백만원이 생긴다면…… 아니 삼백만원이 생긴다면…… 그렇게 해서 천만원쯤이 모인다면…… 책상 위의 벽에 걸린 초등학교 시절의 우등상장들에 적힌 내 이름에 눈길이 닿았을 때 난 웃지 않을 수 없었다. 지금까지 그 자리에 걸려 있는 동안 거의 벽의 못처럼 여겨졌을 뿐인 그것들이 지금은 행복한 추억으로 다가왔던 것이다.

혜진아, 너 지금 나랑 통화하기 힘든 거니?

뭐라고 말해야 좋을까. 나에게 이백만원이 생겼어라고 지선이한테 말하고 싶은 충동과 그래서는 안된다는 생각이 날 혼란스럽게 하고 있었다.

이제 마악 정신을 차렸거든.

그렇구나…… 그럼 짧게 말할게.

믿을 게 못되는 것 중의 하나가 짧게 말하겠다는 지선이의 말이었다. 그애는 페라가모 구두와 헤어밴드 그리고 구찌 핸드백을 샀다는 것을, 그것을 막 샀을 때의 흥분된 감정이 담긴 목소리로 말했고 그것들 모두가 얼마나 특이하고 얼마나 멋진가에 대한 설명도 이어졌다. 난 여전히 마음을 정하지 못한 상태였다. 지선이에게 말을 해야 하는지 말아야 하는지. 더구나 이백만원이 내 것이 된 그날 밤에 있었던 일을 지선이에게 말한다면……

혜진아, 난 정말 페라가모 매장이나 구찌 매장에서 내 마음에 드는 걸 고르느라 둘러볼 때마다 이게 꿈은 아닌가 싶어. 너가 늘 말했잖아. 명품들을 파는 매장은 디스플레이 수준도 예술이라고. 나, 아저씨한테 까르띠에 시계도 사달라고 할 거다. 사고 싶은 게 너무 많아졌어. 혜진아, 얼마 전까지만 해도 우리들 페라가모 핸드백이나 루이뷔똥 가방만 사면 더 바랄 게 없다고 여겼잖아.

까르띠에 시계도 사달라고 할 거다란 말을 들으면서 이백만원 때문에 흥분되었던 마음이 차가워졌다.

………

혜진아, 왜 아무 말도 안해? 너 명품관 구경 다니는 거 좋아했잖아. 그리고 특히 까르띠에 시계들은 예술이라고 했잖아.

좋아했어. 그렇지만……

하고 싶은 말이 많은 것 같은데도 무슨 말을 해야 좋을지 알 수 없는 난 입을 다물었다. 지선이의 말은 옳았다. 난 까르띠에 시계들을 예술품이라고 여겼다. 바라보는 것만으로 황홀해지는 그런 멋진 예술품. 그것들을 바라보는 걸 좋아한다는 게 꼭 그것들을 가질 수 있길 바라는 마음 때문만은 아니었다. 어쩌면 영원히 가질 수 없는 것이라고 여겼기 때문에 그 아름다운 시계들을 보는 게 좋았을 거였다. 그런데 지선이가 그걸 가질 수 있게 되다니. 그렇게 살아서는 안되는 거야라는 말, 너가 부러워서 죽을 지경이야라는 말, 그리고 널 보고 싶지 않아라는 말이 가시처럼 내 마음을 할퀴고 있었다.

조아저씨 부자야, 혜진아. 우리가 상상도 할 수 없을 만큼. 변호사이기도 하지만 어딘가에 투자를 잘한 덕분에 더욱 부자가 되었다는 거야. 아저씨한테 백만원은 우리들한테 천원쯤인 것 같았어. 그러니까 조금도 미안해할 필요가 없는 거야.

뭐야, 개자식들. 너의 그 아저씨인지 뭔지 하는 인간, 아니 인간이라고 불러서도 안되는 거야. 부자라는 그것들이 하고 다니는 짓이라곤……

난 멈출 수가 없었다, 내 입에서 내가 아는 욕설들이 남김없이 튀어나오는 것을. 돈…… 누군가에겐 너무 많이 주어지고 누군가에겐 너무 적게 주어지는 돈…… 참을 수 없다, 이 끔찍한 불공평을.

미친 것, 넌 기생충이야라는 말이 내 입에서 튀어나왔다. 이제 그만 해야지라는 생각이 들지 않은 건 아니었는데도 난 여전히 멈출 수가 없었다. 지선이는 아무 말도 하질 않고 가만히 듣고만 있었다. 내 입에서 욕설이 튀어나가는 동안 난 이해할 수 있었다, 세상을 불태워버리고 싶어하는 사람들의 마음을. 부자들이 존재하지 않는 세상을 꿈꾸는 사람들을. 너무 많은 돈을 가진 부모한테서 돈을 빼앗아야 한다는 선우의 친구들을. 자신의 집에서 돈찾기 게임을 벌여 내게 이백만원을 가지게 해준 선우의 친구 영서에 대한 강한 호기심이 되살아났다.

우리 모임에 나와. 그러면 용돈보다는 좀더 규모가 큰 돈을 만질 수 있게 될 거니까라는 그애의 말. 그날 밤엔 그저 농담으로만 여겼던 그 말이 지금은 너무나 매혹적으로 여겨지는 게 아닌가. 난 지선이와의 통화를 끝내고 싶었지만 그렇게 하지는 못했다. 혜진아, 제발 제발 내 말을 들어줘라고 지선이가 간절하게 말한 때문이었다.

혜진아, 제발…… 내가 하고 있는 일 잘하는 짓이라고는 생각하지 않지만…… 그렇지만 난 조아저씨랑 헤어질 수가 없어. 니가 내 친구라면 내가 행복해하는 거 봐줄 수도 있잖아. 나 태어나서 이렇게 행복한 때가 없었어. 나 정말 행복해, 혜진아. 난 따지며 살고 싶지 않아. 이 세상엔 복권이 당첨되는 사람도 있잖아. 영선이 같은 애도 있고 말이다. 영선이가 나 같은 생각을 했으면 죽지 않았을 거라고 생각해. 의붓아버지한테 당했다는 일 그냥 재수없는 일이었다고…… 길 가다가 재수없으면 자동차에 부딪쳐 죽기도 하잖아. 중요한 건 살아 있다는 거잖아. 행복하게 살아가는 거잖아.

이불 속으로 들어간 나는 지선이의 말을 듣고만 있었다. 조금 전까지 날 사로잡았던 분노가 욕설을 쏟아내면서 가라앉은 때문이었을까. 행복타령을 하는 지선이를 그냥 내버려두고 싶어진 거였다.

부탁한다, 혜진아. 날 욕하지 말고 그냥 받아들여주라, 응. 난 말이다, 너만 날 밀어내지 않으면 더 바랄 게 없어. 나, 나만 좋은 것 가지게 된 게 너한테 너무 미안해서 자꾸만 아저씨한테 예쁜 것들을 사달라고 하는 거야. 나, 내가 사들인 것 모두 다 너랑 나눠 쓸 거다. 지난번에 영선이 화장한 날 내가 말했잖아. 페라가모 핸드백이랑 헤어밴드 너 줄 거라고. 그런데 너 나한테 원룸에 오기로 약속해놓고는 다른 데로 새버렸잖아. 선우네랑 춤추러 간다고…… 너 내가 와달라고 그렇게 부탁했어도 오질 않았잖아. 내가 전화한 것도 너한테 그것들 가져가라고 말하고 싶어서였는데…… 그리고 너 맛있는 것도 사주고 싶었단 말이야. 너 많이 아팠으니까 영양보충을 해야 하잖아.

마음이란 건 말을 하지 않아도 전해지는 것이라지만 말로 드러내면 좀더 감동적으로 다가온다는 걸 알게 해준 지선이. 나는 잠깐 동안 지선이의 원룸으로 갈까 생각했지만 아무래도 버스정류장까지 이십분 넘게 걸을 자신이 없어 내일쯤이면 나갈 수 있을 거라고 말했다.

그럼 내일 아침에 일찍 만나는 걸로 약속한 거다.

금방 활기를 되찾은 지선이는 짧게 통화할 거라던 말을 잊었는지, 나 호영이 만났다라고 끝부분을 올려 말했다.

생각 안 나니? 중학교 때 날 쫓아다녔던 애. 너무 볼품없는 애였는데 완전히 탈바꿈을 했더라. 걔가 자기를 호영이라고 말한 뒤에도 잘 믿기지 않을 정도였어. 마술을 보는 것 같았다니까. 정말 차인표하고 장동건을 합쳐놓은 것 같지 뭐냐.

졸음이 다시 찾아들려고 했다. 그런데다 지선이가 주기로 한 페라가모 핸드백과 헤어밴드를 떠올린 탓에 난 호영이라는 남자아이가 정말 차인표와 장동건을 합쳐놓았는지에 대해 굳이 알고 싶지 않았다.

오해하지 마. 호영이랑 어떻게 하겠다는 게 아니니까. 그저 남자아이들도 몇년 사이에 완전히 달라질 수 있다는 게 너무 놀라워서 말하는 거야.

기침이 터져나올 것 같아 나는 손가락으로 코끝을 눌러주었다.

혜진아, 화내지 마. 난 그저…… 정말이야. 커피만 마시고 헤어졌는데 뭐.

………

너 또 내가 호영이한테 관심이 생겼다고 생각하는 거지. 그렇지? 조아저씨를 좋아한다면서 또 새 인물이 필요하냐구? ……그 말을 하려는 거지?

졸음이 심하게 몰려오지 않았더라면 난 그렇게 말했을 거였다. 동시에 누군가를 좋아하는 건 지선이의 특기였으니까.

이번엔 정말 아냐. 내가 얼마나 조아저씨를 좋아하는데…… 조아저씨 정말 어린애처럼 순수해. 변호사라고 폼잡고 그러지도 않아. 조아저씨랑 얘기하다보면 나랑 친구 같을 때도 있어. 조아저씨도 나처럼 쇼핑을 좋아해. 멋진 옷이랑 구두랑 시계를 살 때면 정말 행복하대잖아. 조아저씨는 가난하게 자라 한번도 마음에 드는 옷을 입어보지 못했대. 그렇기 때문에 명품관에서 정신 못 차리는 날 이해할 수 있다는 거야. 조아저씨 나하고 있으면 감출 게 없어서 정말 편하다고 했어. 정말 날 그렇게 이해해주는 사람을 다시는 못 만날지도 몰라. 조아저씨가 그랬어, 아들만 아니라면 나와 결혼하고 싶다고. 내가 만약에 조아저씨 아이를 낳는다면 조아저씨, 날 안 떠나지 않을까 그런 생각을 할 때도 있어. 혜진아, 너 어떻게 생각해?

………

혜진아, 말해봐. 그거 좋은 생각 같지 않어?

....

만약에 조아저씨가 날 떠난다고 해도 아이가 있으면 나 행복할 것 같아. 아이가 있으면 나 혼자가 아니잖아.

지선이 너 혹시……

임신한 거냐고 물으려다 그만두었다. 지금까지 그애는 네번씩이나 중절수술을 받았다. 그때마다 난 따라가야 했는데 이제 더는 그러고 싶지 않았다. 지선이가 수술을 받던 그 더러운 방을 다시는 보고 싶지 않았다.

부탁한다, 혜진아. 내 마음이 되어 생각해줘.

넌 아이를 까르띠에 시계쯤으로 생각하는 거 아니니? 까르띠에 시계를 선물로 받을 때면 미칠 것같이 행복하겠지만 아이는 너 팔에 얌전하게 채워져 있길 않아. 밤낮으로 울 거고 소릴 질러댈 거고…… 그리고 또 어쩌면 널 좋아하지 않을 수도 있을걸.

한동안 지선이는 아무 말도 하지 않았다. 너무 심한 말을 했나 싶기도 했지만 나는 잠자코 있었다.

난 정말 멍청이야. 아이가 날 좋아하지 않을 거라는 생각을 전혀 해보지 않았거든…… 혜진아, 너한테 전화하길 잘했어. 그만 끊을게.

지선이와의 통화가 끝났을 때 난 지선이에게 다시 전화를 하고 싶어졌지만 그렇게 하지 못했다. 핸드폰이 울렸던 거다.

이혜진, 무슨 일 생긴 거냐. 내가 전화할 때마다 핸드폰이 꺼져 있었어. 나한테 전화해달라는 메시지를 남겼는데도 아무 연락도 없고 말이다.

선우였다. 예전과는 아주 다르게 변한 그애의 목소리는 밝지만 지나치게 흥분된 느낌이 담겨 있어 편안하게 들리지 않는다. 아니 약간은 불안하기까지 했다. 그리고 그 불안감은 마구 커져가는 거였다, 갑자기 나쁜 상상을 불러일으키는 약을 삼키기라도 한 듯. 혹시 선우의 친구 영서가 내게 주었던 이백만원을 돌려달라는 게 아닐까. 어쩌면 여행에서 돌아온 영서의 어머니가 돈이 없어진 걸 발견하고 경찰에 신고라도 한 건 아닐까.

아팠어,라고 말한 나는 왜 전화를 했냐고 물었다. 불안한 상상을 오래 붙들고 있느니 사태파악은 빠를수록 좋다고 여긴 거다.

왜 전화를 했냐고? 이혜진, 너 지난번에 그랬잖아. 우리들 모임의 회원이 되겠다고.

본론을 말해. 전화한 게 날 회원으로 받아들일 수 없다는 소식을 전하고 싶어서인 거야?

이혜진, 너 뱃속에 있어서는 안될 걸 삼킨 거냐? 너 이미 우리들 모임의 회원이 됐잖아.

영서네 빌라의 식당 장식장에 들어 있던 배나 종 모양을 한, 이름을 알 수 없는 양주병들과 아름다운 크리스털 술잔들이 떠올랐다.

잘 생각이 안 나. 날 회원으로 받아들여준다고 한 것도 같지만…… 내가, 난 니네들처럼 부모가 부자가 아니니까 회원 자격이 없다는 말을 한 것도 같아.

때로는 자신이 하는 말을 들으면서 이상한 느낌이 들 때가 있곤 했다. 지금이 바로 그랬다. 선우네 모임의 회원이 아니라는 걸 확인하고 싶은 건지 아닌지를 난 잘 알 수 없었다. 난 여전히 이백만원을 빼앗기게 될까봐 겁내는 것 같았고 이백만원 때문에 경찰서에 불려갈 일이 생기는 것은 아닌지 두려워하는 것 같았으니까. 지금이라도 난 니네 모임의 회원이 아니라고 말한 다음 이백만원을 돌려주어야 하는 게 아닐까 싶기도 했으니까.

부모가 부자가 아니라도 회원일 수가 있다고 했잖아. 그러니까 그 문제는 이미 끝난 거야. 내가 어제부터 너한테 전활 했던 건 오피스텔로 독립한 영서가 기념파티를 연다고 해서 그걸 알려주려고 했던 거야. 파티 준비를 너가 좀 도와주면 좋겠다 싶어서.

그랬구나.

난 알아차렸다, 이백만원을 영서에게 되돌려주는 일은 없을 거라는 것을. 여행에서 돌아온 영서 어머니가 없어진 돈을 찾기 위해 경찰의 도움을 필요로 하는 일은 일어나지 않았다는 것을. 그렇다면 이백만원은 내 것이었다.

그날 밤 일로 영서는 독립하게 된 거야. 영서 어머니가 항복한 거지.

좋겠다, 영서는. 독립하게 되어서.

그래, 나도 영서가 무지 부러워. 그애는 원하는 건 뭐든 하는 애니까. 학교 다니는 게 시시하다구 누구나 학교를 그만둘 수 있는 게 아니잖아. 그런데 그애는 그렇게 했어. 고등학교를 한 학기 마친 뒤에 학교를 떠나서는 작년까지 전국을 떠돌며 짜장면 배달이나 편의점 점원으로 일해가며 제 힘으로도 살아봤다고 했잖아. 나는…… 그렇게는 할 수가 없는데. 영서는 컴퓨터도 무지 잘 다루지, 고졸 검정고시도 통과했잖아. 걘 천재야. 자기네 집을 뒤지면 돈이 나올 거라고 우리들을 불러들여 돈을 찾는 게임을 생각해냈다는 것도 기막힌 아이디어잖아. 그리고 또 우리들 모두한테 그 돈을 나눠준다는 것도 쉽지는 않은 일이고 말이다.

영서로 향한 선우의 감탄은 끝이 없을 것만 같아 난 말해준다. 짜장면 배달원이나 편의점 점원 노릇, 대단한 일 아니라고. 진호는 공사장에서 벽돌을 나르기도 한다고.

영서가 집을 떠나 전국을 떠돌아다니게 된 건 걔네 아버지가 걔네 아버지 동생이 뿌린 신너에 불이 붙어 타죽게 된 일 때문이라고 했잖아. 영서 아버지 동생도 같이 타죽었는데 그게 영서네 할아버지가 남긴 땅을 나누는 일 때문이었다고…… 그런 일을 지켜보게 되면 학교를 제때 다니는 일 같은 건 그다지 중요하지 않게 여겨지는 거야. 그리고 물려받은 땅 때문에 엄청나게 많은 돈을 가지게 된 영서 어머니는 또 완전히 다른 사람으로 변했다잖아. 너무 많은 돈을 한 사람이 가진다는 건 범죄라고 그애가 말했잖아.

암튼 영서가 천재인 건 확실해. 그애는 내가 만나온 어떤 애들과도 달라. 만화방에서 내 인생의 친구를 만났다는 게 믿기지가 않아.

영서로 향한 선우의 감정은 열광 그 자체였다. 나도 영서에게 이끌리지 않는 건 아니었다. 유산 다툼으로 불에 타죽은 아버지에 대한 이야기를 스스럼없이 한다는 건 누구나 할 수 있는 일은 아니었다. 영서네의 빌라는 참으로 근사했다. 정현네 아파트도 멋있었지만 영서네의 빌라는 좀더 넓었고 좀더 화려했다. 영서가 입을 다물기만 했더라면 누구나 영서를 부러워하기만 했을 거였다. 하지만 영서는 부러움을 받는 쪽을 택하지 않았다. 그애는, 난 산 채로 화장당한 남자의 아들이야라고 말했다. 그때 영서의 목소리는 떨렸던가, 아니었다. 그 말을 하던 때의 그애는 비오는 어느날 길에서 흙탕물을 뒤집어썼다는 옆집 아저씨에 대해 말하는 것 같은 표정이었다. 그렇지 않았더라면 아무리 우리가 술에 취했다고 하더라도 그애 어머니 방의 옷장이니 화장대, 침대 밑이니를 뒤져 백만원권 묶음을 찾아내는 일을 하지는 못했을 거였다.

그날 밤 선우와 나, 영서 그리고 영서의 또다른 친구들 넷이 찾아낸 돈은 백만원권 열넷이었고 공평하게 나누어야 한다는 영서의 말에 따라 우리들은 이백만원씩 가지게 되었다. 그때의 짜릿했던 감정이란…… 돈이 있을 만한 곳을 찾아 집안의 문이란 문은 모두 열어보던 때의 흥분된 감정이란. 그날 밤 영서의 친구들과 선우는 순서를 정해 그날 밤에 했던 게임을 자신들의 집에서도 하기로 했다. 그애들 부모들 모두 일년에 몇차례씩은 집을 비운다는 거였다. 보물찾기 게임을 위한 장소 제공을 할 수 없었던 나는 그때 어쩔 수 없이 말해야 했다. 우리 아버지는 돈이라는 독을 가질 기회를 가지지 못하였다고. 그러자 영서가 박수를 쳤고 곧 다른 아이들도 박수를 쳐주었다.

올 거지, 혜진아. 다른 날도 아니고 영서 독립을 축하하는 날이니까.

난 쉽게 갈 거라는 말을 하지 못하고 약간 머뭇대었다. 졸음이

다시 밀려오기도 했고 몸이 자꾸만 땅속으로 꺼져드는 듯도 했기 때문이었다.

몸이 아직도 아픈 거냐?

그렇긴 해. 하지만 영서의 독립기념일을 축하해주지 않는다는 것은 말이 안되잖아.

죽을병이 아니라면 네가 왔으면 좋겠다, 혜진아. 네가 없으면 난 그 모임에 어울리지 않는 바보 같다는 생각이 들어서…… 어디서나 내가 멍청이 취급 받는다는 거 너 알잖아. 혜진아, 내가 널 영서네 모임에 같이 가자고 한 것도 사실은 너 같은 애가 내 친구라면 날 덜 무시할 것 같아서였단 말이야. 너 알잖아, 혜진아. 내가 널 좋아하고 자랑스럽게 여긴다는 거. 넌 공부 잘하는 애들 앞에서도 주눅들지 않잖아. 돈 많은 애들 앞에서도 그렇고 말이다. 그리고 넌 또 재치있게 말할 줄도 알아, 얼굴도 예쁘고. 키만 컸더라면 넌 굉장했을 거다. 너가 조금만 못생겼더라면 내 색시가 되어달라고 했을 텐데.

그만 해. 너 해롱대는 것 보니까 술 마셨나보다.

말은 그렇게 하면서도 기분이 좋아진 나는 영서의 오피스텔 주소를 물었다. 꼭 올 거지라고 묻는 선우에게 그래라고 말해주고서야 나는 선우와의 통화에서 놓여났다. 세시 이십이분이었다. 영서네로 가기 전에 목욕탕에 들렀다 가야 하겠지만 아직 서둘러야 할 시각은 아니었다. 눈이 감겼다. 핸드폰이 울렸다. 남영이었다. 그 애가 무슨 말을 하기도 전에 난 전화를 끊어야만 했다. 강한 마취제 같은 졸음이 몰려온 때문이었다.

더럽혀진 손

오만원이다. 더 싸게는 안된다. 삼만원 받는 데도 있다는 말, 나
도 들은 적이 있는데 그런 데는 돌팔이 중에 돌팔이라. 돈을 애낄
데가 따로 있지. 그 구멍이 뭐하는 데고. 여자 몸 중에 얼굴 다음
으로 중한 곳 아이가. 이만원 애낄라 하다가 큰일 당하고 싶나. 낭
중에 돌계집 되는 불상사 당하지 말고…… 돌계집이 뭐냐꼬? 그
것도 모르나. 평생 알라를 가질 수 없다 이 말이다. 그래 지금이야
알라 같은 거 필요없겠다 싶겠지마는 나이 들어봐라. 알라를 가지
고 싶게 되어 있다. 내가 이 일 한 지는 이십년도 넘었다. 마음 정
해지면 전화 도고.

핸드폰을 검정 비닐의자에 던지듯 내려놓은 뚱아줌마는 바지
주머니에서 담뱃갑과 라이터를 꺼내더니 마치 오십년대 흑백영화
의 여주인공처럼 담배연기를 내뿜는다.

내가 피우는 이 담배가 던힐이다. 라이터도 던힐이고. 니는 처
음 들어보는 이름이겠지마는 이 담배하고 라이터는 멋을 아는 멋
쟁이들이 좋아하는 것이라. 이 쪼맨한 것이 얼마짜린 줄 아나. 거
금 오십만원짜리다. 동대문에 있는 내 단골이 특별히 헐키 해준다
해서 반값에 샀다 아이가. 내 취미가 일년에 하나씩 세계에서 제
일 멋지다는 라이터를 사는 것이다.

뚱아줌마는 내게 던힐제라는 사각 은빛의 라이터를 내밀며 참
예쁘제라고 말한다.

아줌마, 지금 제정신이에요? 아줌마 때문에 지선이는 지금 재수술을 받고 있잖아요.

나는 뚱아줌마 앞으로 바싹 다가갔다가 그만 물러섰다. 뚱아줌마 몸에서 풍겨오는 생선살이 썩는 듯한 냄새를 참을 수 없었던 거다.

재수술은 잘될 끼다. 내가 우거지상을 하고 있으면 김원장이 수술을 잘하고 내가 맛있게 담배를 피우면 수술이 잘 안되고 그런 거는 아이다. 내가 이런 일 어디 한두 번 당하나. 걱정하지 마라. 김원장이 잘 알아서 할 끼구마는. 원숭이도 나무에서 떨어질 때가 있다. 지선이가 그동안 내한테서 네 번 수술을 받았다는 거 니도 잘 아는 일 아이가. 네 번이나 아무 일 없었다 말이다. 그 정도 성적이면 선수지 뭐겠노, 안 그렇나. 지선이 가시나 네 번이나 당했으면 약을 챙기 묵었어야지, 얼굴만 참하게 생깄지 하는 짓은 영 개차반이라.

뚱아줌마는 도넛 모양의 연기를 내뿜더니 가래를 내뱉는다. 피임약을 빠뜨리지 않고 챙겨먹느냐고 물을 때마다 내가 또 당하니라고 대답만 잘하더니 다시 임신을 한 지선이. 작년 겨울 뚱아줌마에게 수술을 받고 며칠 동안 앓아누웠을 때 난 지선이에게 말했다. 또 한번 이런 일이 생기면 너와 친구하지 않을 거라고. 후회가 된다, 공연히 그런 말을 해서 지선이가 내게 임신한 걸 숨기게 만들었던 게.

정신 시꺼룹구로 왔다갔다하지 말고 이거나 한대 꼬실러봐라.

큰 선심이나 쓰는 듯한 표정인 뚱아줌마가 내게 담배를 권했지만 담배 한개비의 선심 따윈 필요없는 난 뚱아줌마를 못 본 척했다. 그러자 뚱아줌마는 자신의 부풀어오른 배를 어루만지며 와 이리 배가 고프노라고 혼잣말을 한다.

뭐 좀 묵어야겠다. 니도 묵고 싶은 거 있으면 말해라. 이층 자금성 주방장이 만드는 군만두하고 볶음밥 맛이 괜찮은데 니는 뭐 다른 거 땡기는 거 있나? 괜히 사양하지 말고 말해라. 내가 인심쓴다 안카나.

뚱아줌마는 핸드폰으로 군만두 이인분, 볶음밥, 고량주 한병을 주문하고는 비닐의자에 누웠다.

아줌마, 지금 밥하고 술이……

나는 말을 멈췄다. 토끼만한 쥐 한마리가 뚱아줌마가 누운 검정 비닐의자 밑에서 튀어나와 복도 저 끝으로 달려가고 있었던 거다.

못 볼 거를 봤나. 얼굴이 와 그 모양이고. 와, 무신 일이고.

뚱아줌마는 백 킬로그램도 넘을 몸을 일으켜 앉으며 날 바라본다. 나는 고개를 저었다. 쥐 한마리 때문에 놀랐다는 말을 하기는 싫었으니까. 검정 비닐의자 밑에서 튀어나온 쥐가 유난히 컸다는 것에 놀라기는 했지만 사실 쥐야 우리집 부엌에서도 흔히 보곤 했다.

니 헛거를 봤나.

뭔가 독특한 선물을 기대하는 듯한 표정인 뚱아줌마의 얼굴이 내게로 다가왔다.

말해봐라. 니 분명히 뭔가를 본 거 겉은데. 혹시…… 말이다, 아가야 형상을 한 구신 겉은 거를 본 거는 아이가.

아줌마.

이년 전에 김원장 밑에서 십년 동안 일한 미스 킴이라는 아가씨가 와 그만둔지 아나. 밤에 수술실 쪽으로 가는 동안에 몇번이나 아가야 귀신을 본 기라.

나는 그만 참지 못하고 하하하 하고 웃었다.

하이고, 니가 뭘 몰라 웃는 것이다. 미스 킴 그 아가씨 얼매나 똑똑했는 줄 아나. 중학교만 나온 처지에 김원장 오른팔 노릇을 다 했는 기라. 수술 솜씨도 좋았고 말이다. 동생들 공부도 다 시킨 효녀 딸이었는데 지금은 네팔인가 하는 데서 전도사로 일한다. 아가야 귀신을 본 뒤로는 하느님한테 속죄를 해야 한다 그런 생각을 하게 되었다카대. 절대로 헛소리할 인물이 아인 기라.

급하게 뛰어오는 발걸음 소리가 들리더니 출입문이 벌컥 열렸다. 자금성이라고 씌어진 철가방을 든 남자가 다가와 군만두 두 접시와 볶음밥, 고량주, 단무지가 담긴 접시와 나무젓가락 들을 검정 비닐의자에 내려놓았다.

아줌마, 요새 이곳에 자주 오네요, 잉.

철가방을 든 남자가 한마디 하자 뚱아줌마는 작은 눈으로 그를 흘겨보며, 나는 자네를 처음 보는디라고 말한다.

내가 사람을 잘못 보았는갑소.

철가방을 든 남자가 출입문 저쪽으로 사라졌다.

묵자.

고량주부터 들이켜더니 하루종일 굶기나 한 듯 허겁지겁 군만두를 먹기 시작하는 뚱아줌마. 수술실 벽 위의 시계를 본다. 아홉시 십분. 지선이가 지금 재수술을 받게 되었는데 니한테 꼭 연락을 해달라 하네,라는 뚱아줌마의 전화를 받고 이곳으로 달려온 지 삼십분이 지났다. 철가방 아저씨의 말대로 뚱아줌마가 이곳에 자주 왔다면…… 나는 고량주를 병째 들이켜는 뚱아줌마를 노려본다.

아따, 니 눈깔이 참 무섭네. 지선이가 그래 걱정된다카믄 차라리 찬송가나 부를 일이지, 독을 품은 눈으로 내를 본다꼬 지선이 그 가시나 터진 구멍이 붙을 끼가. 잘되고 못되고는 다 팔자소관이란 말이다, 이 문디 가시나야.

뚱아줌마가 버럭 목소리를 높였지만 내가 누군인가. 뚱아줌마와 레슬링을 한다면 겁나겠지만 그것만 피한다면 하나도 겁날 게 없었다.

지선이가 잘못되기라도 하면 그때는 아줌마가 책임져야 해요.

책임? 이기 무슨 개뼉다구 같은 소리고.

뚱아줌마와 레슬링만 피하면 된다고 여겼던 건 나의 실수였다. 뚱아줌마가 고량주 한병을 다 비웠다는 걸 염두에 두었어야 했다.

이 문디 가시나. 조동아리를 확 찢어뿔라. 니 지선이 친구라 하면서 내 사는 형편이 어떤지 그래 모르나. 나는 아직도 월세방 신세다. 내 손에 돈 들어오는 날을 귀신이 보고 있기라도 하는지 돈 뜯어갈 인간들이 꼭 나서게 마련이라. 나는 말이다, 이 짓 해가지고 번 돈 내 혼자 묵고 안 살았다. 오죽하면 뚱아줌마 돈은 먼저 보는 인간이 임자라는 말이 있겠노.

뚱아줌마의 푸르스름한 입술 사이로는 계속 침이 튀어나오고 있었다. 난 더는 입을 열지 못했다. 육년 전 지선이 어머니가 재혼하게 되어 지선이가 혼자 살게 되었을 때 뚱아줌마가 지선이 방의 연탄불도 갈아주고 밥도 해준 일을 떠올리게 된 거였다. 그 무렵 지선이는 빈방에서 자는 게 무섭다며 자주 뚱아줌마 방에서 자곤 했다. 지선이가 이모라고 부르면 입을 다물지를 못하던 뚱아줌마는 지선이에게만 선심을 썼던 것은 아니라고 했다. 지선이는 가끔 말하곤 했다, 뚱아줌마가 쌀과 연탄이 필요한 사람들을 못 본 척 했더라면 혼자 살 집 하나는 건졌을 거라고.

참, 내가 우짜다가 이 짓을 하게 되었는지. 나는 밤마다 잠을 제대로 못 잔다, 이 문디 가시나야. 꿈자리가 뒤숭숭해서…… 내 말 알아듣겠나. 내 이 손이 웬수라…… 어느 때는 도박쟁이가 지 손목을 짤라뿌리고 싶듯이 내도 그런 생각이 든다 말이다. 조동아리 함부로 놀리지 마라, 이 문디 가시나야. 내 살아가는 꼴을 봐라. 사람백정짓 하고 살다보이 뭐 하나 풀리는 일 없이…… 서방이 있나 자식이 있나 꿍쳐놓은 돈이 있나. 나는 요새 이런 생각도 한다, 이 문디 가시나야. 죽은 다음에야 지옥에 가는 것이 아니고 살아생전에 지옥살이를 하게 되는 거라꼬. 니 내 말이 무슨 뜻인지 알아듣겠나, 이 가시나야. 내가 죽으면은 누가 묻어줄 끼고. 내는 병드는 날이 저승 가는 날이라. 내 보기에 가시나 니는 혓바닥 놀리는 거를 조심해야 될 끼다. 문디 가시나, 아무리 철이 없다 해도 지선이년 수술실에 처넣은 내 속은 좋은 줄 아나. 그 가시나가 우째 살아왔는지 다 아는데…… 만약에 지선이년 돌계집이라도 되는 날에는…… 아이구, 생각하기도 싫다.

뚱아줌마는 다시 던힐 담배를 피워문다. 출입문이 열리더니 가죽점퍼에 까만 털모자를 쓴 남자아이가 나타났다. 내가 누구인지는 알고 있을 거라는 눈빛으로 재빨리 나와 뚱아줌마를 쳐다본 남자아이는 뚱아줌마 앞으로 다가가선 저 이호영입니다라고 말하며 허리 굽혀 절을 했다. 그런 다음 그애는, 우리 처음 대면하는 건데 꼭 오래 전부터 알던 친구를 만나는 느낌이네라고 말하며 내게 삽 같은 손을 내밀었다. 나는 그 손을 못 본 척했다. 호영이를 알게 된 다음날부터 지선이가 날마다 호영이를 만난 걸 알기는 했지만 호영이가 이곳에 달려올 만큼 친해졌다는 게 정말 마음에 들지 않았던 거다.

지선이가 저 친구한테도 전화해달라고 했디이라.

뚱아줌마가 나와 호영을 번갈아 쳐다보았다.

아줌마 전화 받았을 때 수업중이었어요.

강사는 유명 탤런트 ㅇ씨였다고 호영이 말했다. 유명 탤런트 ㅇ씨라는 말을 듣는 순간 눈썹이 치켜올라간 뚱아줌마가 갑자기 흥분한 목소리로, 뭐라, ㅇ씨를 만났다고?라고 되물었다.

그럼요, 아줌마.

ㅇ씨만이 아니라 ㄱ씨, ㄴ씨도 만났다는 호영의 말에 뚱아줌마는, 그래 어떻더노, 실물도 멋지더나라고 하며 호영한테서 눈을 떼지 못한다.

그 사람들 놀랄 만큼 늙어 보여요. 멋지게 나오는 건 다 조명과 분장, 의상 때문이에요. 말하는 것도 여간 웃기는 게 아니라구요. 그 늙은이들, 그냥 길에서 만나면 못 알아볼걸요.

호영은 한참 동안 늙은 유명 탤런트들의 볼품없음에 대해 떠들었다.

그런데 니는 우째 그런 거를 그래 잘 아노?

연기학원에 다니면 저절로 알게 되는 거죠.

연기학원에? 니도 탤런트가 되고 싶은 모양이제.

뭐 꼭 탤런트라기보다 엔터테이너가 되고 싶은 거죠. 엔터테이너가 뭔지 아실라 모르겠지만요. 암튼 노래나 연기 뭐든 할 수 있으면 좋은 거고 또 스타를 만들어내는 사업을 할 수도 있죠. 사실은 그게 더 파워가 있는 일이라고 할 수 있어요. 스타가 되어봐야 요즘은 이삼년이 고작이지만 매니지먼트 사업은 그게 아니니까요. 사실 연기자 학원에 다니는 것도 다용도 목적 때문이라구요. 미래의 보석을 미리 발굴해낼 수 있는 찬스를 가질 수 있으니까요.

나는 뭔 소리인지 하나도 모르겠다.

뚱아줌마가 머리를 저었다.

지선이도 가능성이 있는 애라구요.

호영이는 뚱아줌마의 던힐 라이터를 보더니, 아줌마 멋쟁이시다라고 말하곤 휘익 휘파람을 불었다.

턱을 약간만 깎으면 김희선이랑 고소영을 합쳐놓은 느낌일 거예요.

턱을 깎아? 듣기만 해도 골이 흔들리네.

뚱아줌마는 비닐의자에 누웠다.

혜진이, 너도 가능성이 있어.

호영은 스스로의 말에 깊은 신뢰감을 품은 눈빛을 내게 보냈지만 나는 그애의 말을 믿을 수가 없었다. 지선이가 턱을 깎는다고 해서 김희선과 고소영을 합쳐놓은 얼굴로 변할 수는 없으리라는 걸 너무도 잘 알고 있는 때문이었다.

코를 살짝 올리고 광대뼈를 깎아내면 아주 독특한 매력이 있겠는걸.

호영이의 그 말을 한달 전에만 들었더라도 난 어쩌면 그의 말을 믿었을지 모른다. 돈을 모아 광대뼈를 깎아내고 코를 높이고 쌍꺼풀을 만들기만 하면 인기 탤런트가 될 수 있을 거라는 믿음이 깨어진 건 중학교 동창인 인애 때문이었다. 인애는 코를 높이고 쌍꺼풀을 만든데다 광대뼈까지 깎은 다음 삼년씩 연기학원엘 다녔어도 탤런트는커녕 백화점 점원 시험에도 떨어진 거였다.

날 믿어. 지선이나 혜진이 모두 가능성이 충분해. 결국은 투자할 돈이 있느냐 하는 건데 지선이는 부자 스폰서가 있으니까 결심을 하고 뛰기만 하면 되는 거지.

지선이가 너한테 그런 이야기를 했어?

그럼. 지선이의 매력이 바로 그 점이잖아, 감추려 하지 않는다는 거. 하지만 지선이가 말하지 않았어도 부자 스폰서가 있다는 거야 금방 알게 되지. 스폰서 없이는 페라가모 구두니 구찌 핸드백 같은 걸 들고 다닐 수 없으니까.

자신의 추리력을 칭찬받고 싶은 표정인 호영이의 말이 이어졌다.

지선이는 너랑 같이 연기학원엘 다니고 싶어했어. 아직 너한테 애기를 안한 것 같은데 지선이 말로는 혜진이 너의 학원비도 내어줄 거래. 난 여자애들 우정이라는 거 별로 믿지 않았는데 지선이가 혜진이 널 생각하는 거 보고 내가 틀렸다고 생각했어. 참 지선이 말로는 니네 어머니 몸이 안 좋으시다고 하던데…… 암이 둘씩이나 겹쳤다는 게 사실이냐?

날 바라보는 호영의 눈에는 염려스러움이 가득했지만 난 어머니의 암에 대해 확인하고 싶어하는 그애의 물음에 대답하고 싶은 기분이 아니었다. 도대체 한번도 보지 못한 여자친구의 친구 어머니가 암에 걸렸다는 게 그애와 무슨 상관일까 싶었던 거다. 그리고 난 그애 때문에 어머니의 위와 자궁에 생겨났다는 암덩어리를 떠올리게 된 게 싫기만 했다. 일주일 전, 자궁의 혹을 수술하기 위한 검사를 받다가 위에서도 암이 자라고 있다는 걸 알게 된 어머니. 자궁과 위의 암 모두 초기여서 수술을 받으면 완치가 가능할 거라고 의사는 말했다지만 사흘 전부터 어머니는 누워만 있었다. 마치 죽음의 선고를 받기라도 한 듯.

지선이가 우리 엄마 아픈 것까지 너한테 보고를 한 거야?

지선이하고 있을 때면 내가 혜진이 너랑도 같이 있는 것처럼 여겨진다니까. 아까 널 처음 본 순간에 잘 알던 친구를 만난 것 같았던 것도 그래서였을 거야.

호영이는 나에 대한 친근감을 알리고 싶은 듯했지만 난 그애가 드러내는 친근감이 조금도 반갑지 않았다. 호영이가 나 몰래 나의 다이어리를 엿본 것처럼 여겨졌을 뿐.

어쨌거나 이런 자리에서나마 널 만나 기쁘다. 니네 어머니 암이 두 개 겹쳤다는 말을 듣지 않았으면 널 좀더 빨리 만나보려고 했을 거야. 사실은 지선이나 너 연기학원에 다니는 것, 하루라도 빠른 게 좋으니까.

지선이 돈으로, 아니 지선이가 만나는 중년남자의 돈으로 내가 연기학원에 다닌다는 게 가능한 일일까. 스포츠신문의 만화를 너무 많이 읽은 탓인지 난 호영이가 내게 미끼를 던지는 것만 같았다. 지선이가 날 좋아한다는 걸 알고 있는 그애는 나와 친해놓는 게 나쁘지 않다고 판단한 거라고. 내 시선을 피하지 않는 그애의 눈에는 여전히 날 향한 친근감이 남아 있었다. 이상한 건 그애를 바라보는 동안 그애로 향한 경계심이 조금씩 줄어든다는 거였다. 그애가 여자아이의 지갑을 빼가려는 직업적인 소매치기로 보이지 않게 된 건 무엇 때문이었을까. 일자형인 그애의 짙은 눈썹과 부드러운 목소리 때문에? 아니면 자세히 보면 볼수록 은근히 매력적인 느낌으로 다가오는 그애의 눈빛 때문에? 뚱아줌마의 코고는 소리가 높아졌다.

요즘은 완벽한 미인이 인기를 얻는 시대가 아니잖아. 너도 알겠지만 느낌이 중요한 거지. 아톰머리 하나로 뜨는 세상이니까. 성공을 위한 지름길은 결국 시대의 흐름을 읽는 눈이고 최고의 투자인 거야. 그리고 성공시키겠다는 의지를 가진 누군가의 도움을 받아야 하는 거고 말이다.

우습다, 호영의 눈을 보며 그애의 말을 듣는 동안 연기학원이 성공을 위한 출발점으로 여겨진다는 게. 호영이가 한 말은 연기학원에서 듣게 된 말에 지나지 않을 거고 그애 또한 연기학원에 다니는 수강생일 뿐이라는 생각을 했는데도 그애가 시키는 대로 하고 싶어지는 거였다.

내가 널 만나고 싶었던 건 학원비를 주겠다는 지선이의 호의를 거절하지 말라는 말을 하고 싶어서였어. 지선이 스폰서, 엄청난 부자라잖아. 내 생각은 그래, 돈이라는 거 유용하게 쓰여야 한다고. 생각해봐, 너무 많은 돈을 한 사람이 가진다는 거 대단히 불공평한 일이잖아. 주변 사람들이 그 돈을 가지고 좋은 미래를 만든다면 좋은 일인 거지.

호영이는 더는 말할 수가 없었다. 수술실에서 나온 간호사가 뚱아줌마를 불렀던 것이다.

DECEMBER 10

어머니와 아버지의 정면충돌이 있었다. 어머니의 잔소리가 시작되면 언제나 슬그머니 기원에 가던 아버지도 오늘은 목소리를 높였다. 주위 사람 누구와도 말다툼을 하지 않는, 말하는 걸 고단한 노동으로 여기는 듯했던 아버지와, 할머니를 제외한 누구와도 말다툼을 하지 않는 어머니가 마구 고함을 질렀다.

죽을 것처럼 배가 아프다며 종합검사를 받게 해달라고 한 할머니 때문이었다. 하루종일 온갖 검사를 다 한 결과는 단순한 복통이었다. 그런데도 굳이 할머니는 수액주사를 맞게 해달라고 하여 밤이 늦어서야 집에 올 수 있었던 어머니가 부엌에 들어서자마자

폭발한 것이었다.

사는 것이 참 허망한 것이라. 남편도 그렇고 자식도…… 누구 하나 내 마음을 알아주는 사람이 없으니…… 어째 그래 모두들 자기밖에 모르는지.

당신 자궁에 혹이 생겼다는 말을 들은 노인네가 겁이 났을 거 아이가. 그래서 검사를 받아보고 싶었던 거겠지…… 노인네 때문에 하루 고생한 게 그리도 분하나. 그렇게 퍼부어야겠더나. 나이는 어데로 갔노. 와 추한 꼴을 보이노.

내가 병원에 있는 동안 당신은 뭐했노. 날도 추운데 등산하는 거 그리 재밌더나. 신선놀음할 마음이 생기더나…… 내 마음을 알면…… 그리 하지는 못할 텐데.

어머니의 눈에서는 쉼없이 눈물이 흘러내렸다.

나는 무서운데…… 너무 겁이 나서 밤에 잠을 잘 수가 없는데.

내가 등산 같이 가자고 안했나. 이런 때일수록 마음을 편하게 가지는 게 좋다고. 잠시라도 집을 떠나 산에 올라가보면 좋을 거라 했는데…… 당신이 가지 않겠다고 안했더나.

이 형편에 산을 보면 마음이 편해질 줄 아나. 당신 내 생각 해서 등산을 가자고 했더나. 당신이 제일 좋아하는 게 산에 가는 거 아이가. 알아, 당신도 힘들다는 거는. 하지만…… 내 심정만 같겠나. 이런 공치사 소용없는 거지마는…… 노인네 하는 짓은…… 우리가 같이 산 지 이십년인데. 내가 아무리 미웁다고 해도…… 딸 셋 낳은 게 영 마음에 들지 않는다 해도…… 한솥밥을 먹은 정이란 게 있을 낀데…… 허망해서…… 내가 무얼 잘못했길래……

결혼하여 지금까지 어느 하루 편하게 살아보지 못했는데…… 파출부 일이라는 게 얼마나 중노동인데…… 무릎 어깨 한군데 성한 데가 없는데…… 약기운으로 사는데…… 노인네가 한 일이 뭐 있노. 하루종일 노인정에서 화투치는 것으로 소일할 뿐이지 뭐꼬. 아파트 분양받게 되었을 때 처음으로 나도 운이 좋은갑다 그리 생각했더마는…… 혜진이 취직도 쉽지 않으니…… 엎친 데 덮친다더니.

어머니의 자궁에 암이 생겼다는 걸 알지 못했을 때, 어머니는 아파트 중도금을 구하느라 힘들어하면서도 기대에 부푼 목소리로 말하곤 했다. 빚이 많아 당분간은 힘들겠지만 혜진이 너하고 내가 힘껏 일하면 정리가 될 거라고. 그러나 모든 게 어머니의 계획과는 어긋나버린 것이다. 나는 몇몇 회사에 면접을 보러 다녔다. 상고 출신이 아닌 만큼 월급 액수를 따지지 말고 오라는 데 있으면 가야 한다고 취업담당 선생님이 말했지만 그게 쉬운 일은 아니었다. 내가 다니고 싶은 회사에선 연락이 오지 않았고 오라고 하는 곳은 마음이 내키지 않았다. 전화로 물건을 팔아 수당을 받는, 보험도 퇴직금도 없는 그런 일이었다.

못난 아버지와 가여운 어머니. 싸움을 벌여 집안을 시끄럽게 만들 때면 밉지만 휴전을 하고 있을 때면 불쌍하다. 왜 사람들은 결혼을 하고 아이들을 낳고 하는 걸까. 무엇 때문에 지겹기만 한 어머니 아버지의 충돌에 대해 쓴 것일까.

지선이 일을 잊고 싶어서인가. 그럴지도 모른다.

지선이의 몸에는 이제 자궁이 없다고 한다. 뚱아줌마가 잘못 건

드린 탓에 그럴 수밖에 없었다고. 이제 영원히 아이를 가질 수 없게 된 거라는 말을 듣고 아주 많이 울었던 지선이. 지선이가 조아저씨 아이를 낳고 싶다고 했을 때 네 일이니까 네가 알아서 하라고 말했더라면……

지선이가 부탁한 대로 지선이가 원하는 게 뭔지 지선이의 마음이 되어 생각했더라도 그렇게 말했을까. 뚱아줌마와 내가 아니었더라면 지선이는 자신이 원하는 대로 살 수 있었을 것이다. 뚱아줌마와 날 원망하지 않았던 지선이.

뚱아줌마가 밉다. 뚱아줌마가 실수를 하지 않았더라면…… 아니 지선이가 진짜 의사를 찾아가기만 했더라면…… 내가 미안하다고 말했을 때 지선이는 머리를 흔들었다. 내 팔자 때문인 거야. 나는…… 아버지 얼굴도 모르잖아. 엄마는 육년 전에 날 떠났고…… 얼마 전부터는 너도 날 좋아하지 않잖아. 난 내가 좋아하는 사람한테서는 버림받게 되어 있나봐. 그걸 알면 다시는 누구도 좋아하지 않아야 하는데 난 그게 안되잖아라며 울었던 지선이.

그런데 호영이는 정말 조아저씨로부터 삼억이란 돈을 받아낼까.

지선이가 임신한 것, 중절수술의 실패로 자궁을 들어낸 것을 알게 된 조아저씨는 지선에게 그만 만나겠다고 말하였다는데 그 말을 전해들은 호영이는 지선이가 자궁을 잃은 대가로 삼억원은 받아야 한다고 말한 거였다. 조아저씨가 삼억원을 쉽게 주려 하지 않는다면 부인에게 알리겠다는 위협을 할 거라는 호영이. 머리가 아파온다. 자야겠다.

어둠의 벽은 얇다

비 내리는 오늘 아침, 내 어깨 위의 짐은 여전히 무겁다.
떨쳐버려야 할 무거움. 오늘은 그 절벽 위로 가지 않을 것이다.
무거움을 벗어던질 길을 찾다 못해 나 자신을 던져버릴지도 모를 테니,
난 아직 바다 저 깊은 곳의 침묵 속으로 가라앉고 싶지 않다.

어둠의 벽은 얇다

혼돈의 시간

엄마가 와 있는 데는…… 남영아…… 엄마는 외할아버지 옆에서 며칠 있으려 했는데…… 그만 다른 곳으로 와버렸구나. 외할머니께는 연락했으니까 걱정하지 말고…… 이틀이나 삼일쯤 있다 다시 연락할게. 아버지한테…… 그렇게 말씀드려.

음성사서함에 남겨진 어머니의 말.

믿어지지 않는다, 어머니가 집밖의 어딘가에서 지낼 수 있다는 게. 만약 어머니가 살아오는 동안 해보지 못한 일의 목록표를 만든다면 예정에 없는 일 하기가 첫번째 줄에 오를 거라고 여겨왔다. 그런 어머니한테 이런 엉뚱한 일이 생기다니. 어머니가 오늘 아침에 집을 떠난 건 병원에 입원한 외할아버지의 병상을 지키기 위해서였다. 무엇 때문에 어머니는 외할아버지가 입원한 병원이 아닌 다른 곳으로 가버린 걸까.

냉장고에서 꺼낸 캔맥주를 마시며 나는 어머니의 말을 다시 듣는다.

어머니의 말이 음성사서함에 녹음된 게 삼십여분 전으로 지금은 아홉시. 백화점 지하 주차장에서 칼을 든 강도한테 붙들려 택시 뒤트렁크에 처박히게 된 어머니 모습을 떨쳐내려고 나는 눈을 감는다. 현관벨이 울렸다. 나는 뛸 듯한 걸음으로 현관으로 가서 누구냐고 확인할 겨를 없이 문을 연다.

그냥 문부터 열면 어떡하니.

기회 있을 때마다 내게 잔소리를 하기 좋아하는 남경이. 나는 그애의 손을 잡고는 내 방으로 들어와 어머니의 말을 들려주었다.

나쁜 생각은 하고 싶지 않지만…… 포인트는 엄마 목소리가 평소와 같은가 아닌가야. 어딘가 좀 다른 목소리 같지 않니.

이런 말을 하면서 보통때와 같을 수는 없을 것 같아.

만약에…… 만약에 말이지.

나는 머릿속의 어떤 영상을 입에 올리지 못했다.

내 느낌엔 아무래도 엄마가 혼자 있고 싶어진 것 같아.

정말 그렇게 믿어?

요즘은 엄마들이 집을 떠나는 게 유행이라잖아.

외할아버지가 아프신데…… 간병을 위해 나섰다가 어딘가로 간다는 게…… 그 어딘가를 우리한테 말하지 않는다는 게 납득이 되니?

엄마답지 않은 일이긴 하지만 우리로선 알 수 없는 일이잖아. 엄마가 다시 연락을 해올 거야. 걱정하지 마. 가끔 우리도 집을 떠나고 싶을 때가 있는 것처럼 엄마도 그런 걸 거야. 엄마는 그동안 고3 엄마노릇에 몹시 힘들었던 탓에 혼자만의 휴식이 필요했을 거야.

요점정리를 해주듯 말한 뒤 남경이는 내 방에서 나갔다. 불안한 느낌을 불러일으키는 독버섯들이 내 머릿속에서 마구 자라나는 것만 같다. 나는 컴퓨터 앞에 앉는다.

새벽 세시. 컴퓨터 게임을 오래 한 뒤엔 으레 그렇듯 머릿속은 텅 빈 모래밭 같다. 잠들 수도 없는데다 무얼 해야 좋을지 알 수 없는 나는 전화기를 든다. 민상이네 전화번호를 누를 줄이야. 나처럼 수능을 망쳤다는 민상이. 지은이가 전화를 걸곤 한다는 민상이.

지금 마악 몸속의 과도한 수분을 배출하고 오는 참이야. 수능을 망친 뒤 술로 내 마음을 위로해왔는데 어제는 지난 반년치를 한꺼번에 마신 것 같아.

느닷없이 걸려온 전화를 받으면서도 웬일이냐, 무슨 일이 있느냐고 묻지 않는 민상이. 누구나 민상이를 좋아하는 건 아니지만 민상이에게 이끌리지 않는다는 것도 쉽진 않을 거였다. 난 그애가 지는 걸 좀더 참기 어려워한다면 사등급에서 이등급쯤으로 올라설 것으로 여겼다. 수학문제를 이해하는 힘이 나보다 더 나았던 그애가 싫어하는 것은 반복해서 푸는 것이었다. 톰 크루즈를 닮은 얼굴과 백팔십 센티의 키, 멋진 몸을 가지지 않았더라면 민상이는 공부에 좀더 많은 시간을 낼 수 있었을지도 모른다. 하지만 하루에도 몇통씩 여자애들로부터 편지를 받게 되면, 어디에서나 쏟아지는 사람들의 눈길 속에 있다보면 교과서의 세계란 게 하찮게 여겨지지 않을까.

그런데 텔레파시라는 것, 정말 있나봐. 너한테 전화 한번 해야지 싶었는데 이렇게 너가 전화를 준 걸 보면 말이다. 본론을 말하자면 넌 한해 더 바쳐보는 게 좋을 것 같아. 우리 형도 재수했는데 괜찮은 경험이었다는 거야. 오래 괴로워하는 것, 별로 유익하지 못한 취미야. 살다보면 진흙 구덩이에 빠지기도 하는 거잖아.

민상이로부터 위로를 받을 정도로 수능 망친 것에 대한 괴로움을 드러내고 다녔다는 게 부끄럽지만 그러면서도 내 마음속에 진흙뻘처럼 달라붙어 있는 무거움이 조금은 옅어진 게 사실이었다.

마음이 무거울 때는 심호흡을 하는 것도 도움이 된다니까. 지금 해볼래.

나는 민상이가 시키는 대로 심호흡을 한다. 아버지의 굳은 얼굴, 어딘가에서 며칠 지내다 오겠다는 어머니에 대해 말하고 싶은 충동이 혀를 간질였다.

문제는 부모님이야. 내가 엄청난 잘못을 저지른 듯한 기분에 빠져들게 만들어. 니네 부모님은 어떠시니.

이미 나를 포기하셨거든. 어려서부터 워낙 여자아이들이 꼬여들었잖니. 별수 없이 저 지경에 이르렀나보다 생각하시는 거지. 장남으로서의 책임감이 강한 형이 부모님의 기대에 부응하고자

불철주야 애쓰는 것도 나한테는 도움이 되어주었어. 두 노친네가 나이가 많아선지 체념들이 빠른 것 같아. 짐작컨대 바깥 노친네도 젊은날을 나처럼 살지 않았나 싶어.

부럽다, 네가.

여자애들이랑 노는 게 예전처럼 재미있는 건 아냐. 어느 때는 여자애들이 없는 곳에서 지냈으면 싶어. 체력의 한계를 느낀다니까.

널 괴롭히는 낭자가 누구시냐.

사년 연상의 여성이시다. 중학교 1학년 때 영어 과외선생이었는데 지금은 명문 ㄴ대학 졸업반이지. 그동안 가끔 전화도 하고 영화를 보러 가기도 했는데 이틀 전에 그만 포획되고 말았던 거야. 인천에 놀러 갔다가 결국 여관엘 가게 되었는데 난 그때까지도 그 누나가 나와 자는 걸 원한다고는 생각하지 못했거든. 어쨌든 한때는 과외선생일망정 선생님이었으니까. 그래서 그냥 자려는데 누나가 안아달라고 했어.

특별히 놀랄 일은 아니라고 나는 나에게 말해준다. 사년 연상의 여자. 언젠가 스포츠신문에서 열네살짜리 제자의 아이를 낳은 여자선생님 사진을 본 적이 있긴 했다. 영화에서도 고등학교 남자아이와 여선생의 사랑은 드물지 않았다. 그런데도 나는 술기운이 달아나는 듯했다. 인터넷에서 본 이상한 그림이 눈앞에서 어른대기도 한다.

여자들이란 겉보기와 아주 다르다는 걸 이번에 다시 확인했어. 불을 지피면 끝없이 타오르는 아궁이라고 생각해봐. 수녀복이 어울릴 것 같은 모습 속에 감추어진 뜨거운 아궁이. 굉장했어. 특별히 체력을 단련하든가 해야 할 것 같아. 클린턴 덕을 보는 것도 있지만 말이다.

민상의 클린턴 운운이 무얼 의미하는지 난 모르지 않았다. 2학년 때 두달 동안 민상이가 만난 4반 부반장인 수진이가 민상이에게 먼저 해주었다는 그것. 얼마 동안은 민상이가 말해준 장면이 생각날 때면 얼굴이 붉어지거나 그만 호흡이 헝클어지곤 했다. 나는 민상이가 거짓말을 한다고는 생각하지 않았지만 수진이가 취했을 포즈를 믿는다는 것도 쉽진 않았다.

넌 지금도 오직 사랑하는 사람하고만…… 그런 생각을 하는 거냐?

무슨 말을 할 수 있을까. 혜진이와의 사이에 있었던 일이 떠오른 탓에 난 아무 말도 하지 못했다. 사랑한다는 감정과 이끌린다는 감정은 다른 걸까? 지은을 향한 감정이 사랑이라면 혜진 쪽은 이끌림인 것일까. 혜진을 사랑한다는 믿음은 없었지만 혜진의 눈과 입술에 입맞추었던 나. 그애의 단단한 허벅지를, 동그란 사과 같았던 가슴을 오래오래 만졌던 나. 내가 원하는 일이라면 어느 것도 거절하지 않을 것 같았던 혜진이의 몸을 만지는 동안에도 지은을 떠올렸던 나.

아무 말도 못하는 걸 보니 그동안 유연해진 거로구나.

낄낄대며 웃는 민상이. 민상이는 알까, 이끌린다는 감정의 유효기간에 대해. 혜진이를 햄버거 가게에서 만났던 그날 밤엔 분명 내 마음은 혜진에게 끌렸다. 그애를 처음 만났던 십일월 저녁엔 그저 길에서 스쳐 지나는 여자아이들 중의 하나로 여겼던 게 믿기지 않을 만큼 두번째 만남에서의 혜진이는 특별했다. 그런데 집으로 돌아온 후 혜진이의 전화를 받았을 때 난 그애한테 어떤 반가움도 나타내지 않았다. 그애한테 이끌리는 감정 같은 건 사라져버린 것 같았다. 적어도 그 순간엔 그랬다. 난 그애가 낯선 것 같았다. 그러나 그 낯섦은 오래가지 않아 난 혜진에게 두 번 전화를 했다. 이상했던 건 그때마다 바쁘다며 전화를 끊은 혜진이의 냉담함이었다. 나에 대한 혜진이의 이끌림도 그렇게 빨리 사라져버린 걸까. 이끌림이란 감정은 그렇게 빨리 사라져버리는 걸까. 민상에게 그걸 물어보고 싶지만 난 입을 다물고만 있다. 지은과 민상이 사이에 아무런 감정의 연결이 없는지 아직도 궁금해하는 주제에 혜진이의 냉담함에 대해 묻고 싶어하는 나 자신이 너무 황당했던 거다.

고백해보시지, 유연해지게 된 전환점에 대해.

민상이의 재촉에 나는 유연해진다고 해서 희망사항을 버릴 수는 없는 거라고 말한다.

너의 희망사항이라는 건 누구도 사랑하지 않은 여자아이의 몸과 마음을 너의 것으로 가지고 싶다는 건데…… 누구도 사랑하지 않은 마음에 대한 이끌림은 버려야 하는 낡은 옷 같은 거라는 게 내 생각이야.

누구도 사랑하지 않은 마음을 가졌다는 것은 우연의 산물일 뿐이라는 민상의 말을 듣는 동안 난 여전히 혼돈스러울 뿐이었다.

생각이라는 게 붙박이가 아니고 바뀔 수 있는 걸 거다. 그동안의 내 경험으로 단언하건대 경험이 사람의 마음을 키우게 해주는 지름길이거든.

자신의 생각을 수많은 생각들 중의 하나로 받아들이게 하는 민상이. 현관벨이 울렸다. 이 시간에, 무슨 일일까. 아버지 아니면 어머니가 돌아왔나? 나는 민상에게 누가 찾아왔다고 말하곤 현관으로 나간다. 렌즈를 통해 내다보니 뜻밖에도 일년 후배인 승주가 서 있다. 문을 열자 술내음이 훅 끼쳐왔다.

웬일이니.

민상이만큼 잘생기지는 않았지만 역시 민상이만큼 키가 큰데다 멋진 몸을 가진 승주는 술기운을 이기기 힘든지 벽에 몸을 기대어 선 채, 형이 보고 싶었어요라고 말한다. 내버려두면 곧 쓰러질 것만 같아 나는 들어오라며 그애의 몸을 부축했다.

집에는 들어가고 싶지 않은데…… 어디로 가야 할지 생각이 안 났어요. 와보니 형네 집인 거예요.

내 방으로 들어와 방바닥에 웅크려앉은 승주에게 나는 냉수를 가져다준다. 목이 말랐던지 커다란 머그컵의 물을 한꺼번에 들이 켠 승주는 학교에서 여자애들의 눈길을 의식할 때와는 아주 다른 모습이었다.

형, 나는…… 형이 부러워요. 형은…… 형네 아버지를 좋아하는 것 같았어요.

작년에 무슨 일인가로 남경의 뺨을 때렸다가 아버지한테 맞았을 때라든가 정치 이야기를 할 때면 아버지가 싫기도 했지만 자식을 바둑판 위의 바둑알로 여기는 아버지 때문에 힘들어하는 아이들을 볼 때마다 난 운이 좋구나 하는 생각을 했다. 적어도 아버지는 날 볼 때마다 공부하라는 말을 하지는 않았다. 꼭 어떤 직업을 가져야 한다는 강요를 한 적도 없었다. 그러나 그런 점 때문에 아버지를 좋아해왔나라고 생각하니 좀 이상하다는 생각이 들기도 한다.

가족이라는 건 그렇잖아. 때로는 지긋지긋해하면서도 마음속으로는 밀착된 채로 살아가는 거.

사람은 반드시 다른 사람의 말에만 놀라는 건 아닌 듯했다. 스스로의 말에도 놀랄 때가 있다는 걸 문득 깨닫는다. 그리고 자신의 입에서 나왔다고 해서 자신의 것이 아니라는 것도. 지금 내가 한 말은 언젠가 어머니가 한 것이었으니까.

그렇게 말할 수 있는 형은 운이 좋은 거예요.

이상하다, 괴로워하는 승주를 지켜본다는 게 괴로운 일만이 아니라는 게.

가면을 쓴 자의 맨얼굴을 볼 때의 더러운 기분을 형은 모를 거예요. 오물을 입안 가득히 물고 있는 것 같아요. 얼마 전부터 공부가 잘 되지 않아 성적이 미끄럼을 타게 되었어요. 아버지는 당장 핸드폰을 압수했고 날 찾는 누구의 전화도 바꿔주지 않아요.

친구들한테서 걸려오는 전화를 통제하는 집이 꽤 있다는 걸 승주가 안다면 화를 가라앉힐 수 있을까.

전화 통제 같은 걸 가지고 뭘 그래. 몽둥이가 부러질 때까지 매질하는 아버지도 있는데.

나는 망설이다 모범생 형 때문에 온갖 구박둥이로 살아야 하는 형기가 아버지한테 대항하다 팔이 부러지도록 맞은 적이 있었다는 이야기를 해준다.

형기 아버지는 언제나 주먹이 먼저 앞선다고 했어. 형기가 약간 말을 더듬는 것도 그 때문이라고 하던걸.

형기 아버지는 멋진 아버지인 척 폼잡진 않을 거예요. 우리집 왕초는 아주 인자한 톤으로 훌륭한 아버지상에 대한 그림 그리기를 잘하죠. 성적이 중요한 건 아니다. 이십일세기를 살아야 할 우리 아이들한테 필요한 건 주입식 교육이 아니다. 이십일세기는 창조력만이 무기가 되는 세상이다. 우리 아이들은…… 그는 마치 우리들의 대변인처럼 열심히 떠들어요. 우리가 그를 대변인으로 뽑지도 않았는데 말이에요.

때로 다른 사람의 감정을 내 것처럼 느낄 수도 있지만 지금은 그게 안된다. 아버지와 충돌하는 아들이란 십대 드라마의 단골 메뉴를 보는 듯할 뿐.

승주야, 니네 아버지는 네가 최선을 다해주기를 바라는 걸 거다.

아버지가 날 때린 건 내가 가수가 되고 싶다고 한 때문이었어요. 내가 만든 노래를 통신에 올렸더니 판을 내자고 연락이 온 거예요. 아버지가 그 전화를 몰래 엿들었던 거구요.

승주가 노래를 잘한다고는 생각했지만 판을 내자는 연락을 받을 정도일 줄이야. 승주가 부러워진다.

지금 굳이 가수가 되겠다고 나설 필요가 있어? 대학에 들어간 뒤에라도 할 수 있잖아.

한해라도 빠른 게 좋다고 했어요. 지금 가수로 나선다고 해서

대학을 포기하겠단 것도 아니죠. 실용음악과나 연극영화과로 갈 수도 있으니까요. 아버진 절대불가라는 거예요. 형이 우리 왕초가 쓴 글들을 보았어야 했는데. 사람은 자신이 하고 싶은 일을 하고 살아야 한다. 자식에겐 스스로의 삶을 선택할 권리가 있다. 부모들은 그 권리를 인정해야 한다…… 운운이죠. 내가 참기 어려운 건 그가 차가운 심장을 가졌다는 거예요. 그는 자신의 연구에만 흥미가 있을 뿐이죠. 어머니와 형과 나는 그가 판단하는 대로 살아야 하구요. 그는 식구 아닌 사람들 앞에서만 미소를 지어요. 그는 가족들의 존경을 받기 위해서는 웃지 않아야 한다고 믿고 있는 것 같아요.

승주 아버지는 어떤 사람일까. 신문에 난 승주 아버지의 얼굴이 약간 근엄해 보이긴 했지만 승주 말처럼 미소에 인색하다면…… 어머니가 승주 이야기를 듣는다면 이렇게 말할 것이다. 승주가 말하는 승주 아버지의 모습이 승주 아버지의 전부라고는 할 수 없을 거라고. 내가 어머니한테 형기 이야기를 했을 때도 어머니는 그랬다. 형기는 형기대로 뭔가 빗나간 행동을 하기도 했을 거라고. 부모라면 무한히 이해심이 많아야 한다고들 말하지. 하지만 부모도 사람이거든. 자식한테서 자신의 싫은 점을 발견할 때도 있어. 그러면 화를 참기 어려워지는 거야. 승주한테 어머니의 그 말을 들려준다면 승주는 뭐라고 할까. 하지만 나는 입을 열 수가 없다.

형은 내 말을 별로 믿지 않는 것 같아요. 어쩌면 그게 당연한 일인지도 모르겠어요. 형네 아버지는 우리 아버지와 다를 테니까. 사람은 누구나 그런 것 같아요. 자신이 겪지 않은 괴로움에 관해서는 절대로 이해할 수 없나봐요.

승주가 차라리 잠들기라도 한다면 좋겠다. 그애 말이 옳다. 사람들은 자신이 겪지 않은 고통엔 둔감하다. 왜 나 아닌 다른 사람의 고통은 견딜 만한 것으로 여겨질까.

난 우리 아버지처럼 공부벌레로 살고 싶지 않아요. 답답해 보여요.

나는 고개를 끄덕여준다. 언제나 되풀이되어온 아버지와 아들의 부딪침. 어쩌면 그 부딪침은 당연한 것이다. 지난 시대의 가치관에 붙들려 있는 아버지들. 때로 어머니는 말하곤 했다. 예전에 태어난 게 다행이라는 생각이 들 때가 있어라고. 어느 때는 또 이렇게 말했다. 옛날에 태어났다는 게 억울하단다라고. 어느 것이 어머니의 진심일까.

아버지한테 좋았던 게 나한테도 그럴 거라고 여기는 건 우스운 생각이죠.

어른들은 그렇게 생각하지 않아.

형, 나는…… 좀더 열린 삶을 원해요. 그러니까 성공이니 뭐니에 얽매이지 않는…… 그런 삶 말이에요. 대학에 가면 나는 독립할 거예요. 이만큼이라도 버틸 수 있는 건 그 때문이에요.

열린 삶. 학원의 독어선생님은 그 말을 참 좋아했다. 참교육이라는 말도.

어머니의 숨겨진 노트

황색, 물감이 피부로 스며든 듯한 아버지 얼굴. 오래 입어 원래의 색이 거의 회색빛으로 변한 잠옷차림인 아버지는 빈방에 홀로 누워 있다. 눈꺼풀은 훌쩍 꺼진데다 살이라곤 없는, 광대뼈만이 두드러진 아버지 얼굴에서 여자는 멀지 않은 죽음의 그림자를 본다. 무슨 나쁜 꿈이라도 꾸는지 아버지의 메마른 입술이 약간 벌어지면서 신음소리가 흘러나온다. 잘 알아들을 수 없는 소리로 무어라 중얼거리면서 팔을 휘젓기도 하는 아버지. 아버지를 깨울까, 여자는 잠시 망설인다. 밤에도 거의 잠들지 못한다는 아버지.

아버지.

여자는 뭔가를 밀어내려는 듯한 안간힘으로 움직이는 아버지의 오른팔을 잡아 요 위에 놓아준다. 아버지의 벌어진 입술에서는 낮은 신음소리가 계속 흘러나온다. 아버지 얼굴에 아로새겨진 음울하고 날카로운 고통의 흔적과 아버지 입에서 풍기는 몸 안의 어느 부분이 상한 내음. 여자는 향이라도 피우고 싶어진다.

아버지.

민자……가 왔구나. 오기가…… 쉽지 않았을 텐데…… 이 아비를 보러……

미국에 있는 언니가 온 거라고 착각해서인가. 아버지 얼굴에 머물렀던 고통의 흔적은 사라져버렸다. 아버지가 이처럼 순진 무구하게 웃을 수 있다니. 여자는 아버지 얼굴에서 눈을 뗄 수 가 없다.

아버지.

나는…… 네가…… 언제나 오나 하고 기다렸는데……

숨쉬는 게 힘드는지 아버지 입에서는 쇳소리가 섞여든 푸우 푸우 하는 소리가 들려온다.

고맙다, 민자야…… 네한테…… 내가…… 꼭…… 부탁할 일 이 있었…… 성훈이한테…… 얼마라도 도움을 주었으면…… 이런 일은…… 출가외인인 느희한테 부탁할 일은 아니다 만…… 네 에미가 워낙 걀…… 보지 않으려 해서…… 너한 테…… 많은 것을 부탁하지는…… 미안하구나…… 느희들한 테 애비노릇을 하지 못했어. 은자한테도 이 말을 하고 싶었는 데……

미음이 담긴 사발을 쟁반에 받쳐들고 방으로 들어온 어머니 는 여자 옆에 앉는다. 무릎이 튀어나온 회색 바지에 윗옷으로는 내의만을 입은 어머니의 이마엔 땀이 흐른다.

은자가 온 게 그리 좋수. 얼굴이 훤해졌구려.

은자가…… 왔다고?

그럼 얘가 은자가 아니고…… 누구유? 이젠 딸자식도 알아보 지를 못하나.

일어나서 미음을 들자는 어머니 말에 아버지는 아무런 반응 도 보이지 않는다. 먹어야 기운을 차릴 것 아니냐며 어머니는 거듭 재촉하지만 아버지는 눈을 감아버린다.

무엇 하나 수월하게 해주는 일이 없구려.

눈을 꼭 감은 아버지 얼굴엔 천덕꾸러기 신세를 견뎌야 하는 서글픔이 배어 있다.

아버지.

여자는 미음을 드셔야 한다고 아버지 귀 가까이에 대고 말하지만 아버지는 눈을 뜨려 하지 않는다. 어머니는 여자더러 일어나라는 눈짓을 하곤 앞장서서 걸어나간다. 여자는 선뜻 어머니 뒤를 따르지 못하고 머뭇댄다.

너도 점심을 먹어야지. 얼굴이 반쪽이야. 곰국 끓여놓았으니 어서 먹어.

어머니는 여자의 손을 잡아끌어 식탁에 앉게 한다. 아버지에게 미음을 먹이는 일보다 딸이 끼니를 거르지 않는 게 훨씬 중요한 일인 것만 같은 어머니. 여자는 뽀얀 국물이 잘 우러난 곰국에 밥을 말아 몇숟갈 뜨곤 숟가락을 내려놓는다. 땀을 흘려가며 곰국을 들이켜는 어머니 얼굴엔 오랜만에 딸을 만난 기쁨이 출렁인다. 두달이나 석달쯤 버틸 수 있을 거라는 아버지. 그 시간이 지나면 아버지는 어머니 곁을 떠난다.

다시는 만날 수 없는 두 사람. 죽음 앞에서도 아버지에게 닫아버린 마음을 열지 않는 어머니. 내가 시장바닥에서 야채를 팔며 열 손가락 마를 날 없이 살아왔는데…… 느희들 공부도 내가 다 시켰고 말이다. 너희 애비가 날 속이고 그 여편네와 십년을 사는 동안…… 날 돈 버는 일꾼, 나무토막 취급을 했단 말이

다. 나는 그걸 몰랐던 천치였고…… 십년을…… 그 세월 동안
아들을 낳아 키우면서 말이다…… 민자 시댁이 그리 야박하게
한 것도 저 인간 행실이 개차반 같아서였는데…… 나한테 용서
하라는 말은 하지 말아라. 저 인간은 날 나무토막 취급을 했단
말이다.

여자가 몇달 전에 아버지를 용서할 때도 되지 않았느냐고 했
을 때 늙지 않은 크고 흰 가슴을 출렁이며 엉엉 소리내어 울었
던 어머니. 어머니는 여자에게 다시 숟가락을 쥐여준다. 곰국을
다 먹을 때까지 채근하는 어머니. 어렸을 때 빈혈이 심했던 여
자에게 간유구를 억지로 먹일 때와 조금도 다르지 않은 어머니.
그런 어머니가 지겨우면서도 여자는 마음이 뜨거워진다. 어머
니 앞에 앉으면 왜 늘 작은 여자아이로 돌아가는 듯한 기분이
되는지. 왜 어머니와 자신은 분리될 수 없는 존재로 여겨지는
지. 그러면서도 어머니가 낯설게 여겨지는 마음이라니. 아버지
의 얼굴에 깃들인 죽음의 그림자가 어머니한테 작은 그늘도 남
기지 않는다는 게 서먹하고 기이한 것이다. 혼자 남게 되는 날
들에 대한 두려움도 없는 것일까, 어머니는. 그런 여자의 마음
속을 들여다보기라도 한 듯 어머니는 난 아무렇지도 않다라는
말을 한다.

내 걱정은 하지 않아도 괜찮다는 말이다. 이 나이에 혼자 된
것은 복이라고들 하지 않어. 혹시 아범이 괜한 걱정을 하지는
않나 싶어 하는 말이다.

여자는 아버지가 돌아가시면 어머니는 혼자 살아갈 거라는

말을 남편에게 해두었다. 남편은 그저 고개를 끄덕였을 뿐.

아범은 어머니가 상경하기를 바라는데요.

여자는 어머니가 상경하지 않을 것임을 아는 탓에 그 말을 되풀이한다. 어머니가 비록 상경하지는 않는다 하더라도 그 말을 듣고 싶어할 거라고 믿어서다.

그 문제는 더 왈가왈부할 것 없다.

어머니의 어조엔 칼로 자르는 듯한 단호함이 있다.

과제물용의 글쓰기. 이게 무슨 소용이 있나.

쓰는 동안에도 쓰기를 중단한 후에도 굴착기의 날이 너무 무디다는 생각뿐. 그만두는 게 낫겠다.

맥주를 찾아 다용도실의 여기저기를 뒤적이던 중 밀짚바구니가 쏟아지면서 튀어나온 한권의 노트. 이미 냉장고 안의 맥주들을 다 마신 나는 노트를 덮어 제자리에 넣어둔다. 앓아누운 외할아버지, 걸걸한 외할머니의 말투는 노트에 적힌 글이 어느정도 사실인가 하는 의문이 들게 했지만 그런 것들이 별다른 흥미를 자아내지 못한 것이다.

다용도실에서 나온 나는 편의점으로 가기 위해 은색의 실타래 같은 실비가 내리는 거리로 나간다. 술을 좀더 마셔야만 잠을 잘 수 있을 것 같다. 어머니는 언제 돌아올까. 집에 있어도 집을 떠나 있어도 날 불안하게 만드는 어머니.

난 아직 바다 저 깊은 곳의 침묵 속으로 가라앉고 싶지 않다

영우가 내게 보내준 엽서.

집을 떠나온 지 이틀째.

어제는 거대한 흰빛의 지진을 일으키는 듯한 파도를 지켜보았다. 암갈색 다이빙대 같았던 절벽 꼭대기 위에서. 시야에 들어온 것은 더 넓은 잿빛 평원만 같았던 하늘과 바다, 저 깊은 곳에서 몸을 일으켜 울부짖는 바다, 짐승만 같은 파도의 일렁임이 가라앉지 않았던 바다, 오직 그뿐이었다. 나 자신이 모래알이라고 여겨지던 그때 난 신도 야수도 아니었다. 내 몸이 너무 가벼워서 물새처럼 바다 위를 너울너울 날아갈 수도 있을 것 같았다.

비 내리는 오늘 아침, 내 어깨 위의 짐은 여전히 무겁다. 떨쳐버려야 할 무거움. 오늘은 그 절벽 위로 가지 않을 것이다. 무거움을 벗어던질 길을 찾다 못해 나 자신을 던져버릴지도 모를 테니. 난 아직 바다 저 깊은 곳의 침묵 속으로 가라앉고 싶지 않다. 내가 원하는 건 내게 맞는 신발을 찾아내는 것이다. 맨발의 순례자를 거리에서 본 적이 있느냐. 맨발이고 싶다면 갠지스 강가로 가야 할 것이다. 망할 놈의 신발, 그것을 찾아야겠다고 집을 떠나왔는데 그놈은 여전히 제 모습을 보여주지 않는다. 벗어나고 싶은 짐승의 시간.

나는 컴퓨터 앞에 앉는다. 영우가 옆에 있다면 영우에게 했을 말들을 컴퓨터에라도 옮겨야 했던 거다.

영우에게

집 나간 지 나흘 만에 돌아온 어머니는 여전히 말이 없다. 어머니가 왜 집을 나갔는지 나는 아직 알지 못한다. 내가 수능을 망친 뒤로 어머니는 내가 알던 어머니와는 아주 다른 모습을 보여주긴 했지만…… 집을 나가야 할 만큼 어머니는 힘들었을까. 돌아온 어머니한테 나는 아무런 말도 건네지 못했다. 어디에 있었느냐, 어머니가 돌아와서 기쁘다, 그 어떤 말도.

연수원에서 돌아온 아버지와 어머니 사이에도 녹지 않는 얼음벽 같은 침묵이 흐르는 것만 같다. 이처럼 깊은 냉담함이 아버지와 어머니 사이에 흐를 수 있다는 게 믿기지 않는다. 가끔 두 사람이 말다툼하는 걸 보긴 했다. 하지만 그것은 언제나 어머니 혼자 불평을 하는 정도였고 그럴 때마다 아버지는 어머니를 칭찬하는 아부성 발언으로 어머니의 흐린 얼굴을 펴주었다. 얼마 전부터 아버지는 어머니의 얼굴을 펴주는 힘을 잃어버린 것 같았다. 모스끄바에서 돌아온 뒤 마치 다른 사람으로 변한 듯 무거운 표정을 보여주는 아버지. 내가 알던 아버지가 그립다.

컴퓨터와 영어, 일어에도 능통한데다 바이어와의 관계도 멋지게 만들어 언제나 남들보다 승진이 빨랐던 아버지. 사장 자리에도 문제없이 오를 거라는 말을 듣는다는 아버지.

어머니의 부탁에 따라 우리들을 벌주어야 할 때가 아니면 거의 언제나 풍랑 따위는 걱정할 필요가 없는 멋진 배를 타고 있는 듯한 기분이 들게 해주었던 아버지.

우리와 많은 시간을 함께 보내진 못했어도 나름대로 좋은 아버지가 되려 애썼던 아버지가 얼마 전부터 너무 달라져버린 것이다.

이렇게 된 게 오직 나 때문인가.

내가 수능을 망친 게 어머니와 아버지를 완전히 돌아버리게 만든 건가.

뭔가 이상하다고 여겨지지만 알 수는 없다, 그 뭔가의 정체를.

영우야, 이제야 너가 얼마나 힘들었는지 알 수 있을 것 같다.

널 보고 싶다. 너에게 아무런 도움이 되어주지 못한 게 미안하다.

벗어나고 싶은 짐승의 시간이라고 중얼거려본다.

이 혼돈의 시간에서 벗어날 수 있을까.

나는 컴퓨터를 꺼버렸다. 내가 모르는 어떤 일에 대한 두려움이 점점 커지기 시작했던 거다.

어머니의 눈물

좀더 빨리 연락해주었으면 좋았잖아. 차린 게 너무 없네.

된장찌개와 조기구이, 새우를 곁들인 야채샐러드와 불고기, 김치, 그리고 파전과 낙지볶음이 올려진 식탁을 준비하고서도 뭔가 아쉬워하는 듯한 어머니에게 이모는, 포도주를 곁들이면 나쁘지 않겠네라고 말한다. 포도주가 없다는 어머니의 말에 실망한 표정인 이모는 어머니가, 남영이더러 사오라고 해?라고 묻자 머리를 끄덕인다.

아주 느린 걸음으로 아파트단지 안의 슈퍼에 간 내가 진열대에 놓인 포도주들 중에서 제일 비싼 메도끄를 사들고 왔을 때 이모와 어머니 둘 다 굳은 표정들이었다. 현관에서 서로 부둥켜안을 때의 그 열렬한 반가움이 많이 사라져버린 듯했다. 그러나 포도주병의 코르크 마개를 따는 동안 이모와 어머니는 오랜만에 만난 자매의 다정함을 되찾았다.

언니가 박사님 된 것부터 축하해야지.

어머니는 세 개의 유리잔에 포도주를 따른다. 어머니보다 나이 많은 이모가 박사님이라니, 나는 이모를 바라본다.

마이클이 사년 전에 대학에 들어가고 나니까 여유가 생기더라. 그래서 이제부터라도 마케팅 공부를 해보자는 생각이 들었던 거야.

이제 학위를 받았으니까 작은 회사를 맡아 경영을 해보려 한다는 것, 미술관의 후원이사로서의 활동도 제대로 할 것이라고 이모는 열정적인 어조로 말한다. 많은 사람들 앞에서 많이 말해본 사람 같다, 이모는. 어머니가 동생이라는 게 잘 믿기지 않을 만큼 이모는 젊어 보인다. 그리고 당당해 보인다. 성공한 중년여성의 표본 같은 이모가 내 이모라는 실감이 잘 들진 않지만 이모의 이야기는 흥미롭다. 온 가족이 스위스로 떠난다는 겨울 스키여행. 예일대를 나와 로즈장학생으로 옥스퍼드대학에 유학가 있다는 이모의 큰아들, 하바드 출신으로 뉴욕의 로펌에서 일한다는 작은아들 존, 이모의 두 아들의 여자친구들도 컬럼비아대학 출신의 아트딜러, 그리고 줄리아드 출신의 플루티스트라고. 어머니는, 세상에…… 어쩌면…… 하고 감탄하며, 언니는 정말 복이 많구나라고 말한다.

복이라면 수동적으로 주어진 거라는 의미일 텐데 그건 아냐. 나는 우리 아이들을 단순히 좋은 직업을 가진 남자가 아니라 멋진 인간으로 키우려고 정말 최선을 다했으니까.

그게…… 참 쉽지가 않데…… 나도 남영이를 그렇게 키우려고 애쓰지 않은 건 아닌데…… 남영이는 컴퓨터말고는 다른 어떤 것에도 흥미가 없는 것 같아.

내 방으로 가버리고 싶다. 이모의 말을 듣는 것만으로 나 자신 너무 볼품없다는 생각에 빠져들 거라는 생각을 어머니는 하지 못한 걸까. 어머니가 못마땅할 뿐 아니라 이모도 우스워 보인다. 이모가 어디서나 자식 자랑을 멈출 수 없는 주책 아주머니로 여겨진 거다.

여기 교육은 오직 학과성적만이 절대적으로 평가받으니까 아이들이 나중에 세계의 중심부로 들어가기엔 부족한 게 많은 거지.

이모는 날 보며 세계시민으로서의 자질을 기르도록 해야 한다는 말을 하더니 어머니에게 아이들 키운 뒤의 날들에 대해 계획해놓은 게 있느냐고 묻는다.

남영이하고 남경이가 대학에 들어간 뒤의 날들에 대해 생각할 때면 어깨에 날개가 돋는 그런 기분이기도 했는데…… 이제는 모든 게 덧없게 여겨지기만 하는 거야.

어머니의 눈에서는 갑작스레 눈물이 흘러내린다. 나는 파전을 집으려던 젓가락을 식탁에 내려놓았다.

은자야.

붉은 포도주 한잔을 단숨에 들이켜는 어머니. 어머니 뺨을 적신 눈물은 멈출 줄 모른다. 이모는 식탁 가장자리에 놓인 크리넥스통을 어머니 앞에 놓아준다.

아버지 생각이 나네.

휴지로 눈물을 닦고 난 어머니는 아아아 깊은 한숨을 내쉬었다.

아버지는…… 어둠속에 혼자 누워 계실 때 무슨 생각을 하나…… 무섭거나 두렵지 않을까…… 당신 인생이 괜찮았다고…… 그렇게 스스로를 위안할 수 있을까.

아버진 당신 하고 싶은 대로 하며 사셨잖아. 좋은 결실을 맺지 못했다는 거지, 아버지처럼 당신 하고 싶은 대로 하고 산 양반도 드물걸.

내겐 중절모와 단장 그리고 나비넥타이로 기억되는 외할아버지. 남자는 배포가 중요한 거다라는 말을 아주 가끔 만날 때마다 빠뜨리지 않고 하셨던 외할아버지.

아버지는 당신의 삶을 충실하게 살려고 애써야 했는데 그렇게 하질 않았어. 그래서 우리 식구들은 많은 희생을 치른 거고. 결국엔 아버지마저도 희생자가 된 거고 말이다.

어머니라면 몰라도…… 언니는 희생자라는 말을 할 수 없어.

내가 시댁으로부터 받았던 수모는 아버지 때문이 아니었니? 아니, 꼭 시댁과 관계없이 난 아버지를 좋아할 수가 없었어.

그렇게 말하면…… 하지만…… 나는……

네가 무슨 말을 하고 싶은지 모르는 건 아냐. 넌 나 때문에 혼자 무거운 짐을 지고 있다고 생각할 수도 있어. 아버지 장례식에 오긴 하겠지만 네가 기대하는 몫을 하진 못할 테니까. 정직하게 말하자면 내일 아버지를 보러 가는 것도 너한테 보이려는 일인지도 모르겠어. 내가 미안해하는 건 너니까. 가끔 그런 생각을 하곤 한다, 우리가 떨어져 지내지 않았더라면 좋았을 거라고. 처음 미국 갔을 때 네 생각을 많이 했거든. 넌 날 참 많이 좋아했잖아.

어머니는 눈물을 닦은 휴짓조각들을 갈기갈기 찢는다.

부모니까 무조건 이해받을 수 있다는 생각을 하진 않아. 부모여서가 아니라 괜찮은 어른이니까 만나고 싶다는 생각을 아이들이 할 수 있게 만들어야 한다고 나는 믿어.

언니는 참 자신만만이네. 언니가 부럽다.

울음이 터져나오지 못하도록 목젖을 꽉 눌러놓았던 마개가 통겨버리기라도 한 듯 어머니는 소리내어 울기 시작한다.

나도 사실은 아버지한테서 도망치고 싶어하는데…… 자식노릇을 하고 있나를 생각하면…… 아니야…… 부모와 자식 관계라는 게…… 이렇게 쓸쓸할 수 있다는 게……

더는 어머니를 지켜볼 수 없어진 나는 내 방으로 돌아왔다. 밀짚바구니 안의 노트에 적힌 글이 순전히 지어낸 게 아닐지도 모른다는 생각이 든 순간 나는 컴퓨터 앞에 앉는다.

와 하는 함성과 함께 모니터에 NBA 농구경기가 펼쳐진다. 지난 수년간 시카고에 당하면서 늘 우승 문턱에서 주저앉아야 했던 뉴욕 닉스팀을 조종하면서 내 심장에는 불꽃이 피어오른다. 역시 시카고는 강팀. 론 하퍼의 패스를 받은 조던은 종횡무진 드리블, 무려 세 명의 마크를 뚫고 멋진 페이더웨이 슛을 날린다. 가슴이 터질 것만 같다. 관중들의 환호성은 얼마나 열렬한가. 슛을 성공시킬 때마다 투명한 마술담요에 휘감겨 하늘을 나는 것만 같다. 이 완벽한 몰입감.

숨어 있는 방

눈을 떠보니 턱수염을 기른데다 무척 큰 코를 가진 녀석이 날 내려다보고 있다.

돈 있으면…… 좀 주라.

처음 보는 녀석이 왜 내게 돈을? 싫으면서도 나는 바지 주머니를 더듬는다. 맙소사, 만원짜리 한장뿐. 라이터 불을 가져다댄 것처럼 가슴의 한가운데가 뜨거워졌다. 십만원을 약간 넘는 돈이 사

174

라져버린 것이다.

털렸구나, 너도.

턱수염은 내 발치께의 벽에 기대어앉으며 손가락으로 머릿속을 긁는다. 차가운 얼음물에 두 발을 담그기라도 한 듯 발가락, 등으로 찬 기운이 퍼져나간다. 두꺼운 우단 같은 천이 창문을 덮고 있는 방은 어둡다. 방구석엔 빈 술병들이 쌓여 있다. 소주병, 맥주병, 찌그러진 맥주캔들. 지린내, 수채냄새, 연탄가스 냄새, 담배연기 냄새, 그리고 이름 붙일 수 없는 이상한 냄새들이 뒤섞여 있는 방. 여기가 어디인가. 나는 손바닥으로 머리를 싸안는다. 토할 것만 같다.

본드 처음이었니?

턱수염의 말에 나는 방안을 다시 한번 둘러본다, 나 아닌 누군가가 있나 하고. 술병들 사이엔 본드통들과 비닐주머니들이 굴러다닌다.

본드라니.

내가 턱수염을 쳐다보자 턱수염은, 어젯밤 여기 모인 애들은 전부 다 했잖아라고 말한다. 그럴 리가.

나는 머리를 흔들었다. 걸레 같은 옷들이 구석에 쌓여 있는 방. 옷을 벗은 금발의 여자들이 기묘한 포즈를 취한 패널들이 걸려 있는 방. 어두운 동굴 같은 방에 왜 내가 와 있나 하고 생각해보려 하지만 머릿속엔 돌덩어리가 가득 차 있는 것만 같다. 두통은 또 얼마나 심한지. 나는 주먹쥔 손으로 머리를 두드려준다.

찬 공기를 마시면 좀 나아질 거다. 그런데 여기 창문은 꼼짝도

안해. 깨부수면…… 그런데 그렇게 하면…… 귀찮아지니까.

나는 생각을 정리해보려 한다. 이 더러운 방에 더는 머물 수 없다. 될 수 있는 대로 빨리 이곳에서 나가야 한다.

어…… 우리들뿐이네.

다들 가버렸어.

잠에서 막 깨어난 듯한 여자아이들의 목소리가 들려왔다. 방문 쪽으로 기어간 나는 겨우 방문을 열고는 토한다. 잠시 후 구두 위에 토했다는 걸 알게 된 건 여자아이들 때문이었다.

뭐야, 내 구두.

비단천을 찢는 듯한 여자아이들의 목소리가 들려왔지만 나는 멈추었다 토하기를 계속했다. 위 안의 것을 모두 토해내고 나면 견딜 만할 텐데 그게 되질 않는다. 오물이 묻은 입언저리를 닦지도 못한 나는 방문턱에 얼굴을 뉘었다.

저 구두 산 지 며칠 되지도 않는데 정말 열받네.

나는 다시 얼굴을 들어 토하려고 웩웩거렸다. 가슴에 박힌 덩어리는 움직이지 않는다. 누군가 등을 쳐준다면…… 차가운 물이라도 가져다준다면…… 턱수염은 옴짝하지 않는다. 현기증과 나른함…… 머리를 가눌 수도 없다.

쟤, 물이라도 마시게 해줘야 할 것 같아. 얼굴이 아주 노오래. 너가 나가서 속 가라앉히는 약이랑 생수를 사와라. 작은 수건도 하나 사오구. 쟤 얼굴도 닦아줘야 할 것 같아.

고마운 여자아이들. 참으려 하지만 내 입에서는 신음소리가 흘러나온다.

176

어휴, 이 냄새. 삼킬 때는 맛난 것들이 뱃속에 있다 밖으로 나올 때면 왜 이렇게 흉한 냄새를 풍기나 모르겠어.

시멘트 바닥의 오물을 대충 치운 상고머리 여자아이가 방으로 들어와 날 반듯하게 누인 다음 손바닥으로 배를 눌러준다, 힘껏.

어때? 나아진 것 같지 않니?

끔찍한 아픔은 가라앉은 듯했지만 여전히 어지러운 나는 날 내려다보는 상고머리 여자아이에게 고마워라고 말한다.

이제 얼굴에 핏기가 도네. 조금 전까지 너 얼굴이 노오랬다. 정말 그랬어.

잠시 후 바깥으로 나갔던 노랑머리 여자아이가 돌아와 날 보더니 살아났구나 하며 앉게 했다. 너무 급하게 일으켜세운 탓인지 나는 다시 어두운 동굴 안으로 끌려든 것만 같다.

이것으로 입 헹궈내고 약을 먹어.

생수를 마신 다음 병에 든 물약과 알약을 삼킨 지 몇분도 되지 않아 나는 다시 토한다.

쟤 단단히 걸렸나보다.

여자아이들은 내 등을 두드려준다, 입에 손가락을 넣어 토하라고 다그치며. 여자아이들이 하라는 대로 해보지만 더는 토할 수가 없다. 턱수염은 두 손을 가슴에 얹고서 누워 있다. 잠이 들었는지 그냥 눈을 감고 있는지는 알 수 없다. 빗소리가 들려오기 시작했다.

김밥만 두 줄 달랑 사왔네. 토한 애는 굶어야겠지만 턱수염 쟤는 지금 속이 비었을 거잖아.

우리가 빈민 구호하려고 여기 온 건 아냐.

한방에 있으면서 우리끼리만 먹는다는 게 좀 그렇잖아. 그런데 나 쟤를 언젠가 보았던 것 같아.

상고머리 여자아이는 턱수염 쪽으로 다가앉는다.

너 혹시 옛날에 인천에서 살지 않았니? 공원 아래 골목길 동네에서 말이다.

상고머리 여자아이는 턱수염의 침묵을 참기 어려운지 거듭 묻는다.

눈뜨고 날 봐줄래? 아니, 넌 날 모를 수 있겠다. 내가 어렸을 때는 굉장히 뚱뚱했거든.

왜 그러니? 왜 처음 보는 애들, 누구한테나 인천에서 살지 않았냐고 묻는 거니?

내가 그랬어? 아무한테나?

내 머리의 어느 부분은 여전히 잠들어 있는 것 같다. 현기증과 위의 울렁거림이 가라앉으면 이 방에서 나가야 한다는 생각이 내가 할 수 있는 전부였다.

이해할 수가 없어, 너의 그 인천사람 밝힘증을.

인천 살던 때를 생각하면…… 그때는 아버지도 있었고 엄마도 있었어. 아버지가 아프지만 않았더라면 엄마가 집 나가는 일은 없었을 거야.

난 아주 어려서부터 밤마다 기도하곤 했어. 아버지가 집을 나가게 해달라고…… 기도가 소용있는 거라면 내가 집 나오는 일도 없었겠지만. 암튼 나쁜 부모는 없느니만 못한 거야. 평소에 입을 붙이고 지내는 아버지가 술을 마셨다 하면 주먹을 휘두르는 걸 누가 알겠어? 사람이란 참 알 수 없다는 생각이 들어.

　노랑머리 여자아이는 팩에 든 소주를 들이켠다.

　너 또 소주를 사왔구나. 제발 그만 마셔. 이렇게 낮부터 마시면 언젠가 니네 엄마처럼 술꾼이 되고 말 거야.

　걱정하지 마. 난 절대로 엄마처럼 살진 않을 테니까. 동네 북이 거든, 우리 엄마는. 아버지한테 맞는 걸로 모자라 술 많이 마신다고 오빠한테 맞기도 했어. 오빠한테 맞은 뒤에 멍하게 앉아 있던 엄마 얼굴을 잊을 수가 없어. 그걸 생각하면…… 집밖에서는 아버지와 오빠 모두 괜찮은 사람들로 여겨지잖아. 아니, 아버지가 뇌물을 받았다고 잡혀가긴 했지만. 제기랄, 어른들은 믿을 수가 없어. 이해할 수가 없어. 엄마는 왜 아버지랑 헤어지지 못했을까.

　노랑머리 여자아이는 담배연기를 내뿜는다.

　어른들은 믿을 수가 없어…… 나의 우상이었던 아버지. 회사 공금을 해외로 밀반출했다는 아버지. 아버지가 다니는 회사의 사장과 아버지는 텔레비전 뉴스에 나왔다. 해외로 빼돌린 회사의 공금…… 그 공금의 일부를 아버지는 아버지 몫으로 챙겨두었다는 혐의를 받고 있다고…… 얼굴이 달아오른다. 무릎 속으로 전류가 흐르는 것도 같다. 배 안을 뭔가가 쑤셔대는 것만 같다.

　아직도 많이 아프니?

　상고머리 여자아이가 걱정이 담긴 목소리로 묻는다. 나는 눈을 감는다.

　다시 만져줄게.

　상고머리 여자아이는 배를 누르고 있는 내 손들을 방바닥으로 내려놓곤 자신의 손으로 내 배를 눌러준다, 온몸의 힘을 다해.

얘, 정말 힘든가봐. 병원으로 데려가줘야 할 것 같지 않어?

관둬. 걔가 어린애니. 약이랑 생수랑 사다준 것만 해도 충분해.

만약에 맹장염 같은 거라면.

너 우리가 어떤 처지라는 걸 잊고 있니? 너나 나나 정말로 맹장염에 걸린다면 보증금이 없어 입원도 못할걸.

넌 아니다. 넌 집에다 연락만 하면 되잖아.

난 이미 쫓겨난 딸이야.

어쨌거나 부모가 있다는 건…… 그건 좋은 거다.

너 내 속 긁을 일 있니? 관두자. 날씨는 왜 또 이 모양인지. 아무튼 여기로 온 게 잘못이었어. 우릴 꼬드긴 그 자식이 난 사실 마음에 들지 않았는데 네가 그 자식이랑 좀더 마시면 재미있을 거라고 난리쳐댄 통에 이렇게 되고 만 거잖아.

걔가 내 지갑을 털어갔는지는 모르는 일이잖아. 그나마 고마운 건 네 지갑은 털리지 않은 거야. 그리고 어젯밤 여기 모인 애들 중에서 나쁘게 보인 애들은 없었어.

입 다물어. 넌 그게 병이야, 알어? 사람을 제대로 볼 줄 모른다는 거. 그런 주제에 술이 오르면 말릴 수가 없게 되는 거.

어젯밤엔 너도 재미있어했어.

너 술 취해서 잊었나본데 내가 분명히 말했어. 걔 따라가지 말자고.

그냥 이렇게 생각하자. 우리 지갑 털어간 애가 누군지는 모르겠지만 우리보다 형편이 몹시 어려웠다고.

내가 널 제일 보기 싫을 때가 언제인지 아니? 지금 같은 말을 할 때야. 지갑을 털렸으면 화를 내야 하잖아. 너 그렇게 살다가는 나중에 비참한 신세가 되고 말 거다.

나중 일은 나중에 생각할래.

입 다물지 못하니.

노랑머리 여자아이는 아아아아 하고 소리지른다. 그것으로 모자라 펄쩍펄쩍 뛰기도 한다.

내가 잘못했어. 그러니까 기분 풀어.

상고머리는 노랑머리의 어깨를 안으려 한다. 노랑머리는 상고머리를 밀쳐버린다.

정말 싫증난다. 정말 참기 어려워.

노랑머리는 주먹쥔 손으로 상고머리의 어깨를 쥐어박다가 상고머리의 무릎을 발로 걷어차기도 한다. 나는 일어나서 노랑머리를 상고머리한테서 떼어내야 한다고 생각한다. 그런데 몸을 움직일 수가 없다. 턱수염은 여전히 눈을 감은 채 움직이질 않는다.

내가 어쩌다 너 같은 걸 만났나 몰라. 널 만나지 않았더라면 집으로 들어갔을 거다. 넌 낙지 같아. 누구한테나 찰싹 붙어 떨어지려 하질 않아. 난 너가 들쥐처럼 살아온 걸 몰랐어. 그래서 널 천사라고 생각했지. 넌 천사가 아냐. 사람한테 들러붙으려는 끈끈이인 거지. 그저 눈만 마주친 사람들 모두가 너의 오빠, 동생, 언니, 이모가 되잖아. 넌 사람들을 네 편으로 만들기 위해서는 아까운 게 없는 것 같더라. 너가 가진 것은 뭐든 주려고 해. 그런데 너가 그렇게 들러붙으려 한 인간들이 너한테 어떻게 했어. 널 무시하고 속이고 너의 돈을 빼앗거나 그랬어. 바보 멍텅구리.

상고머리는 울음을 터뜨렸다. 이상한 상고머리. 울면서도 상고머리는 노랑머리에게 미안하다, 미안하다라는 말을 되풀이한다. 미안하다는 말을 해야 하는 주술에 걸리기라도 한 듯.

고맙게 생각해, 너가 내 옆에 있어주는 거. 너가 떠나면 난 어떻게 될지 몰라. 화날 때면 때려. 난 맞는 건 암치도 않아. 너한테 맞는 건 맞는 것도 아닌걸. 등이 시원해질 지경인데 뭐. 지금 생각해보니까 넌 어제 우리를 여기로 데려온 애가 마음에 들지 않는다고 했어. 그런데 내가 우겼던 거야. 난 그게 병이라니까, 술 먹으면 마냥 사람들이 좋아 뵈는 거. 앞으로는 뭐든 너가 하자는 대로 할 거다. 넌 나하고는 비교할 수 없이 똑똑하잖아. 너랑 지낸다는 게 가끔은 꿈인가 싶을 때도 있어. 그래서 잠에서 깨어날 때가 제일 겁나. 너가 가버렸을까봐.

난 잠에서 깨어나지 않았으면 싶다. 남영아, 어머니의 가느다란 목소리가 생각난다. 집을 나온 건 밤마다 술을 마시는 어머니를 지켜볼 수 없어서였는지도 모른다. 잠옷차림으로 다용도실의 타일바닥에 앉아 토하고 또 토하던 어머니. 불쌍한 어머니. 나는 헛산 거였어. 나는 네 아버지를 모르고 살아온 거더라. 무섭다, 부부라는 게. 내가 그렇게 장님이었다는 게. 사람을 이렇게 비참하게 만들 수가. 어머니가 폭발한 것은 아버지가 공금에 손을 대었다는 혐의로 집에 돌아오지 못한 날 저녁이었다. 만약 그 일이 없었더라면 어머니는 끝내 그 아픔을 혼자 삭일 수 있었을까. 위가 이렇게 아프지만 않다면 다시 술을 마시고 싶다. 추악한 아버지. 어머니를 속이고 회사 공금에 손을 대는 그런 사람이 아버지라니. 술을 마시고 싶다.

애, 나는 널 어디선가 본 것만 같은데 날 모르겠니?

상고머리는 조금 전에 한바탕 울었다고는 생각되지 않는, 기대에 부푼 목소리로 말하며 턱수염 얼굴 가까이로 얼굴을 수그렸다. 턱수염은 일어나 밖으로 나간다.

우리 옆집에 배 타는 아저씨가 살았어. 그 아저씨가 아주머니를 칼로 찔러 죽였어. 그때 일은 잊혀지지가 않아. 그 집 아저씨가 배에서 내려 집에 와보니 아주머니가 다른 집 아저씨랑 자고 있었다고 했어. 경찰차가 왔을 때 그 집의 남자아이는 죽은 엄마 옆에서 울고 있었다잖아. 그앨 잊고 있었는데 턱수염을 보자 그애 생각이 났던 거야.

만약 턱수염이 그때 그애였더라면 너가 아는 척하는 게 좋을 리가 없지.

그렇지 않아. 그애와 난 친했거든. 날마다 소꿉놀이도 했어.

그건 어려서의 얘기지. 누가 떠올리고 싶겠니? 아버지가 엄마를 죽였다는 걸. 상처가 있는 사람은 그 상처를 상기시키는 사람은 피하고 싶을 거다. 넌 모르는 게 너무 많아.

노랑머리와 나 사이에 보이지 않는 길이 생겨난 느낌이 드는 건 무엇 때문일까. 날 아는 사람들은 아버지가 텔레비전 뉴스에 나온 걸 알 것이다. 난 만날 수가 없다, 날 아는 사람들을. 남경이는 어떻게 견딜 수 있을까.

알아, 내가 형편없다는 거. 그런데 있잖아, 어제 우리더러 여기로 오자고 한 애가 피워보라고 준 게 뭐였지. 대마초였나. 왜 그런 걸 우리한테 줬지? 비싼 거라고 했잖아.

유인책에 걸려든 거야. 어떤 여자애가 캠코더 들고 왔다갔다한 거 생각나? 제기랄, 우리가 지랄발광친 거 다 찍혔을 거다.

본드에 대마초, 그리고 캠코더. 이제야 생각난다, 분명하게, 어젯밤 일들이. 캠코더를 들고 아이들이 춤추는 모습을 찍어대던 여자아이도.

술에 취한 때문이었을까. 이상하게 어젯밤엔 캠코더의 움직임이 거슬리지 않았다. 아니, 뭔가 흥겹기도 했다. 위노나 라이더가 나온 '청춘 스케치' 같은 영화의 주인공이 된 듯한 느낌이기도 했으니까. 그런데 캠코더를 들고 다녔던 게 여자아이뿐이었나? 게임방에서 만난 녀석이 재미있는 곳이 있다는데라는 말을 했을 때 녀석의 입가에 감돌았던 미소가 지금은 뭔가 의미있는 신호로 떠오른다. 미친놈, 누구를 향한 것인지 알 수 없는 욕설이 내 입에서 튀어나왔다. 쟤 헛소리한 거니.

노랑머리의 얼굴이 내 얼굴 가까이 다가온다.

어디서 본 것도 같은데.

노랑머리는 고개를 갸웃한다. 나는 얼른 눈을 감는다. 날 아는 누군가의 눈에 뜨이지 않도록 머리칼을 아주 짧게 자른데다 안경을 쓰고 있지 않으니 날 쉽게 알아보지는 못할 거라고 믿지만 그래도 가슴이 뛴다.

너 날 흉보더니 이제 보니 나와 같은 병에 걸린 거잖아.

상고머리가 깔깔대며 웃는다.

믿기 어려운 기억의 조각들

비디오의 제목을 말하는 것도 귀찮은 나는 재미난 것 두 개를 달라고만 말한다. 그 정도면 밤을 보낼 수 있을 것이다. 손목시계를 판 돈으로 게임방에서 꼬박 열두 시간을 보내고 난 탓인지 지금은 그저 쉬고 싶을 뿐. 3호, 4호, 5호란 팻말이 붙은 방들의 창들은 커튼으로 덮여 있다. 6호실로 들어간 나는 두 개의 비디오테이프 중에서 위의 것을 먼저 본다.

앗, 내 입에서 터져나온 신음소리. 심장이 바늘에 쿡 찔린 듯한 뜨거움이 날 사로잡았다.

저 아이들은……

나는 비닐소파에서 일어나 앉았다.

미친 듯한 몸짓으로 춤추는 아이들. 춤추면서 누구와도 쉽게 입 맞추는 아이들. 춤추다 갑자기 여자아이의 스웨터 안으로 손을 밀어넣는 남자아이. 깔깔대며 화장실로 도망치듯 들어가는 여자아이. 여자아이를 뒤쫓아 화장실 안으로까지 들어가는 남자아이. 변기에 앉은 여자아이의 얼굴 가까이로 바지를 내리고 자신의 몸을 바싹 밀착시키는 남자아이.

카메라는 방으로 이동하여 서로를 부둥켜안고 있는 커플들을 보여준다. 세 명의 남자아이와 세 명의 여자아이들은 다른 커플들의 몸짓엔 개의치 않고 서로가 원하는 몸짓들에 몰두하고 있다.

나는 리모컨의 단추를 누른다. 졸음은 사라져버렸다. 이게 뭐란 말인가. 어젯밤 일을 잊기 위해 온종일 게임방에서 미친 듯 손과 머리를 혹사시킨 보람도 없이 그 일을 다시 떠올리게 되다니. 나는 머리를 흔들었다. 실제로 일어난 일이 아니라 꿈속의 한 장면일 거라고 혼잣말을 하며. 어떻게 그런 일이 내게 일어날 수 있단 말인가. 그럴 리가……라는 말을 되풀이해보지만 나는 끌려든다. 어젯밤의 그 특별한 시간 속으로.

누군가 내 입에 차가운 물이 쏟아지는 수도꼭지를 넣어준다면.
지독한 갈증 때문에 잠에서 깨어났던 나. 이상한 신음소리가 들려왔다. 먼 곳에서 들려오는 듯했던 그 소리는 커져갔다. 있는 힘을 다해 눈을 뜨고서 주위를 둘러보았다. 나말고도 웅크려 누운 검은 덩어리들이 있었다. 누구인가, 저들은…… 점점 커져가던 신음소리는 갑자기 날카로운 무엇엔가 찔린 듯한 비명소리로 바뀌었다.
엉킨 몸과 몸. 입으로 흘러나오는 몸의 열기들. 그 열기는 내 몸으로 퍼져나갔다. 더운 입김을 내뿜는 벌레들이 내 몸 위를 기어다니는 것도 같았다. 그 벌레들이 마지막으로 모여드는 곳은…… 나는 귀를 막고 싶었다. 그런데 두 손은 그렇게 하는 대신 다른 것을 감싸안으려 했다. 영화에서 들어보지 못한 소리들도 들려왔다. 영화에선 숨소리만 커지고 격렬해질 뿐이었다. 그러나 옆방의 여자아이는 기묘한 소리를 내었다.
내 손바닥 안의 것은 뜨겁고 단단했다. 그것은 움직이길 원했다. 하지만 내 팔은 너무 무거웠다. 두 팔, 두 다리, 손목, 모두 쇳

덩어리로 만든 것처럼 무거웠다. 내 손바닥 안의 뜨겁고 단단한 것은 움츠러들 줄 모른 채 요구했다, 움직여주길.

누군가 내 옆으로 다가왔다. 어떤 손길이 내 몸을 더듬었다. 그 손길은…… 내 귓가에 대고 뿜어져나오는 숨결은…… 여자애의 것이 아닌 듯했다. 소름이 돋을 것 같았다. 나는 내 몸을 더듬는 손길을 밀어내었다. 손길은 내게서 떨어져나가려 하지 않았다. 내 몸의 여기저기를 오래 더듬는 손길은 부드럽고 또 부드러웠다. 마치 나와 내기라도 하는 것처럼, 이래도 입을 다물고 있을 거냐 하고 나와 내기라도 하는 것처럼. 나는 입술을 꽉 물었다. 손길만이 내 몸을 더듬는 게 아니었다. 입술도 다가와 더운 입김을 퍼뜨렸다. 그리고 입술은 점점 나의 아랫배로 가까워졌다.

몸을 일으키지 않으면…… 나의 그것은…… 난 마치 타오르는 장작더미에 올려진 것 같았다. 일어나야 한다. 그래서 이 방을 나가야 한다.

나의 그것은 뜨거운 물속의 아이스크림처럼 녹아버릴 것만 같았다. 나는 안간힘을 다해 일어나 앉았다. 내 몸을 만졌던 누군가는 날 다시 누이려 했고 나는 그 손길을 밀쳐내었다. 그 순간 내 마음엔 밀쳐낸 손길이 내 힘으로 이길 수 없는 것임을 기대하는 마음이 숨쉬고 있었다. 밀쳐낸 손길은 더는 날 붙잡으려 하지 않았다.

어둠속에서 내가 밀어낸 누군가를 바라보는 또 하나의 누군가가 있었다. 어둠으로 빚은 여자아이의 형상은 자신에게로 다가와주기를 기다렸다는 듯 나에게서 밀려난 누군가를 안았다. 나에게 다가왔던 누군가는 그러나 나한테서 물러난 게 아쉬운 듯 잠시 머뭇거렸다. 그러나 곧 어둠속에서 둘은 커다란 덩어리를 이루어 뜨겁고 큰 숨소리를 쏟아내었다.

손바닥으로 귀를 막는 시늉을 한 건 잠시였을 뿐. 어둠속에서 나 혼자 하곤 했던 일을 누군가가 옆에 있는데도 나는 시작했다.

믿기 어려운 기억의 조각들.

내 것이 아닐 수도 있다,라고 나는 중얼거렸다. 왜냐하면 비디오방에 와서 기묘한 비디오를 보기 전까지 그 이상한 기억을 떠올린 적이 없었으니까. 난 그저 이상한 꿈을 꾸었던 것인지도 모른다. 꿈이었어,라고 나는 혼잣말을 한다.

이상한 신음소리가 들려왔다. 5호 아니면 4호실에서 들려오는 것인 듯싶은 저 소리는.

나는 비디오방에서 뛰쳐나와 걷는다, 사람들의 왕래가 드물어진 어두운 거리를.

문득 바다가 보고 싶어진다, 파도소리만이 들려오는 바다를. 가로등의 불빛 아래서 바다로 간 영우가 보내준 엽서를 읽는다.

십이월의 밤바람은 너무 차갑다.

바다를 느낄 때

나는 횡단보도와 인도를 가득 메운 사람들 속에 섞여 걷기 시작했다.
바디숍 옆의 레코드 가게에선 크리스마스 캐럴이 흘러나오고 있었다. 초록 간판이 예쁜 커피점 창 너머로
신선한 커피향이 먼지와 기름냄새와 식용유가 배어든 거리의 냄새 사이로 흘러나와 섞여들었다.
갑자기 사람들의 왕래가 많지 않은 조금은 한적한 거리를 걷고 싶었다.
지하철역 안과 빌딩들 사이의 길이 한순간에 바다로 변하는 CF를 떠올린 건 바로 그 순간이었다.

바다를 느낄 때

벗어나고 싶다, 집이라는 수렁을

옷장 안에 쓸 만한 옷이 있지 않다는 걸 알면서도 옷장문을 연 나는 그 안을 한참 동안이나 들여다보았다. 오늘 영서네에서 셀프 카메라의 주인공이 되기로 한 만큼 멋진 옷을 입어야 했던 거다. 영서의 원룸엔 '셀프 카메라'라고 적힌 비디오테이프가 백여개쯤 있었는데 영서가 만난 친구들의 이야기 모음이라고 했다. 내가 그 비디오테이프들을 보고 싶어하자 영서는 보여주는 조건으로 나 또한 셀프 카메라의 주인공이 되어야 한다고 했다. 난 물론 영서 의 말에 따르기로 했다. 셀프 카메라의 주인공 노릇은 영화배우가 된 것 같은 느낌일 테니까.

모두 버린대도 아쉬울 게 없을 것 같은 옷장 안의 옷들. 아무래도 지선이네로 가서 마음에 드는 걸 빌려 입고 가야 할 것만 같아 핸드폰을 꺼낸 나는 선뜻 지선이의 핸드폰 번호를 누르지는 못했다. 자궁 적출 수술인가를 받은 후에 지선이의 감정이 걷잡을 수 없어진 탓에 옷을 빌려달라는 내 말을 지선이가 좋아하지 않을 수도 있는 일이었다. 그리고 또 지선이네로 가면 지선이 옆을 떠나려 하지 않는 호영이를 보아야 한다는 게 내키지 않았던 거다.

조아저씨에게 지선이의 자궁이 사라진 대가로 삼억원을 요구했다는 호영이는 내게 여전히 친절했지만 난 그애와 가까워지고 싶지 않았다. 아니, 꼭 그런 건 아니었다. 호영이는 아마 내가 자신한테 상냥해졌다고 믿을지도 몰랐다. 좋아하지도 않으면서 내가 상냥하게 대하는 첫사람인 호영이.

방문이 열렸다. 부엌에 있던 경진이가 차가운 냉기와 함께 들어왔다. 옷장에서 흰 와이셔츠와 하늘색 조끼 그리고 감색 스커트를 꺼낸 내가 그 옷들을 다 입고 나자 경진이가 입을 열었다.

다음 수요일이 엄마 생일이야. 엄마가 반가워할 손님들을 모두 오라고 해서 같이 밥 먹는 거 어때?

다음주 수요일이 어머니 생일이라는 것, 어머니 생일에 손님을 초대한다는 것에 대해 한번도 생각해보지 않았던 나는 경진을 바라보기만 했다.

엄마 생일 삼일 뒤로 수술 날짜가 잡혔어. 그런데 엄마는 지금까지 한번도 생일상 앞에 앉아본 적이 없잖아.

나는 고개를 끄덕였다. 우리집 식구들 중에 할머니, 아버지만 손님들과 같이 생일상 앞에 앉을 수 있었다. 어머니와 우리 딸 셋은 언제나 미역국이 전부였을 뿐.

이번에 생일상을 차려 외삼촌네랑 고모네랑 동네 아주머니들을 오게 하면 엄마가 좋아할 것 같아.

믿기지 않는다, 구두쇠인 경진이가 어머니 생일상을 차려드리자고 하는 게.

이십만원은 잡아야 할 것 같아, 엄마 생일선물도 준비하려면.

립글로스를 바르려고 하던 나는 너무 놀란 탓에 립브러시를 책상 위에 내려놓곤 경진을 바라보았다. 이십만원은 내가 한달을 일해야 벌 수 있는 돈이었고 그건 경진이도 마찬가지였다. 그런데다 경진이는 나와는 비교할 수 없는 구두쇠가 아닌가. 그애는 거의 돈을 쓰지 않았다. 목욕비와 차비, 버스비가 그애가 쓰는 돈의 전부일 거였다. 어려서부터 그애는 도시락 주머니, 머리핀 하나를 살 때라도 시장을 전부 둘러본 뒤에 가장 싸게 파는 집을 찾아가곤 했다. 경진이와 달리 나는 마음에 드는 게 있으면 그냥 사버렸다. 더 좋은 게 있을지도 모른다는 생각이나 더 싼 게 있을지도 모른다는 생각을 해보지만 마음에 들면 참을 수가 없었다. 똑같은 운동화를 내가 산 값의 절반밖에 되지 않는 돈으로 사곤 했던 경진이. 그런 경진에게 나는 흉보듯 말해주곤 했다. 싸게 사려고 돌아다니느라 허비한 시간은 계산 안하느냐고. 그렇게 아낀 시간 어디에다 쓰는데라고 말했던 경진이.

처음이잖아, 엄마한테 생일상을 차려준다는 게.

이것저것 준비하려면 이십만원은 많은 돈이 아니라는 경진이의 말에 나는 고개를 끄덕였다.

이왕이면 엄마가 먹고 싶어했던 것, 다 차려주면 좋잖아.

경진이의 말은 옳다. 경진이가 하자는 대로 경진이와 내가 십만원씩을 내어 어머니 생일상을 차려준다면 어머니는 몹시 기뻐할 것이다. 지금까지 어머니한테 스타킹 같은 것 이상의 선물을 해본 적도 없으니 십만원을 쓸 수도 있는 일이다. 더구나 나한테는 아직 쓰지 않은 이백만원이 있기도 하다. 그리고 나흘 뒤엔 선우네 집에서 다시 돈찾기 게임을 할 예정이었다. 선우 아버지가 태국으로 골프여행을 떠나는 동안 선우 어머니는 선희누나를 데리고 남쪽 지방의 절에 있는 유명한 스님을 만나러 간다는 거였다.

적어도 이틀은 집이 비는 거지. 그리고 우리 망구는 제법 많은 돈을 집에 감춰둔 것 같으니까 꽤 많은 돈을 건질 수 있을 거다라고 선우는 말했다. 만약 선우 말대로만 된다면 난 또다시 이백만원쯤 얻게 될 수도 있을 것이다. 어쩌면 좀더 많은 돈을…… 그렇게만 된다면…… 그리고 또 지선이는 말했다. 자신에게 삼억원이 생기면 나에게도 얼마를 주겠다고. 만약 지선이가 나한테 천만원쯤을 준다면…… 나는 머리를 흔들었다. 지선이가 내게 돈을 준다는 게 자연스러운 일로 여겨지기도 했다가 또 터무니없는 일로 여겨지기도 했다. 핸드폰이 울렸다.

보고 싶다, 혜진아.

자신에게 와달라는 지선이에게 나는 물었다. 호영이가 옆에 있지 않느냐고.

나갔어, 조아저씨 만나러.

그렇구나.

나 몹시 떨린다, 혜진아. 호영이가 나한테 굉장히 잘해주는데도…… 너는 새 친구 만나러 다니느라 내 생각은 하지도 않는 것 같아.

그렇지 않아.

언제부터인가 지선이한테도 상냥하게 말하게 된 나.

혜진아, 조아저씨가 그만 만나자는 말을 했을 때 정말 믿기지 않았어. 난 조아저씨가 날 무척 좋아하는 줄 알았거든. 그런데 조아저씨는 내가 중절수술을 했다는 걸 알자 나같이 대책없는 애랑은 끝이라고 그랬잖아. 어떻게 그럴 수가 있니?

지선이는 알까, 지금 한 말을 내게 열 번도 넘게 했다는 것을. 처음엔 나도 지선이와 똑같은 마음이었지만 지금은 아니었다. 조아저씨를 좋아한다면서 넌 호영이를 매일처럼 만나지 않았느냐는 말을 해주고 싶어지는 거였다. 하지만 난 그 말을 입밖에 내진 않는다. 자신의 몸에서 아기를 낳을 수 있는 집이 사라져버린 것에 대해 지선이가 몹시도 마음 아파한다는 걸 알기 때문이었다. 그리고 또 지선이는 내게 페라가모 핸드백을 주기도 한 터였다. 그러니 어떻게 지선이가 듣기 싫어할 말을 할 수 있겠는가.

조아저씨가 나한테 그만 만나자는 말을 하지만 않았더라도…… 그렇게 많은 돈을 달라고는 하지 못했을 거야. 아저씨가 날 만나는 동안 나한테 잘해준 걸 생각하더라도 그렇게는 못했을 텐데.

그 생각을 한 건 너가 아니고 호영이잖아.

나는 손목시계를 보았고 경진이는 기침을 했다.

호영이 말을 듣고 있을 때면 호영이가 하자는 대로 해야 할 것 같은데…… 이상한 건 나 혼자 있을 때면 내가 잘못하는 것처럼 여겨지는 거야. 누가 날 잡으러 와 죽어라고 도망치는 꿈도 몇번이나 꾸었어.

나도 그런 꿈을 꾸었었다. 영서네 빌라에서 돈찾기 게임을 하고 난 뒤 앓아누웠던 어느날 밤에 그랬다. 그런데 난 지선이한테 그 꿈에 대해 말하지 않았다. 영서네에서의 돈찾기 게임에 대해서도. 언젠가 말해야지 하면서도 자꾸만 미루게 된 거였다. 호영이 때문인지도 몰랐다. 만약 호영이가 돈찾기 게임에 대해 알게 된다면 자신도 끼워달라고 할 것만 같았다.

혜진아, 제발 와주라.

나는 잠깐 망설이다 그래,라고 말해버린다. 영서의 원룸은 굳이 몇시라는 시간약속 같은 것 없이 어느 때나 들러도 좋은 곳이었다. 영서가 없을 때에도 그애의 원룸엔 언제나 친구들이 들끓었다. 고등학교 1학년 때 학교를 그만둔 뒤 이년 동안 이곳저곳을 떠돌며 살아온 영서답게 어느날엔 제주도에서, 어느날엔 진주에서 친구가 찾아왔다. BMW라는 차를 타고 다니는 부자친구가 있는가 하면 초등학교만 마친 뒤 중국집에서 배달원으로 일하는 친구도 있었다. 그애들 모두와 친한 영서. 난 그런 영서가 신기했다. 영서도 중국집 배달원을 했다지만 영서네의 빌라를 보면 영서네가 얼마나 부자인지 알 수 있었다. 영서 말에 의하면 할아버지가 아주 많은 유산을 남기고 돌아가시기 전까지는 고등학교 교사였던 영서 아버지의 수입만으로 살아야 했고 영서네가 부자가 된 지는 몇해 되지 않아 부잣집 아들이 아닌 친구들이 많은 거라지만 영서처럼 모든 친구들에게 스스럼없이 대하는 게 쉽진 않을 거였다.

또 지선이한테 가는 거니?

옷장에서 코트를 꺼내는 날 바라보는 경진이의 표정은 썩은 달걀을 삼킨 것만 같다. 지선이한테서 얻어온 페라가모 핸드백을 처음 보았을 때처럼.

지선이가 불쌍한 애라는 거 알잖아. 지금 많이 아픈가봐.

지선이가 아무리 많이 아프다고 해도 우리 엄마 같겠어? 너, 정말 너무 심하다고 생각하지 않어? 너, 날마다 밖으로 돌아다니기만 하잖아. 어떻게 그럴 수가 있어? 엄마 마음이 어떨지 한번이라도 생각해본 적이 있는 거야?

울음을 터뜨리고 만 경진에게 무슨 말을 할 수 있을까. 그애가 조금 전에 엄마 생일상을 차려주어야 한다는 말만 하지 않았더라도 난, 너만 엄마 생각하는 건 아냐라고 말했을 것이다. 하지만 자신을 위해서는 한푼의 돈도 쓰지 않는 그애가 어머니를 위해 생일상과 선물을 준비하려고 했다. 난 엄마 생일조차 떠올리지 못했는데 말이다.

너, 우리 식구 아니니? 아니, 식구가 아니라고 해도 암이 한꺼번에 두 개나 찾아온 사람한테는 누구나…… 누구나…… 마음을 쓰게 되잖아. 그런데 넌 자기만 아는 괴물이야. 정떨어지게 만드는 괴물이야.

너만 아는 괴물, 경진이의 그 말은 내 머리를 후려치는 주먹과 같았다. 내 입에서는 혼자만 잘난 척하지 말라는 말이 튀어나왔다.

　나도 엄마 걱정 하지 않는 것 아냐. 난 다만 너처럼 자기만 착한 딸이라고 자랑하질 않는 것뿐이야.

　세상에, 엄마를 걱정한다면서 엄마한테 해준 게 뭐 있는데.

　경진이는 계속해서 날 욕하고 비난하는 말을 쏟아내었다. 그러는 동안 나 자신을 괴물로 여겼던 마음은 차츰 사라졌다. 눈물로 뒤덮인 경진이의 못난 얼굴이 흉하게 여겨지면서 자신만이 착한 딸이라고 믿는 듯한 그애를 참기 어려워진 거였다. 경진이가 날 욕하면 할수록 어머니로 향한 미안한 마음은 줄어드는 거였다.

　그래, 너 말대로 난 나쁜 딸이야. 난 엄마 생각을 거의 하지 않아. 엄마를 떠올릴 때면 언제나 엄마처럼 살지 말아야겠다, 그런 생각을 하게 되니까. 입원을 두 차례나 해서 수술을 받게 될 엄마를 생각하는 것만으로 내 마음은 너무 걱정스러워서 견뎌낼 수 없을 것 같으니까…… 알아? 마음이 너무 무거워지면 차라리 엄마를 보고 싶어지지 않는다는 거. 그러다보면 엄마를 보지 않을 수 있는 곳으로 도망치고 싶어지는 거야. 나, 정말 집 나갈지도 몰라.

　나는 입을 다물어야 한다고 생각했다. 하지만 내 입으로는 계속 말이 흘러나왔다.

　그래, 난 집 나갈 거야. 난 참을 수가 없어. 엄마가 수술을 받게 되면 많은 돈이 들 거야. 아버지는 쉽게 새 일자리를 구하지 못할 거야. 그러니 아파트로 이사를 갈 수도 없게 돼. 엄마도 앞으로는 옛날처럼 일을 할 수 없을 거고 그러면 당장 생활비도 없어. 별수 없이 너하고 내가 생활비를 벌어야 되겠지. 난 그렇게는 살지 않을 거야, 절대로, 절대로. 그렇게 사느니 죽는 게 나아.

내가 떠들어대는 동안 울기를 멈춘 경진이는 딸꾹질을 하더니 이윽고 내게 말했다. 너 정말 그런 생각을 하느냐고. 나는 머리를 끄덕였다. 경진에게 거짓말을 하고 싶지 않았던 거다. 하지만 나는 곧 후회했다. 경진의 표정이 너무 굳어져버린 때문이었다. 슬픔과 분노와 미움과 체념, 그리고 내가 헤아릴 길이 없는 이상한 감정이 뒤섞인 경진의 얼굴이 너무 가여워 보였다. 핸드폰이 울렸다. 영서네로 빨리 오라고 재촉하는 선우에게 지금 출발한다고 말한 나는 코트를 입고는 페라가모 핸드백을 꺼내었다.

너, 정말 엄마가 살아온 게 그렇게도 잘못되었다고 생각하니?

방문을 열고 구두를 신으려는 내게 경진이 던진 물음이었다.

엄마는 바보였던 거야.

내가 그렇게 말했을 때 경진의 커다란 눈에서는 다시금 눈물이 쏟아져내렸다. 나는 마을버스 타는 곳을 향해 뛰기 시작했다. 경진이는 알까, 내가 어머니를 가엾게 여기지 않는 게 아니라는 것을. 어머니를 지켜본다는 게 감당할 수 없는 고통이기에 그 고통으로부터 멀어지고 싶다는 것을.

어디로 간 것일까, 이정애 선생님은

아무리 벨을 눌러도 안에서는 대답이 없다.

이정애 선생님은 어디로 떠난 걸까. 층계참 벽의 깨어진 유리문으로 찬바람이 휘몰아쳐왔다. 지은 지 오래된 임대아파트와 이정애 선생님. 학교 서무실 언니한테서 이정애 선생님의 주소를 받았을 때도 이정애 선생님이 산꼭대기의 임대아파트에 살고 있으리라곤 생각하지 못했다. 이정애 선생님의 애인이 결혼한 남자라는 사실을 생각하지 못했듯.

믿기 어렵다. 내가 학교를 빼먹은 어제 이정애 선생님이 감옥에도 갔다 온, 지금은 무슨 연구소에 나간다는 오십대 남자의 첩이라는 내용의 글이 교무실 맞은편 벽에 붙여져 있었다. 누가 그런 글을 붙였을까. 아이들은 미주네 엄마일 거라고 쑤군댔다. 미주네 집에 전화를 걸어볼까도 싶었지만 이정애 선생님을 먼저 만나야 할 것 같아 이리로 달려온 거였다.

내가 오늘 학교에 간 것도 날 만나고 싶다는 조변호사에게 무슨 말을 해야 하는지 이정애 선생님에게 물어보고 싶어서였다. 그런데 이정애 선생님한테 그런 일이 일어난 거였다. 그럴 리가 없다는 나의 말에 아이들은 벽에 붙여진 글의 내용이 사실일 거라고 했다. 그렇지 않다면 왜 사표를 쓰느냐고 말했던 아이들. 정말 그런가? 여전히 믿기지 않는다.

다시 벨을 누른다. 춥다. 너무 춥다.

조변호사와의 만남

조변호사를 만나기로 한 레스또랑의 문을 열기 전에 나는 거울을 본다. 얼음처럼 차가운 바깥 공기 속을 걸어온 탓일까. 내 얼굴 피부는 메말라 보인다. 분을 바를까 망설이다 나는 그냥 레스또랑 안으로 들어갔다.

금칠을 한 작은 종들, 줄무늬 포장지의 작은 선물상자들이 달린 크리스마스 트리가 세워진 레스또랑 안은 아름답고 따뜻했다. 닷새 뒤면 크리스마스. 어디서나 크리스마스 트리를 흔히 볼 수 있지만 이곳의 크리스마스 트리는 특별히 멋진데다 레스또랑의 아름다움도 정말 독특했다. 프랑스 영화에서 본 작은 살롱으로 들어온 것만 같았다. 허벅지가 살짝 드러나는 검정 비로드 스커트를 입은 젊은 여자가 내게 다가와 물었다. 이혜진씨세요?라고.

벽난로 앞을 지나 푸른 비단으로 만든 작은 병풍 같은 칸막이 너머로 가는 동안 가슴이 뛰기 시작한다. 그동안 몹시 궁금했다, 조아저씨가 어떻게 생겼을까 하고. 지선이는 '미술관 옆 동물원'에 나오는 남자배우가 나이들면 조아저씨 같아질 거라고 말했지만 난 그애의 말을 믿지 않았다. 지선이 말을 듣고 있으면 지선이가 아는 남자아이들과 여자아이들은 모두 탤런트나 가수와 닮았다고 여기게 되지만 만나보면 언제나 전혀 아니었다. 허벅지가 살짝 드러나는 스커트를 입은 젊은 여자는 담배연기를 내뿜는 중년남자 앞에 날 데리고 가더니 무사히 안내를 마친 것에 자랑스러워하는 듯한 웃음을 띤 눈으로 나와 조아저씨를 쳐다본 뒤 원래의 자리로 돌아갔다.

내가 상상한 것과는 전혀 다른 얼굴을 가진 중년남자, 조변호사가 내게 앉으라는 눈짓을 했다. 나는 등받이가 높은, 아주 커다랗고 아름다운 의자에 엉덩이를 걸치듯 앉았다. 이상한 일이었다. 어찌하여 앉아서는 안된다는 표지가 붙은, 마치 유리로 만든 의자에 앉기라도 한 듯한 느낌을 떨쳐버릴 수가 없는지. 사람에 대한 지선이의 표현이 언제나 완전히 틀리지만은 않는다는 걸 알게 해준 조변호사는 내가 생각한 것과는 정말이지 아주 다른 모습이었다. 진흙뻘일 거라고 여겼던 곳이 호수인 걸 알게 되었을 때의 기분이 이럴까. 우습다, 내가 가졌던 이미지와는 전혀 다른 모습인 조변호사를 보며 이토록 놀라는 내가.

귀엽게 생긴 아가씨네.

목소리도 나쁘지 않은 조변호사. 길에서 스쳐 지난다면 아이들에게 곰인형 같은 걸 잘 사다주는 착한 사람으로 여겨졌을 것만 같다.

난 혜진씨가 아주 무서울 줄 알았거든.

나한테서 지선이가 말한 무서운 점이 쉽게 찾아지지 않는다는 게 의아한 듯 머리를 갸웃하기까지 하며 웃음띤 얼굴로 날 바라보는 조변호사.

나중에 시키는 게 번거로울 것 같아 미리 시켜둔 건데 다른 걸 원하면 말을 해요.

탁자 위엔 와인병과 와인잔들, 오렌지주스가 담긴 작은 유리병과 주스잔들, 온갖 종류의 케이크들과 멜론과 딸기, 포도와 오렌지가 담긴 유리접시가 놓여 있다. 나는 입으로 삼키기엔 너무 예쁜 케이크들에서 눈을 떼지 못했다. 케이크 전문점의 유리진열장 앞을 지날 때마다 걸음을 멈추고 들여다보면서도 쉽게 사먹을 수 없었던 케이크들. 그 케이크 한조각은 내가 한시간 일을 해야 살 수 있었는데 한달 전엔 그 사실에 너무 화가 났던 나머지 케이크 점으로 들어가 딸기 무스케이크, 치즈케이크, 당근케이크를 한꺼번에 산 적이 있기도 했다. 이상했던 건 그때의 그 케이크들이 내가 기대한 것만큼 맛있지는 않았다는 것이다.

이게 맛있을 것 같은데.

딸기 무스케이크가 담긴 접시를 내 앞으로 밀어주는 조변호사의 손으로 내 눈길은 향했다. 하얗고 작은 그 손은 내가 본 남자들의 손 중에서 가장 연약해 보이는 느낌이었다. 남영이의 손도 작은 편이었지만 손마디가 조금 두꺼웠고 진호의 손은 연장이라는 느낌이 들 만큼 커다랬다. 선우 녀석의 손은 정말로 장갑을 낀 것처럼 투박해 웃음이 나올 정도였다.

나는 딸기 무스케이크를 적당하게 잘라 삼켰다. 조변호사 앞에서 웃는 모습을 보이고 싶지 않았던 거다. 조변호사는 와인잔에 따른 흰 포도주를 아주 빠르게 마셨다. 그때에야 영화 '타이타닉'의 주제가를 부르는 여자가수의 낮은 목소리가 들려왔다. 언제까지나 당신을 사랑할 거라는 맹세의 노랫말들. 옆 테이블에 앉은 두 명의 젊은 여자가 나와 조변호사를 쳐다보더니 얼굴을 맞대고는 무슨 말을 주고받는다. 프라다 핸드백과 페라가모 핸드백을 무릎에 올려놓은 두 명의 젊은 여자들은 조변호사가 날 만나려고 한 이유를 절대로 생각해내지 못할 것이다, 절대로.

나는 빠르게 딸기 무스케이크를 먹었다. 내 옆의 어떤 사람도 떠올리지 못할 일에 한몫을 하게 된 자신이 무슨 드라마의 주인공인 듯한 느낌이 들면서 슬며시 웃음이 나왔다. 케이크 맛이 어떠 냐고 조변호사가 물었고 나는 맛의 감별사 같은 투로, 맛있는데요 라고 말해준다. 케이크가 맛있다는 내 말이 무슨 좋은 예감을 전 하는 신호처럼 여겨진 탓일까, 조변호사는 내 앞의 접시에 초콜릿 케이크를 옮겨주며 말했다. 내가 혜진씨 보자고 한 게 잘한 일이 라는 믿음이 드네라고.

혜진씨라면 지선이한테 좋은 충고를 해줄 수 있을 것 같아.

조변호사는 나한테서 눈을 떼지 않고 있었다. 조변호사가 말한 좋은 충고란 어떤 걸까. 삼억원이라는 터무니없는 돈을 요구해서 는 안될 일이라는 것, 그것일 거다. 삼억을 얻기만 하면…… 여러 사람이 행복할 수 있다고 굳게 믿는 지선이. 그 여러 사람 속에는 부도를 낸 뒤 도망다니는 남편과 헤어져 월세방 사는 신세가 된 지선이 어머니와 두 개의 암을 몸에서 떼어내야 하는 나의 어머 니, 그리고 몇년 동안 교통사고 후유증으로 누워 지내는 호영의 아버지가 포함되어 있었다. 그리고 지선이와 나, 호영이도.

이런 말 한다는 게 뭣하지만…… 와이프가 조금만 강하다면 혜 진씨를 만나자는 구차한 부탁도 할 필요가 없었겠지. 그런데 우리 집 와이프는 사람이 아주 순수해. 너무 순수해서 이번 일을 알면 죽을지도 몰라.

나는 치즈케이크를 먹다 말고 포크를 내려놓는다. 치즈케이크 가 아주 맛있긴 했지만 가슴에 포크가 단단하게 박혀든 듯했다.

내가 지선이를 아주 돕지 않겠다는 건 아냐. 지선이 어머니가 어려운 형편이라는 얘기도 들었고…… 지선이 본성이 그렇게 나쁜 애는 아닌데 분별력이라는 게 없다보니 나쁜 녀석 꾐에 빠져들어 이런 일을 벌인 걸 거야. 요구하는 액수가 너무 엄청나잖아. 내보기에 그 녀석 이런 일에 유경험자 같던걸…… 녀석이 지선이 옆에서 빨리 떨어져나가야지 안 그러면 지선이 앞날이 험난해지겠어. 혜진씨는 아직 잘 모르겠지만 사람 운명이라는 게 사람과의 만남에 따라 낭떠러지로 내몰리기도 하고 고속도로를 달리기도 하고 그러는데…… 지선이 옆에 달라붙은 그 녀석은 지선이를 언젠가는 낭떠러지로 내칠 거야. 고작 스무살짜리 녀석이 겁도 없이 그 많은 돈을…… 믿기지가 않아. 내가 이런 일을 당하게 될 줄은…… 정말이지 너무 황당해서.

조변호사는 머리를 저었다. 나는 치즈케이크를 다시 먹을 수도 없었고 또 조변호사한테 무슨 말을 해야 좋을지 알 수 없어 조변호사를 바라보기만 했다. 미리 나쁜 쪽으로 생각할 필요는 없다고 스스로에게 말했는데도 호영이와의 우연한 만남이 지선이의 앞날을 벼랑 끝으로 몰고 갈지도 모른다는 생각을 떨쳐버릴 수가 없었다. 그리고 또 영서의 아이디어로 시작된 돈찾기 게임이 지뢰밭이 될지도 모른다는 두려움이 날 사로잡기도 한 거였다.

세상이 험해졌다고는 해도 이 정도일 줄이야.

조변호사는 나로부터 무슨 말인가를 듣고 싶은 표정이었다.

물론 혜진씨는 지선이 친구니까 지선이 편을 들고 싶겠지만…… 만약 이번 일로 나한테서 돈을 뜯어낸다면 그게 지선이한테 도움이 될까? 이런 일을 되풀이할 거라는 생각이 안 들어? 그런 일을 그 나쁜 녀석이 부추기기만 하면 지선이는 그냥 따르게 되겠지. 혜진씨가 지선이의 진정한 친구라면 무엇이 지선이를 위하는 일인가를 생각해주어야 할 거야.

내가 침묵하고 있는 건 조변호사 말이 옳다는 생각, 이처럼 옳은 말을 하는 조변호사가 그동안 한 일은 옳지 못했다는 생각이 내 마음속에서 서로에게 주먹을 휘두르고 있는 탓이었다. 그러자 조변호사는 내 마음속을 들여다보기라도 한 듯 이렇게 말했다.

물론 내가 한 일도 잘한 일이라고는 할 수 없겠지. 하지만 혜진씨가 조금만 더 나이들면…… 내가 혜진씨한테 모든 걸 다 말할 수 없어 안타까운데…… 이거…… 내 처지가…… 와이프가 소녀 같다고 하면…… 그것도 요즘 소녀가 아니라 십팔세기 소녀 같다면…… 사람살이라는 게…… 특히 남자와 여자 사이의 일이라는 건…… 남자의 어느 부분은…… 정말 덥네.

조변호사는 땀이 나는지 바지 주머니에서 꺼낸 손수건으로 이마를 눌렀다.

난 처음에 지선이가 학생이라는 것도 몰랐어. 굉장했거든. 경험이 아주 많은 몸이었어. 그러니 나는 그런 곳에 나오는 여자애들이 흔히 하는 식으로 나이를 줄여 말하는 걸로 생각했던 거야. 화장한 지선이를 보고 누가 학생이라고 하겠어?

지선이와의 일이 지선이가 학생인 걸 몰랐던 탓에 시작된 거라고 말하는 동안 조변호사의 입언저리엔 묘한 웃음이 보일 듯 말 듯 떠올랐다. 호영이 때문에 망쳐질 지선이의 앞날에 대해 걱정하던 때와는 아주 달라진 얼굴인 조변호사는 와인 한잔을 급하게 입안으로 털어넣었다. 텔레비전 드라마나 영화에서 보면 사람들은 와인을 마신다는 게 삼키기 어려운 생각을 삼키는 일이기라도 한 듯 아주 천천히 마셨는데 조변호사는 아니었다. 그는 마치 알코올 중독자가 소주를 입안으로 털어넣듯 그렇게 와인을 마셨다. 그리고 그렇게 몇잔의 와인을 마시고 난 뒤 조변호사는 엉뚱하게도 십대의 보모와 몇년 동안 관계를 맺어왔다는 케네디 가의 남자에 대해 말하기 시작했다. 그의 흰 얼굴은 이제 붉은빛을 띠었는데 특히 눈 주위는 빨개져 있어 약간 우스꽝스레 보였다.

세계적으로 유명한 사람들 중에서는 서른살씩이나 나이 어린 여자와 결혼생활을 하는 사람들도 꽤 많아. 수상들, 배우들, 화가들, 사업가들 말이야. 요즘은 성공한 여자들이 연하의 남자들과 결혼하는 것도 흔하고 말이야.

무릎을 떨고 있는 조변호사. 성공한 여자가 아니더라도 연하의 남자와 살고 있는 아주머니를 나는 알고 있었다. 삼년 전에 우리와 같은 집에 세들어 산 영월댁 아주머니는 식당 주방일을 해서 번 돈 모두를 일곱살 아래인 아저씨를 위해 바치느라 자신을 돌보질 못해 마흔다섯인데도 동네 꼬마들로부터 할머니로 불리곤 했다.

왜 아무 말도 하지 않는 거지? 지선이는 혜진씨를 변호사로 부른다는데.

손톱을 씹는 조변호사. 어른…… 어른이란 겉만 나이든 모습인가. 변호사라는 직업에 약간 눌렸던 마음은 이제 완전히 펴져버렸다. 우리와 같은 집에 세들어 살았던 옆방 아주머니들은 내게 곧잘 말하곤 했다, 네 눈엔 어른이 친구처럼 보이느냐는 말을. 태어나서부터 줄곧 셋방에서 살다보면 누구나 알게 될 것이다, 어른들이 아이들보다 때론 더욱 우스꽝스럽다는 걸. 무슨 말인가를 해보라고 채근하는 조변호사를 보면서 나는 침묵의 가치를 또 한번 깨달았다, 침묵은 침묵을 참아야 하는 상대방을 초조하게 만든다는 것을.

알아, 지금 내가 한 말 혜진씨를 불쾌하게 했으리라는 걸. 하지만 내가 혜진씨한테 그런 말을 한 것은…… 사람들의 감정의 영역에 대해 어떤 틀을 가지고 판단하지 말라는 말을 해주고 싶어서였어. 아니, 감정이라기보다 욕망이랄까, 본능의 영역에 대해서라고 말하는 게 더 정확하겠지. 알고 보면 내가 그렇게 부도덕한 인간이 아니라 이거지.

조변호사는 한숨을 내쉬었다, 아주 깊은 한숨을. 나는 조변호사의 말을 제대로 알아들을 수는 없었지만 고개를 수그린 채 뭐라고 혼잣말을 하는 조변호사가 딱해 보인 것도 사실이었다. 그리고 조변호사가 딱해 보인다는 건 전혀 생각해보지 못한 일이었다. 그러니 무슨 말을 해야 좋을지 여전히 알 수 없기만 했다.

야 이 친구야, 말을 좀 해라, 말을. 그렇게 빠안히 날 쳐다만 보지 말고 무슨 말이라도 좋으니 해보란 말이다.

조변호사의 붉은빛을 띤 얼굴이 내 얼굴 가까이로 바싹 다가왔다. 그는 정말 표정이 쉽게 변하는 얼굴을 가진 사람이었다. '미술관 옆 동물원'의 남자배우가 나이들었을 때의 얼굴인가 하면 지금은 보는 사람만 없다면 내 목을 누를 수도 있을 것 같은 얼굴로 변한 거였다.

특별히 해야 할 말이 생각나지 않아서요…… 지선이가 하려는 일이 마음에 드는 건 아니지만…… 그애가 아이를 가질 수 없게 되고 말았으니까, 그리고 또 지선이가 내 말을 듣지도 않을 거니까요.

지선이가 그렇게 된 건…… 안된 일임에 분명해. 나도 지선이가 그렇게 된 게 마음 편한 건 아냐.

내가 말을 채 끝내기도 전에 입을 연 조변호사의 말은 아주 빨랐다.

내가 얼마간의 돈을 지선이한테 주려는 것도 그게 마음 아파서인 거고. 그렇지만 그렇게 된 건 결국 지선이 잘못이야. 지선이는 늘 내게 피임을 하고 있다고 그랬거든.

난 귀를 막고 싶었다. 그러면서도 난 침대에서의 지선이와 조변호사를 떠올렸다. 내 몸을 어루만졌던 남영이도. 더욱 황당했던 건 영서의 입술을 만져보고 싶다는 충동이 날 사로잡았다.

피임에 실패했어도 엉터리한테 몸을 맡기지만 않았더라면 그렇게 되지는 않았을 거잖아. 정말 바보 같은 애야.

지선이로 향한 미움의 감정이 뚜렷한 조변호사의 눈빛은 냉혹해 보일 정도였다.

바보 같은 일을 먼저 시작한 쪽은 아저씨죠. 분별력이 있고 똑똑한 아저씨 같은 사람도 바보 같은 일을 하는데요. 그러니까 아저씨는 지선이를 욕할 수 없는 거예요.

자신을 바라보는 내 눈빛에 놀랐음인가, 날 한참 바라보는 동안 조변호사의 얼굴에서는 술기운이 사라지고 있었다. 이윽고 손목시계를 보며 물을 마시는 조변호사는 터무니없는 일에 너무 많은 시간을 소비했다는 표정이었다.

어쨌든 혜진씨도 알겠지만 난 지선이한테 지불할 만큼 했어. 계산을 한 일에 다시 엄청난 돈을 내놓으라는 건 거의 범죄나 같은 거지. 납득할 수 있는 어느 정도라면 모를까. 지선이를 설득해주어요. 그러면 혜진씨에 대한 사례도 잊지 않을 거니까.

나한테 사례를 하겠다구요?

내가 그렇게 묻자 조변호사는 머리를 끄덕였다. 내가 호영이 편이 된 건 그 순간이었다. 사례를 받는 거야 내가 무척이나 좋아하는 일인데도 갑자기 조변호사가 냄새나는 오물덩어리로 여겨진 거였다.

그럼, 난 계산이 분명한 사람이거든.

자신에 대한 자부심을 드러낸 조변호사는 케이크를 한조각 먹더니 과일도 마구 먹어치웠다. 누군가에게 케이크와 과일 들을 빼앗기지나 않을까 걱정하기라도 하듯 서둘러 과일접시를 비운 조변호사는 그제야 포크를 내려놓았다.

와이프는 내가 음식을 먹을 때마다 못마땅해하곤 해. 먹는 태도가 언제나 몇끼 굶은 사람처럼 보인다나. 먹을 게 늘 부족한 집에 아이들은 아홉이나 되었으니 후닥딱 삼키는 게 버릇이 되었던 거지. 그런데 우아함이 지나치면 어떻게 되는 줄 아나. 맛없는 여자가 되는 거야. 와이프는 수녀가 되었어야 했는데. 아니, 결혼을 하지 말았어야 했어.

남편으로부터 수녀가 되었어야 했다는 말을 듣는 조변호사의 아내는 어떤 사람일까. 나는 잠깐 동안 조변호사의 아내가 딱하다는 생각을 했다. 이상한 건 늘 먹을 게 부족한 집의 구남매 중 하나라는 말을 한 조변호사에게 다시 약간의 친밀감이 생겨난 거였다.

그 친구는 남자가 짐승과에 속한다는 걸 알지 못하거든. 지선이같은 어린 여자아이도 알고 있는 걸 모르는 답답한 와이프는 그저 언제나 내게 충고를 해주는 걸로 아내노릇을 다 하고 있다고 여긴다니까.

조변호사의 핸드폰이 울렸다.

지금 고객 사무실에 와 있어요. 의논할 일이 있어서…… 좀 늦을 것 같아…… 당신이 미세스 윤한테 축하인사 전해요. 그래요. 곧 연주회 축하 저녁식사 자리를 한번 만들어봅시다.

우습다, 나하고 말할 때와는 다른 목소리, 다른 표정으로 말하는 조변호사가. 모르는 사람이 듣는다면 조변호사 부부는 아주 친밀하면서도 다정한 사이라고 알 것만 같다.

우아함의 상징으로 자부하는 와이프는 테이블 매너가 우아하지 못하다, 음악회엘 가면 졸기나 한다, 옷 고르는 취미가 세련되지 못하다 등등 언제나 잔소리를 늘어놓는다니까. 자신은 하늘나라에서 내려온 선녀고 날 나무꾼이라고 여기는 와이프가 이번 일을 알게 되면…… 그 친구 당장 이혼하려고 할 거야. 확실해. 그럴 수는 없어. 날 우습게 안다고는 해도 그렇게 놀라게 하고 싶지는 않아.

혀에 돋아난 흰 뾰루지 때문에 말을 아낄 수밖에 없는 형편이라는 게 안타깝다. 내 앞에 앉아 있는 이 남자가 마흔두살의 변호사라는 게 정말 맞는 걸까. 변호사라는 가짜 명함을 가지고 다니는 사기꾼은 아닐까. 나는 술기운이 사라진 조변호사의 눈을 똑바로 본다.

와이프는 아주 열심으로 성당에 나가는데 아마 성당의 신부님을 좋아하는지도 몰라. 로마 유학도 다녀왔다는 신부님은 와이프같은 젊은 여자신도들한테 인기가 꽤 높은 분이라지. 생각해봐, 혜진씨. 인물도 잘생긴데다 꽤 좋은 집안 출신의 신부님한테 마음을 빼앗긴 아내 옆의 남편 처지라는 게 얼마나 힘이 들지.

조변호사의 핸드폰이 다시 울렸다.

윤상무. 그래요. 하하하…… 별일 없어요. 우리 쪽은 형사사건은 맡질 않으니까. 아, 그 친구 참 안됐어요. 대학 동긴데 개업하기 전까지 고생이 아주 심했다고 합디다. 친가 처가 모두 없는 집이다보니 열여섯 평 연립에서 장모까지 모시고 아이들 넷…… 아, 그 친구가 위로 딸만 셋이어서 마지막으로 트라이를 했는데 다행히 늦둥이로 아들을 낳았다고 했어요. 아들 낳고 얼마 지나지 않아 개업했는데 그 친구 형편을 다 아니까 주위에서 도와주려고 들 했어요. 이번에 그 친구 걸려든 것은 고래싸움에 새우등 터진 거죠. 양쪽 집단이 힘겨루기하는데 저쪽에서 이쪽 겁주려고 그물을 잡아당긴 거니까. 안됐어요. 그 친구 운이 안 좋은가봐요. 살다보니 운이라는 게 있는 것 같기도 해요. 나야 지금까지는 그렇죠…… 아, 우리 형님은 대학에 계시죠. 그 양반 위 잘라내는 솜씨는 국제적으로 명성이 높죠. 회장님한테 말씀드리세요, 염려하지 마시라구요. 내가 부럽다구요? 그건 그렇죠. 우리들 동서라기보다 친형제나 다름없이 지내니까 다들 부러워들 하죠. 어느 면에서는 친형제보다 더 각별할 수 있어요. 서로한테 바라는 게 없으니까. 그렇죠. 윤교수는 동서라서가 아니라 내가 존경하는 형이에요. 그 양반 이십년 가까이 행려병자들 수술을 해주고 있어요. 토요일마다…… 대단하죠. 참 대단한 사람이에요. 저절로 머리가 숙여져요. 그 형님 때문에 나도 형님이 나가는 자선병원에 매년 기부금을 내고 있어요. 대단한 건 아니지만 그런 식으로나마 사람 흉내를 내보려 하는 거죠. 하하하…… 대단한 건 아니라니까요…… 그럼 내가 형님한테 연락해놓을 테니까 내일쯤 전화 주세요. 서로 도울 수 있을 때 돕는 거죠.

통화를 끝낸 조변호사는 어느덧 지선이의 일은 잊은 듯 환한 표정이었다.

왜 웃어?

조변호사의 이마에 금이 그어졌다. 내가 웃었나, 나도 잘 모르겠다.

너 지금 나를 무시하고 싶은 것 같은데…… 잘난 척 해봐야 너도 지선이와 비슷한 종류일 거 아냐. 유유상종이랬으니.

사과하세요.

나는 조변호사를 노려보았고 조변호사는 나의 눈길을 피하지 않았다. 그러나 곧 조변호사는 화가 나면 눈에서 푸른빛이 뿜어져 나온다는 말을 듣는 내 눈빛이 부담스러워졌는지 먼저 눈길을 돌렸다.

내가 잘못 말한 것 같아, 혜진씨. 내가 정말로 혜진씨를 지선이와 같다고 생각했다면 그런 말을 하지도 않았을 거야. 그 말 취소야.

조변호사는 사과의 말을 좀더 늘어놓았지만 더는 조변호사의 얼굴을 바라보고 싶지 않았던 나는 영화 속의 공간 같은 느낌을 주는 레스또랑을 나왔다. 내게 익숙하지 않은, 높은 빌딩들이 늘어선 거리의 바람은 여전히 차가웠고 곧 비라도 내릴 것처럼 대기는 눅눅했다. 핸드폰의 액정막에 '빨리 와줘'라는 지선이의 메시지가 나타났지만 난 정말이지 지선이를 만나러 갈 기분이 아니었다.

낮의 시간과 밤의 시간이 부드럽게 서로의 몸을 섞는 순간, 컴퓨터 게시판에서 본 구절을 문득 떠올린 나는 횡단보도와 인도를 가득 메운 사람들 속에 섞여 걷기 시작했다. 바디숍 옆의 레코드 가게에선 크리스마스 캐럴이 흘러나오고 있었다. 초록 간판이 예쁜 커피점 창 너머로 신선한 커피향이 먼지와 기름냄새와 식용유가 배어든 거리의 냄새 사이로 흘러나와 섞여들었다. 나는 신선한 커피향만이 내게 다가오길 원했지만 초록 간판이 예쁜 커피점을 지나면서 신선한 커피향은 사라져버렸다. 버스정류장과 택시정류장을 향해 뛸 듯한 걸음으로 걷는 사람들을 피하고 싶어진 나는 빌딩들과 빌딩들 사이의 작은 샛길 쪽을 보았다. 갑자기 사람들의 왕래가 많지 않은 조금은 한적한 거리를 걷고 싶었다. 지하철역 안과 빌딩들 사이의 길이 한순간에 바다로 변하는 CF를 떠올린 건 바로 그 순간이었다.

바다로 갈 수 있다면…… 한번도 타보지 못한 요트란 걸 타고 푸른 바다 위를 달릴 수 있다면…… 그렇게만 할 수 있다면…… 나는 영서의 핸드폰 번호를 눌렀다. 영서라면 강릉이나 부산 어딘가로 가서 겨울 바다를 달릴 수 있게 해주리라 여겼던 거다.

영서의 원룸

영서의 원룸엔 영서 혼자뿐이었다. 영서가 혼자 있을 거라고는 생각하지 못했던 나는 어쩐 일로 혼자냐고 물었다.

혼자 있고 싶었으니까.

그게 영서의 대답이었다.

그럼 나, 가야 하는 거니?

현관에서 구두를 벗으면서 나는 그렇게 물었다.

들어 와. 혼자 있고 싶었던 시간은 조금 전에 물러갔으니까.

영서의 머리칼은 검고도 아주 짧았다. 그런데 그애의 면셔츠 어깨엔 아주 긴 갈색 머리카락이 한 오라기 붙어 있는 게 아닌가. 그리고 그애한테서는 향수 내음이 번져나오고 있었다.

혼자 있지 않았던 것 같은데.

냉장고 문을 열려던 영서가 눈을 크게 떴다.

나는 손가락으로 영서 어깨 위의 머리카락을 떼내어 쓰레기통에 넣었다.

너 눈, 꽤 쓸 만하잖아.

영서가 유리컵에 생수를 따라 내게 주었다.

쓸 만한 게 어디 눈뿐인 줄 알어?

나는 백여개 남짓한 비디오테이프들과 이 세상의 모든 문들을 찍기로 작정한 듯 여러 종류의 문들을 흑백으로 찍은 사진들이 벽을 덮은 영서의 원룸을 둘러보았다. 언제나 만남을 위한 장소로 여겨졌던 영서의 방이 오늘은 컴퓨터 게시판에서 본 과거의 시간 냄새가 배어 있는 방이라는 구절을 떠올리게 할 만큼 다른 분위기의 공간으로 다가왔다.

식탁 위의 작은 등 하나만을 켜둔데다 방안에 영서와 나 둘뿐이라는 게 그런 느낌을 불러일으킨 것인지는 알 수 없었지만 아무튼 방의 분위기만 달라진 게 아니고 영서 또한 그렇게 여겨지는 거였다. 영서네 어머니 빌라에서 돈찾기 게임을 했던 날이나 이곳 원룸으로 이사한 뒤 친구들에 둘러싸여 있을 때의 영서는 언제나 온몸 가득 에너지가 넘쳐나는 모습이었다. 그런데 지금 내 눈앞의 영서는 몸의 물기를 모두 빼앗겨버린 시든 나무만 같은 것이다.

어디가 아픈 거니?

냉장고에서 다섯 개의 캔맥주를 꺼내어 식탁 위에 올려놓은 영서가 내 앞으로 캔맥주 하나를 밀어주며 고개를 끄덕였다. 감기 같은 거냐고 묻자 그애는 머리를 젓고는 곧 나아질 거라고 말했다.

이게 약이니까 이걸 들이부으면 되는 거야.

영서는 들이붓는다는 자신의 말을 증명이라도 하듯 빠르게 마셨다. 문득 십일월 어느날에 만났던 단발머리 여자아이가 떠올랐

다. 영서처럼 빠르게 술을 마셨던 단발머리 여자아이는 그날 술에
취해 카키색 모자를 쓴 남자아이의 모자를 벗겼었다.

넌 왜 마시지 않는 거냐?

날 바라보는 영서의 눈엔 생기가 되살아나고 있었다.

술 취한 놈은 개가 된다는데 저 개가 어떻게 할지 정신 똑바
로 차리고 있어야겠다, 뭐 이런 궁리를 하고 있는 거냐?

나는 아무 말도 하지 않고 맥주를 마시기 시작했다.

대답할 가치도 없는 말이다, 이거냐?

그런 것 같다고 말한 나는 잠시 쉬었다가 이렇게 말했다.

사실 개들은 술 취한 남자종족들보다 훨씬 얌전하다잖아. 그리
고 넌 내게 강제로 남자노릇 할 걸로는 여겨지지 않아.

와, 날 그렇게 과대평가 해준다는 게 믿기지 않는데.

영서는 과장스런 웃음을 터뜨렸다.

그건 과대평가가 아니지. 너한테서 한번도 날 특별하게 여기는
감정을 느껴본 적이 없었으니까.

특별하다는 감정 없이도 남자라는 종족은 사고를 칠 수 있어.

영서는 좀더 입을 크게 벌려 웃었다.

그럴 수도 있겠지만…… 적어도 지금은 아닌 것 같아.

뭐야, 너 그렇게 잘난 척 하다가 당할 수도 있다는 거 알아둬.

당하는 걸 내가 원하고 있다면? 아니, 당한다는 표현은 역겨워.
사고를 친다는 것도 그렇고 말이다.

영서는 가볍게 휘파람을 불더니 고개를 저었다.

그러니까…… 지금 내가 취해야 할 행동은…… 비아그라인가

뭔가를 사러 가야 한다는 것인지…… 아니, 혜진이가 그걸 원할 것 같지는 않은데.

나와 말장난을 하는 동안 영서는 큰 소리로 웃기까지 했다. 그러는 동안 다섯 개의 캔맥주는 모두 비었다. 난 겨우 하나를 마셨을 뿐인데 영서가 네 개를 마신 거였다.

벌써 휘발유가 떨어졌잖아.

영서는 싱크대 안에서 두 병의 소주를 찾아왔다.

그걸 다 마시려고?

내 눈이 크게 벌어졌던가보았다. 뭘 이 정도를 가지고 놀라느냐고 말한 영서가 유리컵에 소주를 따랐다. 영서의 핸드폰이 울렸다.

좋아졌어요…… 그래요. 조심해서 운전해요…… 친구가 와 있어요…… 나중에 다시 전화할게요.

영서가 통화를 끝낼 때까지 나는 영서의 얼굴에서 시선을 떼지 못했다. 영서에게 전화를 건 사람이 누구인지 궁금해지지 않을 수 없었던 게 통화를 하는 동안의 영서의 표정이며 목소리가 나와 말하던 때와는 너무 달랐기 때문이었다. 통화를 끝낸 영서는 소주를 마시기만 했다. 영서에게 무슨 말인가를 하고 싶었지만 나는 훅 하고 숨을 들이켰다. 긴 머리카락을 가진 나이 많은 여자와 통화한 게 아니냐고 했다가 드라마 중독증 환자의 상상력이라는 말을 들을 것만 같았던 거다.

영서의 원룸은 다시 과거의 시간냄새가 배어 있는 장소로 변한 듯했다. 긴 머리카락을 가진 나이 많은 여자와 연결된 영서에 대한 궁금증은 줄어들지 않고 있었다. 한동안 영서는 소주를 들이켜 기만 했고 나도 마찬가지였다.

나이든 여자의 좋은 점이 뭔지 아니? 따지려고 하질 않고 많이 알려고 하질 않는다는 거야. 내 말 무슨 말인지 알겠니?

날 빤히 바라보며 말한 영서는 또 계속해서 소주를 들이켰다.

그랬구나.

내 마음속의 실망감을 감추기 위해 나는 한껏 목소리를 높여 말했다. 영서를 아주 많이 좋아하는 건 아니었지만 영서에게 이끌리기 시작한 나는 영서에게 여자친구가 없기를 바란 터였다. 아니, 그 정도가 아니었을 거였다. 내 마음속엔 영서네의 원룸에서 살기를 원하는 열망이 숨어 있었던 거였다. 영서가 그러기를 원하기만 한다면 난 그렇게 하고 싶었다. 남영이는 나와 같이 지내기 위해 집을 나올 수 있는 애가 아니었지만 영서는 그렇게 할 수 있을 것으로 여겨진데다 지금 내가 원하는 건 누군가가 날 집에서 나오게 해주는 거였다. 여란이를 원하는 진호처럼 날 원하는 누군가가 있었으면 했다. 두 차례의 암수술을 받아야 할 어머니 곁을 난 떠나고 싶을 뿐이었다. 그 작고 보잘것없는 방에서 더는 살고 싶지 않았다. 난 이제 나만을 생각하며 살고 싶었다. 호영이의 말대로 연기학원에 다니게 될지 어떻게 될지는 알 수 없지만 정말이지 나만의 삶을 살고 싶은 거였다.

나이 차이 많은 만남은 곧 삐걱이는 것 같더라.

영서의 나이 많은 여자친구에게로 향해 솟구치는 미움을 누를 수 없어진 나는 지선이와 조변호사의 만남과 끝에 대해 빠르게 말했다. 그리고 호영이의 등장에 대해서도.

지선이는 그 아저씨의 아이를 낳고 싶어할 정도로 그 아저씨를 좋아했어. 그런데 지선이와 그 아저씨는 지금 전쟁중이잖아.

호영이라는 녀석이 네 친구 옆에 붙어 있는 거 별로 좋을 것 같지 않은데.

내가 지선이와 조변호사의 만남과 끝에 대해 말하는 동안 다시 약간의 활기를 되찾은 영서가 머리를 저으며 말했다.

그 아저씨도 그런 말을 했어. 하지만 미리 걱정할 건 없다고 생각해. 한달 전에 지선이가 호영이를 만나게 될 걸 생각하지 못한 것처럼 그애들, 또 어느날 안녕 할 수도 있는 거니까.

호영이가 지선이한테 유익한 친구인지 아닌지를 아는 것보다 나한테 더 중요한 건 영서의 나이 많은 여자친구였다.

감정이라는 것, 빛의 속도만큼이나 빠르게 방향전환을 할 수 있는 거니까.

난 영서가 내 말에 동의해주었으면 했다. 지금 내가 한 말은 컴퓨터 게시판에서 본 것이거나 책에서 읽은 것이 아닌, 나의 경험에서 나온 것이었다. 남영이에 대한 나의 감정, 나에 대한 남영이의 감정이 그랬다. 이틀 남짓 그렇게 서로한테 몰두했지만 난 어느덧 영서의 나이 많은 여자친구가 사라져버리기를 바라고 있는 거였다.

변화하는 그 순간엔 그럴 수도 있어. 하지만 서로에 대한 감정의 깊이에 따라 때로는 잠수함처럼 방향전환이 힘든 걸 거다.

잠수함의 방향전환처럼 힘든 감정의 변화, 그런 감정의 변화를 경험해보지 못했지만 난 그 말을 한 영서의 표정을 통해 나이 많은 여자친구에 대한 영서의 감정이 바로 그럴 거라고 생각했다.

멋진 표현이구나.

나는 영서가 말한 그 부분을 외워두어야겠다고 생각했다. 나중에 노랫말로 쓸 수도 있을 테니까.

내가 처음으로 한 말이 아니고 어쩌면 컴퓨터에서 본 구절일 수도 있어. 가끔 그런 생각 들지 않냐? 우리들이 하는 말이라는 것, 서로의 말을 베낄 때가 많다고 말이다.

나쁜 건 아니잖아, 멋진 걸 서로 나눠 쓴다는 게.

정말 멋진 말이야.

영서가 자신의 무릎을 치며 감탄하듯 말했다.

그래, 멋진 말이든 많은 돈이든 좋은 마음이든 멋진 몸이든 나눠 쓰면 좋은 거지. 나눠 쓰기가 좋지 않다는 생각만 떨쳐버리면 어려운 일도 아니잖아.

나눠 쓰기의 아름다움에 대해 떠들었던 건 너였어. 니네 집에서 돈찾기 게임을 시작하면서 너가 그랬잖아. 니네 엄마의 돈을 우리들이 조금이라도 나눠 갖는 게 좋겠다고.

영서는 잠깐 동안 잊었던 보물을 찾아낸 듯한 표정으로 내 말을 듣고 있었다. 영서의 그 표정 때문이었을 거였다. 내가, 암튼 나이 차이 많은 만남은 삐걱이기 쉽게 되어 있어라는 말을 다시 꺼낸 것은. 내 생각이 옳다는 믿음이 날 다시 사로잡은 거였다. 팔짱을 꼈다가 풀었다가 자신의 코를 만지작거리기도 했던 영서는 남은 소주를 병째 들이켠 후 입을 열었다.

나이 차이 많은 남자를 좋아하게 된 우리 엄마한테 해준 말이기도 한데…… 사실 모든 만남은 삐걱이게 마련인 거야.

난 아무 말도 하지 못하고 영서를 바라보기만 했다.

나보다 먼저 세상구경을 한 여자를 좋아하는 일이 내게 일어나기 전까지 난 우리 엄마를 쓰레기라고 여겼댔어. 그런데 지금은 그렇지가 않아. 술이 들어가면 돈찾기 게임 같은 걸로 엄마를 놀래키기는 하지만 엄마를 쓰레기라고 여기지는 않는다니까. 그래도 엄마가 딱해 보이는 건 사실이야. 젊어지려고 몸부림치는 게 밉고 말이다. 엄마는…… 젊은 영혼과의 만남이…… 늙은 엄마가 그런 말 하는 게 우습긴 하지만…… 엄마를 좋아한다는 순수한 마음을 대하면 마치 새롭게 생명을 얻은 것처럼 여겨진다는 거야. 아버지는 감정이 굳어버린 바위 같았다나. 그냥 얼굴 모습만 다른 엄마 자신을 보는 것 같았다나. 무슨 떨림이라든가 설렘이라든가 그런 거 없는 채로 살아오다 나보다 여덟살 위인 젊은 친구를 만나게 되자 엄마는 돌아버린 거야. 우리 엄마가 뭐라고 했는지 아냐. 엄마 영혼에 지진이 일어난 것 같았다나…… 난 우리 엄마가 영혼이니 지진이니 그런 말을 할 줄 안다는 게 너무 신기했어. 난 우리 엄마가 할 줄 아는 말이라곤 밥 먹어라, 공부해라, 그런 것뿐인 줄 알았거든. 그런데 엄마의 마음속에서 영혼의 지진이니 하는 말이 튀어나온 거야. 엄마의 사랑이 오래갈 수 없다는 것에 대해 나는 말해주었어. 하지만 사실 모든 사랑은 오래 지속될 수 없는 거잖아. 모든 만남이 삐걱일 수밖에 없는 것처럼 말이다. 엄마는 그걸 잘 모르는 것 같아. 아버지와는 생활을 같이했을 뿐이었으니까 사랑에 대해서는 초보자인데…… 무슨 일에서든 초보자들은 그렇잖아, 조금만 삐걱거리면 허둥지둥 중심을 못 잡고 흔들리게 되는 거. 엄마는 내게 그랬어. 천당과 지옥을 하루에도 몇번씩 오가게 된다고. 엄마는 천당에서 지옥으로 떨어질 때마다 날 괴롭혀. 엄마 친구들한테 그 말을 할 수가 없다는 거야. 아버지가 그렇게 이 세상을 떴는데 그걸 아는 친구들한테 그 말을 하기가 쉽지 않을 거라는 거 알지만…… 엄마 전화를 받을 때마다 엄마가 딱하면서도 여전히 화가 나는 것도 사실이야. 나한테 그 여자가 나타나지 않았더라면 엄마하고 나하고의 관계는 완전히 망가지고 말았겠지. 그러니까 그 여자는 엄마와 날 연결시켜준 다리 역할을 해준 거야. 그 여자는…… 내게 붕대 같아. 깊이 찢긴 내 마음의 상처를 부드럽게 만져주는 따스한 손길이기도 하고 말이다. 아버지와 함께 산 채로 화장당한 삼촌을 더는 미워하지 말라고 말해주는 그 여자는…… 하지만 내게 올 수 없다고 해. 그 여자는…… 그 여자한테는 아들이 있고 아들의 아버지가 있으니까. 그래서 난 이렇게 술을 마시는 거고 말이다.

소주 두 병을 다 마신 뒤 담배를 피우는 영서는 쓸쓸해 보인다. 그리고 추워 보인다. 오랫동안 갇혀 있던 얼음창고에서 막 빠져나온 것도 같다. 무엇이 영서의 차가운 몸을 감싸주는 따뜻한 담요가 될 수 있을까 궁리하던 나는 마음에 들지 않았지만 고마워라고 말했다. 하지만 진정으로 고맙기만 한 건 아니었다. 영서에게 그 여자가 없었더라면 좋았을 거라는 생각을 떨쳐버릴 수 없었다.

고마운 건 나야. 너가 그렇게 말해주어서.

영서가 내게 말보로 담뱃갑을 밀어주며 말했다. 영서의 핸드폰이 울렸다.

그래…… 아버지 여행이 연기되었구나. 그럼 나중에 만나면 되지. 선우야, 이건 너가 미안해할 일이 아니야. 그래, 아이들한테 연락은 해야지. 그래, 혜진이한테는 내가 그렇게 전할게. 혜진이 지금 여기 와 있어. 그래, 그렇게 해. 난 지금부터 한숨 잘 거니까 혜진이랑은 느희들끼리 약속을 하도록 해.

영서가 내게 자신의 핸드폰을 건네주었다.

탱이 혈압이 높아졌다나 어쨌다나. 신경질나게 골프여행이 연기되었다잖아.

미안하다는 말을 몇번이나 되풀이한 선우는 곧 이곳으로 오겠다고 말했다.

영서가 한숨 잔 뒤에 춤추러 가는 거야.

아주 물좋은 곳을 알아냈으니까 꼭 함께 가자고 말한 선우와의 통화가 끝났다. 위층 어느 방에서 볼륨을 잔뜩 높였는지 재즈음악이 크게 들려왔다. 내 몸의 관절들이 크고 격렬하게 움직여보고 싶다는 신호를 보내왔다. 나는 식탁의자에서 일어났다. 춤을 추는 동안 선우네에서의 돈찾기 게임이 연기된 것에 대한 아쉬움도, 영서의 여자가 사라져버리기를 원하는 마음도 사라졌다. 위층 어느 방의 음악은 피아노곡으로 바뀌었다. 난 식탁의자로 돌아왔다.

꽤 멋지게 추었다고 말한 영서가 물었다. 지금도 바다 위를 달려가고 싶느냐고. 살아 숨쉬는 듯한 담배연기가 영서의 얼굴을 가렸다.

춤춘 뒤에 새벽 바다를 보러 가면 좋을 거야.

조변호사를 만난 다음 높은 빌딩으로 가득 찬 거리를 걷고 있었을 때처럼 푸른 바다 위를 달리고 싶은 마음은 줄어들어 있었지만 난 그렇게 말했다.

여자애들의 공통점 중의 하나가 뭔지 아니?

졸린지 하품을 한 영서는, 바다타령을 하기 좋아한다는 거야라고 말했다.

바다를 좋아하는 게 여자애들뿐이라면 도시의 빌딩들 속으로 바다가 펼쳐지는 CF는 만들어지지 않았을걸.

영서와 나 사이엔 잠깐 동안 침묵이 찾아들었고 그 침묵을 무너뜨린 건 영서였다.

웬만하면 아이들을 불러모아 바다로 떠나겠는데…… 그럴 수가 없네.

자신이 지금 필요로 하는 건 방안에서의 시간이라는 게 그애의 말이었다.

바다는 이제 내 마음속에서 출렁이고 있어.

다행이야.

영서와 나는 서로에게 웃음띤 얼굴을 보여주고 있었다. 지금 내가 한 말이 컴퓨터 게시판에서 옮겨온 거라는 걸 나도 그애도 알고 있다는 표시의 웃음이었다.

선우가 올 때까지 비디오테이프를 보고 있어라고 말한 영서는 침대로 가서 누웠다.

셀프 카메라의 주인공들

갑자기 배우가 된 것 같은 기분 나쁘지 않네. 무슨 얘기든 하고 싶은 대로 떠들어라 이건데. 내 파트너하고는 삼년째야. 주로 집에서…… 일주일에 두 번쯤이지. 내 방이 제일 편하거든. 돈이 드는 것도 아니고 비올 때나 바람불 때나 마음 내킬 때면 할 수 있으니까. 우리 둘은 거의 환상의 복식조라고 할 수 있어. 개도 나처럼 실험정신이 강하니까. 우리집 꼰대는 내가 개랑 방에 박혀 있어도 아무 말 하질 않아. 형이 미친 듯이 따라다니는 여자가 누구냐 하면 십년 연상의 과부거든. 그걸 아니까 내 파트너가 내 또래라는 게 나쁘지 않다고 생각해서겠지. 우리 꼰대도 밖에서 보면 그럴싸하지만 알고 보면 사는 게 피곤한 사람이야. 우리 엄마가 돌아가시기 전까지 엄마와 할머니 간의 대결이란 게 대단했거든. 어려서는 몰랐는데 요즘은 이런 생각을 할 때가 있어. 엄마가 암에 걸려 돌아가신 것도 어쩌면 기가 센 할머니랑 싸우느라 힘이 빠진 때문일지도 모른다고. 여자 관우 같은 우리 할머니, 요즘도 덩치며 목소리에서 엄청난 파워를 뿜어내는데…… 아버지랑 삼촌을 혼자 힘으로 키우느라 그리 되었나 모르겠지만 암튼 대단한 양반이야. 엄마가 시집올 때 집을 가지고 왔다는데도 할머니는 늘 부족하다고 여긴 모양이었어. 노인네들 욕심은…… 할머니는 사실 장터 국밥집 주인이었다잖아. 삼촌이랑 우리집 꼰대랑 성이 틀린 걸 봐도 우리 할머니

가 살아온 그림이 떠오르는데 말이야. 형이랑 나한테는 잘해주
었지만 노친네가 어머니를 일찍 돌아가시게 했을지도 모른다는
생각을 하기 시작한 뒤로는…… 좀 그렇데. 외가와 완전히 멀
어지게 만든 것도 그렇고 말이야. 이상해. 어머니가 돌아가신
뒤엔 외가 쪽과는 끊어지고 말더라구. 외할아버지는 우리집 꼰
대보다 높은 양반이었어. 우리 할머니가 어떤 양반인가를 알았
더라면 우리집 꼰대를 사위로 삼았을까. 우리집 꼰대가 그 어렵
다는 국가고시에서 수석인가 했다는 것에 점수를 주었겠지
만…… 뭐 이렇게 재미없는 얘길 하고 있나 모르겠다…… 결혼
이라는 거…… 참 복잡하다는 걸 알게 되어서 좋은 점이 없는
건 아니다. 결혼이란 두 사람의 사랑으로 가꾸어가는 보금자리
같은 소리 하는 놈들은 다 사기꾼이란 말인 거지. 결혼은……
두 집안의 핏줄과 운명과…… 뭐 그런 것들이 뒤섞이고 싸우는
소란스런 장터란 거지. 그리고 그런 싸움에서 승리를 하는 쪽은
목소리가 높고 기가 센 사람이라는 거지. 난 부드럽고 약한 여
자가 좋아. 뼈대가 굵고 눈이 이글이글하고 그런 타입은 옆에만
와도 소름이 돋아. 우리 할머니 생각이 나니까…… 지금 우리
집 꼰대가 재혼하려는 여사님은…… 아니 교수님은…… 우리
할머니보다 경량급이긴 하지만 그래도 여자 몸으로는 만만찮은
골격미를 갖춘 분이야. 우리 형이 따라다니는 여자는 할머니 쪽
에 가깝고…… 내가 무슨 말을 하고 있는 거지…… 음, 암튼 이
번엔 우리 할머니도 어머니와 싸울 때처럼 쉽지 않을 것 같아.
교수님께서 재혼을 하면 자신이 살림을 맡고 싶다 그러는데 우

리 할머니는 그게 무슨 말라빠진 개뼉다귀 같은 소리냐, 이렇게 대항하시니. 교수님은 재혼하기 전에 우리집 안주인으로서의 권리 획득에 관한 세세한 조항들을 모두 확인하려 드나봐. 여성분들이 달라진 것은 확실해. 우리 엄마한테는 시어머니의 기득권을 인정하는 마음이 조금이라도 있었던 것 같은데 교수님은 아닌 거야. 그분은 할머니를 우리집에서 퇴출시키지 않으면 결혼하지 않겠다고 한다니까. 이런 얘기 왜 지껄이고 있나 모르겠다. 겪는 것만으로 머리털이 다 빠질 일인데 지껄이기까지 하다니…… 내 파트너가 없었더라면…… 걔는 카메라 앞에서 멋지게 안고 뒹구는 장면을 찍어보면 어떻겠느냐고 하네. 침대만큼 행복한 장소가 없다고 믿는 게 걔야. 난 내 파트너가 오페라 아리아를 좋아하지 않는 게 이해가 안돼…… 근사한 섹스를 한 뒤에 듣는 '밤의 여왕'…… 내가 배설만 하는 동물이 아니라고 여겨지는 그 근사한 기분을 걔는 알려고 하질 않는다구. 휴우…… 그만 입다물어야겠다. 혼자 지껄인다는 게…… 야, 이거 지워버릴 수 없냐. 모르겠다. 이만 끝.

우습다, 카키색 모자를 쓴 남자아이를 영서의 셀프 카메라를 통해 보게 된 것이.

난 텔레비전 화면 속의 카키색 모자를 쓴 남자아이에게 말해준다. 반가워라고.

처음 만났을 때는 공연히 녀석을 못마땅하게 여겼지만 지금은 아니었다. 녀석의 솔직함이 마음에 들었다. 뜻밖의 우연으로 다시 만난다면 난 녀석을 향해 웃어줄 것이다. 반가워라고 소리치며. 어느덧 내 눈길은 텔레비전 화면으로 향한다. 어쩌면 단발머리 여자아이의 모습을 보게 될지도 모른다는 기대감으로. 카키색 모자를 쓴 녀석의 다음 차례는 그러나 단발머리 여자아이가 아니었다. 우연은 그리 자주 오는 게 아닌 모양이었다.

이 비디오테이프를 보게 될, 수많은 여자친구들아, 안녕. 너희들에게 꼭 들려주고 싶은 말이 있다. 너희들이 우리들 남성 종족들과 사이좋게 지내야만 이 세상이 평화로워질 것이기 때문에 우리들 남성 종족의 본능에 대한 정직한 오리엔테이션을 해주려는 거다. 구성애 아줌마가 열심히 떠들고 다니는 걸 보면…… 조금은 귀엽고 조금은 한심스럽거든. 그 아줌마도 딱해. 하긴 남자로 태어나지 않았으니 남자라는 종족의 그 무시무시한 욕망의 비밀을 어찌 알겠냐만…… 너희들, '피아노'라는 영화가 히트를 친 이유가 뭐라고 생각하니? 피아노를 물속에 빠뜨리는 장면을 그럴싸하게 곁들이는 재주 탓이기도 하지만 욕망에 이끌리는 너희들의 속마음을 당당하게 펴놓은 때문이 아니었겠어? 사실 그 장면은 기가 막혔지. 그림을 그리겠다는 내가 그림이 대체 무어란 말이냐라는 투로 한숨을 쉬게 만들기까지 했으니까. 그림 그리는 게 지겨워지면 영화 쪽으로 가서 기웃거릴 수도 있긴 하겠지만…… 이야기가 이상하게 샛길로 새는 것 같은데…… 듣기 거북하더라도 나의 이 말씀을 고마운 충고로 감사한 마음으로 듣도록…… 너희들은 너희들 취미에 맞지 않는 진실은 아예 받아들이려는 의지가 결여되어 있는 것 같더라. 그걸 고치도록. 구질하게 다른 녀석들 예를 들 것 없이 내 얘길 해주겠다. 지난주에 난 걱정없이 섹스를 하고 싶은 마음에 산부인과 의사인 우리 마마께 정관수술을 해달라고 했다가 맞아죽을 뻔했어. 너희들 대부분은 내가 십오초마다 섹스를 생각한다고 한다면 믿기 어렵겠지. 하지만 사실이 그래. 나의 그것은 물총이렷다, 물이 고이면 쏘아야 하는. 난 하루에도 몇 번씩 쏘아보내고 싶다. 느희 부족은…… 진정 우리 부족에 비해 발사욕, 탐험심, 다양한 입맛이 부족한 거냐? 인체구조를 보면 그 말을 믿어야 할 것 같기도 하다만…… 영화 '피아노'에 의하면 너희 부족 몸속에도 끓기를 기다리는 물이 가득 찬 항아리가 숨어 있는 것 같더라만…… 너희들은 그것에 대해 인정하는 걸 싫어하는 것 같아…… 너희들, 날 알게 된 걸 고마워해야 한다. 암, 우리 부족이라고 해서 모두 나처럼 정직하게 우리 부족의 비밀을 말하는 용기를 가진 건 아니지. 굳이 속이고 싶어서는 아닐 거다. 워낙 너희 부족이 우리 부족의 진실을 받아들이려 하지 않으니까. 진실을 외면하지 않고 받아들인다는 게 쉬운 건 아니니 말이다. 사실 느희 부족이 진실을 외면하는 습관 또한 우리 부족의 원격조종 때문이 아니었나 싶기도 하다. 느희 부족한테 느희는 식물성이라는 최면을 걸어줌으로써 식물의 세계에 머물러 있기를 원했던 거 같으니까. 우리 부족들한테도 환상이 필요했던 것일 수도 있고…… 환상은…… 우리들 모두가 어떤 테두리에 갇히게 만들어. 말이 나온 김에 하나만 더 알려

주마. 어젯밤 화실에 나오는 친구 녀석과 한번 붙어보려고 했는
데 실패하고 말았어. 내 희망은…… 흠…… 그러니까 양성애자
로 살아가는 것이거든. 그렇게만 될 수 있다면 기쁨 두 배 행복
두 배가 될 거잖아. 힛힛…… 그만 해야겠다.

자신의 이름을 밝히지 않은, 검정 털모자에 검정 스웨터 차림인
남자아이를 끝으로 비디오테이프 보기는 끝났다. 선우가 온 것이
다.

떠나야 할 시간

넌 햇살이 쏟아져내리는 푸른 바다 같아. 풍덩 뛰어들고 싶은 그런 바다.
생각해봐, 무섭도록 푸른빛이 강렬한 바다는 그곳으로 뛰어들고 싶게 만들지만
두려움도 불러일으키지. 파도가 데려갈 곳이 어디인가 하는 그런 두려움.
파도를 이길 수 있는 튼튼한 팔을 가졌다면 바다의 푸른빛이
얼마나 강렬하든 겁내지 않겠지만 난 겁쟁이거든.
난 파도에 휩쓸리기를 원치 않았던 거야.

떠나야 할 시간

아파트 앞 시멘트 마당을 가득 채운 차들, 그것들은 어둠속에서 엇비슷해 보인다. 어둠속에서 차들은 달릴 줄을 모르는 혹은 달리기를 잊어버린 단단한 물체로만 여겨진다. 아파트 마당에 차를 주차할 때 멋진 새 차가 눈에 뜨이면 한동안 그 새 차를 들여다보곤 했던 아버지.

점퍼 주머니에서 꺼낸 소주병을 나는 입으로 가져간다. 몇모금 마시면 차디찬 밤바람도 따뜻한 봄날 저녁의 그것처럼 여길 수 있고 머리와 가슴속의 뜨거운 돌덩어리들도 솜덩어리들로 변한다. 어머니는 아직도 술에 취해 잠들려고 하나? 어머니의 목소리를 듣기 위해서는 술의 도움을 받아야 하는 나는 술을 마시며 기다렸다. 술이 내 마음의 두려움을 잠재워주길. 어머니에게 무슨 말을 해야 하나.

아파트단지 너머의 강으로부터 불어온 바람이 내 뺨을 스쳤다. 더는 겨울밤의 차가운 냉기를 참기 어려워진 나는 공중전화부스 안으로 들어갔다. 공중전화카드를 찾아 지갑을 열었지만 지갑엔 공중전화카드도 없었고 천원짜리 지폐 한장조차 들어 있지 않았다. 내게 남은 건 오백원짜리 동전 하나와 십원짜리 동전 몇개였다. 집으로 들어가야 할지, 집밖에서 지내게 될 것인지…… 나는 아직 마음을 정하지 못한 상태였다. 나는 집의 전화번호를 빠르게 눌렀다. 발신음이 울리는 동안 나는 손톱을 씹고 있었다.

여보세요.

남경이가 여보세요를 세 번 말한 다음에야 난 겨우 나야라고 말할 수 있었다.

오빠구나. 오빠, 지금 어디 있는 거야?

남경이의 목소리를 듣는다는 게 이토록 반가울 줄이야. 목젖으로 뜨거운 무엇이 차오르는 것만 같은 나는 입을 열 수가 없었다.

오빠, 왜 말을 하지 않는 거야?

떠나 있는 동안 때로 내겐 존재하지 않는 것만 같았던 집. 뺨으로 눈물이 흐르기 시작했다.

오빠, 그동안 어디 있었어? 왜 이제야 전화를 하는 거야?

울음이 실린 남경의 말을 듣는 동안 난 터져나오는 울음을 막느라 손바닥으로 입을 막았다.

우는구나, 오빠.

그렇지 않아라는 말을 채 끝내기도 전에 내 입에서는 울음이 터져나왔다. 남경이도 울었다. 하지만 그애는 곧 울기를 그쳤다.

그만 울어, 제발. 며칠 동안 아무 연락도 하질 않더니 이제야 울보처럼 찔찔대는 거야.

남경이가 다그칠수록 내 울음소리는 더 커져갈 뿐이었다.

너 오빠 맞어? 우리 도련님 집 나가서 지내느라 얼마나 힘드셨어요, 뭐 그런 말을 듣고 싶은 거야?

남경이의 말은 옳았다. 내가 듣고 싶은 말이 그것이었다는 걸 남경이의 말을 듣는 순간 깨닫게 되었다.

뭐라고 말을 해, 오빠. 걱정을 하게 해서 미안하다든가 아니면 엄마 안부를 묻든가 그래야 하는 거잖아. 아니, 그런 말 다 필요없어. 전화 끊고 당장 와. 할 일이 많잖아, 오빠.

………

왜 아무 말도 하지 않는 거야.

나도 무슨 말인가를 하고 싶었다. 그러나 입이 열리지 않았다.

집에 오기만 해봐라. 가만두지 않을 거다. 너 같은 게 오빠라니…… 난 이제 널 오빠라고 부르지 않을 거다.

………

듣고 있는 거야?

듣고 있어.

남경이가 어디 아픈 데는 없느냐고 물어주길 기대하는 마음을 버린 나는 오늘이 며칠이냐고 물었다.

그건 왜 물어? 달나라에라도 갔다 온 거야?

그랬어.

집을 나간 첫날 밤에 내게 일어난 일을 남경이가 안다면……

난 이제 남경이와 아주 멀어진 느낌이었다.

달나라 방문소감은 나중에 들을 테니까 오빠, 이젠 제발 집으로 와라.

집. 내 방에 대한 그리움이 날 휩쌌다. 깨끗한 물로 샤워를 한 뒤 나의 침대에 누울 수 있다면…… 어머니가 날 안아준다면. 하지만 어머니는 그렇게 하지 못하겠지. 어머니는…… 어머니는…… 아직도 술만 마실까.

오빠는 걱정되지도 않아? 엄마가 얼마나 힘들어하는지.

나는 귀를 막고 싶었다.

난 엄마가 이 정도로 못난이인 줄은 몰랐어. 엄마는 아무것도 먹지 않고 누워만 있어. 엄마가 힘들 거라는 건 알지만 그래도 엄마니까 힘을 내야 하잖아.

다시 소리내어 우는 남경이.

빨리 와라, 오빠야. 오빠가 보고 싶다. 나도 힘들어, 오빠야.

남경이가 옆에 있다면 남경이를 안아주고 싶다. 공중전화부스 너머를 본다. 어둠은 좀더 짙어졌고 아파트 마당의 차들은 좀더 많아졌다.

남경아, 미안하다. 나도 널 보고 싶지만……

나는 눈을 감는다, 텔레비전 화면을 채웠던 아버지 얼굴을 잊기 위해.

아버지를…… 용서하기가 어려울 것 같아.

편도선염이 점점 심해지는지 목젖이 아파왔다. 열 때문인지 눈꺼풀 안쪽도 뜨거워지고 있었다. 두 다리도 술에 취했을 때처럼 후들거렸다.

어쩌면 엄마하고 똑같은 말을…… 어떻게 그런 말을…… 엄마 말고 다른 여자를 좋아할 수도 있는 거잖아. 어떻게 한사람만을 좋아할 수가 있어. 오빠도 중학교 때 좋아한 애를 지금은 좋아하질 않잖아.

남경아, 넌 제대로 알지 못하는 거야. 아버지는 그 여자와 결혼하고 싶다고 했다잖아. 그 여자는 룸살롱인가 뭔가 그런 데 나가는…… 그만두자…… 너한테 이런 이야기 하고 싶지 않아. 그리고…… 그리고 내가 절대로 아버지를 용서할 수 없는 건……

나는 손등으로 눈꺼풀을 눌러주었다. 날카로운 침을 가진 벌레가 기어다니는 것처럼 눈꺼풀 안쪽이 따끔거렸던 거다.

그만두자, 남경아. 지금은…… 아무 말도 할 수가 없어.

오빠가…… 무슨 말 하고 싶은지 모르는 것 아냐…… 그렇지만 우리가 제대로 알지 못하는 것일 수도 있잖아. 아빠 회사에서 나온 아저씨가 그랬어. 방송에 나온 건 잘못 알려진 거라고…… 방송이라는 걸 그대로 믿으면 안된다고. 내가 오빠한테 말하고 싶은 건 그거야. 우리가 아빠를 믿지 않으면 누가 믿겠어? 난 아빠를 믿어. 아빠를 믿기 때문에 난 학교에도 갈 수 있는 거야. 내가 아빠를 믿어야만 내 친구들도 아빠가 잘못하지 않았다는 걸 믿게 될 거잖아.

아버지 회사에서 나온 아저씨가 했다는 말을 믿어야 하나? 한순간 난 밀폐된 공간에서 갇혀 있다 빠져나갈 구멍을 찾아낸 듯했다. 아버지 회사에서 나온 아저씨 말이 맞다면 난 아버지를 용서할 수 있을 것 같았다. 쉽지는 않겠지만 노력할 수는 있을 거였다.

회사 공금을 외국으로 빼돌렸다는 것도…… 방송에는 그렇게 나왔지만 그건 잘못된 표현이라고 했어. 회사를 위해 자금을 외국으로 보내야 하는 일은 어느 회사에서도 다들 하는 일이랬어.

남경아, 그만 해.

눈꺼풀 안쪽을 기어다니는 듯했던 날카로운 침을 가진 벌레들은 귓속으로 들어간 것 같았다.

그런 이야기, 너한테 어울리지 않아. 넌 바이올린 연습만 하면 되는 거야.

공중전화부스에서 나온 나는 놀이터의 그네에 앉는다. 그네를 마지막으로 탄 게 언제였나. 분명 날마다 그네를 타곤 했던 시절이 있었는데도 너무 아득한 옛날인 듯만 싶다. 으흐흐…… 이상한 소리가 내 목구멍에서 터져나온다. 내 귀를 파고드는 울음소리는 날 더 깊은 슬픔 속으로 빠져들게 했다. 아버지에 대한 믿음을 보여주기 위해 학교로 간다는 남경이. 남경이가 가엾다. 빨리 와라, 오빠야. 오빠가 보고 싶다. 나도 힘들어, 오빠야. 귓가를 떠나지 않는 남경의 목소리는 내 등에 올려진 바윗덩어리만 같다. 난 그 바윗덩어리를 내려놓고 싶다. 하지만 내 손은 그럴 수가 없다.

누군가 내 등의 바윗덩어리를 내려놓아준다면…… 누가 그렇게 해줄 수 있을까. 누가……

영우의 얼굴이 떠오른다. 난 아직 영우가 살고 있는 곳을 모른다.

지은이의 얼굴이 떠오른다. ㅁ과 ㅂ, 두 사람을 생각하느라 날 받아들일 수가 없다는 지은이. 하지만 난 지은이의 목소리라도 들고 싶다. 고요한 호수를 떠올리게 만드는 그애의 목소리를. 하지만 난 지은이네 집의 전화번호를 누르지 못했다. 지은이가 텔레비전 화면에 나온 아버지 얼굴을 보았을까봐. 가슴이 터질 것만 같다. 날 아는 누구한테도 전화를 할 수 없는 고통이 날 짓누른다. 텔레비전 화면에 나온 아버지를 잊을 수가 있을까. 얼굴이 달아오른다.

안녕, 지은아.

이제 다시 지은에게 연락하는 일은 없을 거라고 혼잣말하는 순간 난 깨달았다. 내 마음속의 어느 부분에 흙이 덮였다는 걸. 시작해보지도 못한 채 지나간 시간 속의 인물이 되어버린 지은이. 지은이는 이제 정말 과거의 인물로 무덤에 묻혀버린 거였다. 아버지 때문이었다. 내가 알던 사람들을 모두 잊고 싶은 인물들로 만들어버린 아버지. 내가 알던 사람들을 스스럼없이 대할 수 있게 되는 날이 올까. 나는 머리를 저었다. 아버지는 알까, 내가 알던 사람들과 나 사이에 벽이 생겨버렸다는 걸, 그 벽을 생각하는 것만으로 내 가슴이 찢어질 듯하다는 것을.

아버지, 당신을 보지 않겠어요.

부르짖듯 말하며 그네에서 몸을 일으킨 나는 걷기 시작했다. 어디로 갈 것인지 방향을 정한 건 아니었지만 내 걸음은 빨랐다. 아버지의 집이 있는 이곳 아파트단지를 빨리 벗어나야 할 것이어서. 날 잡으러 오는 누군가로부터 어서 빨리 멀어져야 한다는 듯 달리듯 걷는다. 그러다 문득 걸음을 멈춘 나는 핸드폰을 꺼내었다. 다시 한번 혜진이에게 만나고 싶다는 문자 메시지를 남기기 위해서였다. 혜진이는 알까, 혜진이 곁에 있으면 나 자신이 혜진이의 일부가 되어버리는 것만 같다는 것을.

가로등 아래에서 나는 걸음을 멈췄다, 혜진이의 핸드폰에 내 마음을 보내느라.

넌 햇살이 쏟아져내리는 푸른 바다 같아. 풍덩 뛰어들고 싶은 그런 바다. 생각해봐, 무섭도록 푸른빛이 강렬한 바다는 그곳으로 뛰어들고 싶게 만들지만 두려움도 불러일으키지. 파도가 데려갈 곳이 어디인가 하는 그런 두려움. 파도를 이길 수 있는 튼튼한 팔을 가졌다면 바다의 푸른빛이 얼마나 강렬하든 겁내지 않겠지만 난 겁쟁이거든. 난 파도에 휩쓸리기를 원치 않았던 거야. 널 만나면 난 숨쉴 때마다 겁쟁이라는 걸 느끼게 되겠지. 혜진아, 그런 날 참아주지 않을래? 보고 싶다.

이분도 지나지 않아 주머니 속의 핸드폰이 울렸다. 혜진이였다.

널 보고 싶다, 혜진아.

나는 그 말만을 되풀이했다.

터미널에서 만나자.

혜진이가 말했다. 사십분 뒤 영동고속터미널 매표소 앞에서 만나자고.

영동고속터미널 매표소 앞…… 한동안 내 머릿속엔 유월의 햇살 같은 혜진이의 그 목소리만 울려대고 있었다. 어두운 창고 같은 내 마음으로 유월의 햇살이 가득 들어차는 것 같았다. 떠난다고…… 바다를 보러. 혜진이와 함께.

얏호. 나는 주먹으로 허공을 치며 솟구쳐올랐다. 주머니에 돈이 없다는 생각을 한 건 두 다리가 땅을 딛고 선 그 다음이었다. 망설일 시간이 많지 않았다. 친구들로부터 어떻게든 돈을 구해야 했다. 그럴 수 있을까. 난 얼마 동안 돈을 빌릴 수 없을 거라는 생각에 붙들려 있었다. 아버지 일을 알고 있을 친구들에게 전화를 해서 돈을 빌려달라는 말을 할 수 없을 것만 같았다.

그럴 수는 없어. 나는 혼잣말을 하며 사람들의 왕래가 별로 없는 곳에 놓인 긴 나무의자에 앉는다. 혜진이에게 전화를 해서 바다로 갈 수 없다는 말을 할까. 아니, 혜진이와 바다로 가지 않는다 하더라도 집밖에서 지내려면 돈이 필요했다.

망할 놈의 돈…… 어쩔 수 없는 일이었다. 친구들한테서 돈을 빌려야 했다. 지금이 밤이라는 게 그나마 위안이 되어주긴 했다. 나무의자에서 일어났다 앉았다를 되풀이한 다음 나는 주연이의 핸드폰 번호를 눌렀다. 주연이는 아버지의 일을 알고 있을 테지만 그애 지갑 속엔 언제나 십만원짜리 수표가 몇장씩 들어 있었다. 제발 주연이가 아버지 일을 모른 척 해준다면…… 내가 바라는 건 그것이었다.

내 목소리를 알아들은 주연이가 한 첫말은 살아 있었구나였다. 그 말을 듣는 순간 기분이 묘했다. 나도 어느덧 무덤 속의 인물로 여겨지는 게 아닌가 하는 생각이 들면서 그래도 주연이의 목소리에 담긴 반가움에 위안이 되기도 했다.

어제 내가 너의 핸드폰에 메시지를 남겼잖아. 세환형 장례식에 가자고 말이다. 그런데도 연락이 없어 난 네가 지구를 떠난 줄 알았지 뭐냐.

세환형 장례식이라니? 설마 작년에 수석졸업을 한 그 세환형은 아니지?

집을 나와 있는 동안 난 휴대전화에 입력된 메시지들을 보지도 않고 지워버렸다. 남경이가 내게 메시지를 남겼을 거라고 여겨서였다.

그 세환형 맞어. 그 형의 자살건으로 아파트단지 안이 온통 뒤집혔다는 거 아니냐.

나는 세환형이 자살한 이유를 묻지 못했다.

세환형은 자신이 너무 평범하다는 걸 받아들일 수가 없었나봐, 라는 주연의 말이 이어졌다.

대학에 들어가보니까 너무 뛰어난 친구들이 많았다구. 3.0이라는 학점을 받은 자신을 용서할 수가 없다구. 세환형 아버지는 세환형이 다닌 과의 선배였다는데 사년 내내 수석을 했다나봐. 그런 아버지와 자신을 비교하면 너무 못났다는 그런 생각이 들었다고…… 그런 말을 유서로 남겼다고 했어. 그래도 되는 거냐?

나 또한 죽음을 가장 간결한 해결책으로 여겼던 적이 있었다. 죽음. 마지막 출구. 마음속 가시덤불을 더는 견딜 수 없을 때 다가가는 출구.

모두들 황당해하고들 있어. 세환형이 죽어 마땅하다면 살아 있는 우리들은 뻔뻔하다는 이야기인 거냐. 우리들 모두 세환형을 뒤따라야 한다는 거야, 뭐야.

평소와는 달리 주연이는 목소리를 높여 떠들어댄다. 우리들 모두 세환형을 얼마나 부러워했던가에 대해. 나는 듣기만 했다.

뭐야, 넌 세환형이 죽어 마땅했다고 여기기라도 한다는 거냐?

세환형이 없는 지금 옳지 못한 일을 했다고 타박을 주는 게 무슨 소용이 있겠냐 싶어서 말이다.

그건 그래. 세환형을 살려낼 수도 없는데 우리끼리 거품을 물어봤자지. 그래도 화가 나는 건 어쩔 수 없어. 세환형이 말이다, 형네 부모가 얼마나 비통해하는지 볼 수 있었더라면 죽지 않았을 거라고 생각해. 세환형은 왜 연애도 안했나 몰라.

공중전화부스 너머로 보이는 밤하늘은 까만 성벽 같다. 하지만 저 단단해 보이는 어둠도 무너진다, 시간이 지나면.

그런데 넌 어딜 쏘다닌 거냐. 이틀 전에도 가까운 데로 하루 스키나 타러 가자고 메시지를 남겼는데 넌 내 메시지를 잘라먹었어.

주연이는 텔레비전에 나온 아버지를 못 보았나? 그럴 리가. 주연이가 누군가. 그애의 귀는 가장 많은 소문들을 걸어들이는 안테나가 아닌가.

스키를 가자고 전활 했었어?

그래. 네가 엄마 옆에 있어봐야 무슨 도움이 될 것도 아니잖아. 어른들 일은 어른들한테 맡겨두는 거지.

주연이는 역시 아버지를 텔레비전에서 보았구나. 누군가 내 무릎을 걸어차기라도 한 듯 서 있기가 힘이 든다.

힘내라, 남영아. 우리 삼촌도 삼촌이 다닌 회사 회장님이 윗분한테 찍혀 벌받게 되었을 때 대신 당한 일이 있었어. 우리 삼촌이 회장님 대신 몇달 고생했는데…… 나와서는 다시 잘 나가는 자리로 갔어. 니네 아버지 일 너무 걱정하지 않아도 괜찮다는 말을 해주고 싶었거든.

난 주연이의 말을 듣기만 했다. 주연이는 계속해서 정치적 상황에 따라 무너졌다 살아났다를 할 수밖에 없는 회사들의 운명에 대해 말했다. 주연이의 말을 듣고 있노라면 아버지는 아버지가 다니는 회사의 오너가 당하게 된 박해의 희생양인 셈이었다. 주연이의 말은 옳은가, 그런가.

고맙다, 주연아.

아버지를 용서할 수 없을 거라고 소리쳤던 날 아버지는 용서할까. 뺨으로 눈물이 흘렀다.

고맙긴…… 니네 아버지 지금은 박해를 받으시지만 회사의 오너가 곧 수습에 나설 거야. 그 사람 권력의 이동에 둔감했다가 지금 된서리를 맞게 된 거라잖아. 이 땅에서 회사를 지킨다는 건 정치적 상황의 기상도를 읽는 능력이나 다름없는데 나이들면 그런 능력도 떨어지게 마련인가봐. 그 오너가 조금만 일찍 은퇴를 했더라면 이런 일은 당하지 않았을 거라는 말들이 있는 것 같아.

희생양이 된 아버지. 날카로운 무엇이 가슴을 찌르는 듯했다. 나는 머리를 흔들었다. 멈출 줄 모르는 주연이의 말은 내 가슴에 박힌 유릿조각들을 꺼내어주는 핀셋 같았다. 핀셋은 붕대로 변하기도 했다. 집으로 가야 할까라는 생각이 고개를 쳐들었고 혜진이의 얼굴이 떠올랐다.

집과 혜진이…… 어느 쪽으로 가야 하나. 혜진이와 바다로 간다면 난 주연이에게 돈을 빌려야 할 것이다. 하지만 그 말은 쉽게 내 입에서 나오려 하지 않았다. 아버지가 갇혀 있는 곳이 내 머리에서 떠나지 않았던 거다. 내 마음은 찢기는 듯했다. 주연이의 말을 나는 어느덧 건성으로 듣고 있었다. 날 위로하기 위해서였는지 주연이는 자신이 아는 우리나라 회사들의 공공연한 비밀경영에 관해 계속 떠들고 있었다. 여느 때 같았으면 그런 말 따윈 듣고 싶지 않아라고 말했을 나는 묵묵히 듣기만 했다. 그러던 어느 순간 주연이의 어느 말이 잠깐 동안 잊었던, 아버지가 해외에 마련했다는 개인구좌를 떠올리게 했다. 회사 공금을 해외로 유출한 담당자가 그 자신의 몫으로 개인구좌를 따로 만들어놓았다는 소식을 전하던 뉴스 진행자의 목소리가 다시금 되살아난 것이다.

나는 주연이에게 말했다. 너가 지금 가진 돈 모두를 빌려달라고.

전철역 입구에서 만나자는 말을 끝으로 주연과의 통화를 끝낸 나는 빠른 걸음으로 걷는다. 빨리 걸으면 걸을수록 아버지와 집으로부터 멀어질 수 있을 듯했다. 핸드폰이 울렸다. 혜진이였다.

남영아, 우리 바다로 갈 수 없을 것 같아.

혜진이의 목소리가 무엇엔가 쫓기는 듯하다고 여기면서도 난 그 이유를 묻기보다는 화를 내고 말았다.

무슨 말을 하는 거야. 가기로 했으면 가야잖아.

화내지 마, 남영아. 선우가……

바다로 갈 수 없는 이유가 선우 때문이라고?

선우 친구한테서 전화가 왔어. 선우가 자기 아버지를 칼로 찔렀다는 게…… 뉴스에……

말을 하다 말고 혜진이는 울음을 터뜨렸다.

어떻게 그런 일이.

내가 한 말은 그게 고작이었다. 무슨 말을 할 수 있었을까. 하늘에서 빗방울이 떨어지기 시작했다. 전철역에 도착한 나는 하늘을 보았다. 얼마나 많은 비를 품었는지 알 수 없는 하늘은 오직 검을 뿐이었다. 주연이가 내게 다가왔다. 이십만원이야라고 말하며 주연이는 내게 봉투를 주었다.

고마워.

그 말만을 겨우 한 나는 주연이와 헤어지기 위해 전철역 구내로 향하는 계단으로 갔다.

어쨌든 우리 만나자.

터미널에서 기다리겠다고 말한 나는 전철표를 사는 곳으로 가다 말고 조금 전에 내려왔던 층계를 뛰어올라갔다. 혜진이에게 줄 꽃을 사기 위해서였다. 아파트단지의 담벼락 앞에 앉아 꽃을 팔던 아주머니가 생각난 거였다.

백 송이의 장미를 혜진이에게 준다면 혜진이의 기분이 좋아질까.

꽃 놔는 아주머니에게 남은 장미는 열 송이. 열 송이의 장미를 싼 셀로판지에 묻은 물방울이 수정처럼 투명하게 빛났다. 생애 처음으로 그토록 아름다운 수정을 만나기라도 한 듯 한동안 나는 그 투명한 물방울을 바라보았고 그러는 동안 내 눈앞의 물방울들은 점점 커져만 갔다.

후기

혜진 남영 지선 선우 영서 진호…… 너희들을 만난 지 2년이 넘었다. 처음에 너희들을 만나게 되었을 때 너희들이 내게 원한 건 단 하나, 너희들의 이야기를 듣기만 하라는 것이었다.

그게 뭐 어려울까 싶어 나는 그러겠다고 했지만 뜻밖에도 너희들 말대로 한다는 게 쉬운 일은 아니었다.

나는 자주 너희들의 행동이 틀렸다고, 그렇게 해서는 안된다고 소리치곤 했다. 그건 너희들과의 약속을 깨는 것임을 알면서도 말이다.

생각해봐. 혜진이는 암수술을 받아야 하는 어머니의 고통을 지켜볼 수 없다며, 어머니 대신 생활비를 벌어야 한다는 걸 참을 수 없어하며 집을 떠나려 했고 지선이는 나이 많은 중년남자한테 돈을 얻는 생활을 계속하고 있었던 거야.

남영이는 남영이대로 회사 공금을 빼낸 일에 연루된 아버지를 절대로 보지 않겠다고 고집을 부렸어.

영서와 선우는 또 너무 많은 돈이 자신들의 어머니와 아버지를 망가뜨린다며 친구들에게 부모의 돈을 나눠주는 위험한 게임을 벌렸고 말이다.

너희들과의 만남을 그만둘까, 몇번이나 생각했어.

충고하는 데 익숙한 사람인 나와 충고 듣기를 참을 수 없어하는 너희들과의 만남이 삐걱였던 건 어쩌면 당연한 일이었을 거야. 다행스러운 건 그 삐걱임의 시간을 지나와 드디어 너희들의 이야기가 책으로 나오게 된 거야.

내가 너희들의 이야기를 제대로 옮겼을까. 그 판단은 이제 너희들 몫이야. 부디 내가 옮긴 너희들 이야기가 마음에 들지 않는다 하더라도 너그럽게 이해해주길.

너희들 모두에게 고마웠다는 말을 전한다. 그리고 마지막으로 이것 하나 부탁할게.

어른들을 너무 오래 미워하지 말아줘. 너희들 눈에 괴물처럼 여겨지는 우리 어른들도 알고 보면 어쩌다 뜨거운 욕망에 이끌려 다니는 걸 멋진 삶으로 착각하게 된 누군가의 피조물에 지나지 않는단다.

너희들도 차츰 알아가게 될 거야. 어른의 나이가 된다고 해서 어른으로 살아갈 수 있는 것은 아님을.

내가 너희들 모두를 사랑하게 되었다는 걸 말했던가.

언젠가 우리들 다시 이야기 친구로 만나게 되길…… 그때는 어

른들의 욕망 때문에 다친 마음의 상처만이 아니라 삶을 껴안는 넉
넉한 마음의 아름다움에 대해서도 말할 수 있게 되길……

책을 만들어주신 창작과비평사 편집부의 여러분께 감사드린다.

2000년 여름에

김 향 숙